U1000641

安徽文学地理研究

傅瑛◎著

黄山书社

图书在版编目(CIP)数据

安徽文学地理研究 / 傅瑛著. — 合肥 : 黄山书社, 2022.12

ISBN 978-7-5737-0633-1

Ⅰ. ①安… Ⅱ. ①傅… Ⅲ. ①地方文学史-文化地理学-研究-安徽 Ⅳ. ①I209.975.4

中国版本图书馆 CIP 数据核字(2023)第 006714 号

安徽文学地理研究 傅 瑛 著

ANHUI WENXUE DILI YANJIU

出 品 人 葛永波
责任编辑 周振华
责任印制 李 磊
装帧设计 熙宇文化
出版发行 黄山书社(http://www.hspress.cn)
地址邮编 安徽省合肥市蜀山区翡翠路 1118 号出版传媒广场 7 层 230071
印 刷 合肥锐达印务有限责任公司
版 次 2023 年 9 月第 1 版
印 次 2023 年 9 月第 1 次印刷
开 本 700 mm×1000 mm 1/16
字 数 250 千字
印 张 15.75
书 号 ISBN 978-7-5737-0633-1
定 价 59.00 元

服务热线 0551-63533706

销售热线 0551-63533761

官方直营书店(https://hsss.tmall.com)

版权所有 侵权必究

凡图书出现印装质量问题，
请及时与承印厂联系调换。
联系电话 0551-62827094

目 录

绪 论

作为中国内陆地区的一个省份，安徽建省颇迟。它所拥有的这方土地，既没有青藏高原的雄奇瑰丽，黄土高坡的独特韵味，也没有坐拥大海的开阔富足。但是，朴实的安徽在中华民族的历史上从来不缺少光彩：淮河、长江为这片土地送来源源不尽的灵动之气；淮北平原、江淮丘陵、皖南山区，自先秦至明清魅力独具；大别山与黄山犹如两只深情的臂膀，将安徽紧紧地拥进怀中。如此，得两大河流的滋养，千里沃土的孕育，秀美名山的疼爱，安徽又堪称有福之省。

水是文化的渊源，山是文化的载体。从上古走来，无论是五千年前含山凌家滩有巢氏政、军、神三权皆备的聚落中心，还是号称“中国原始第一村”的蒙城县尉迟寺遗址；无论是淮河岸边大禹聚会诸侯时气势磅礴的祭坛，还是大别山东麓皋陶静静长眠的古冢；抑或是以奇异的墓底布局、五色混合土和放射线留下众多谜团的蚌埠双墩一号墓……安徽的每一处远古遗存，都恒久地缭绕着动人心魂的文化香烟，昭示着它曾经凝聚了多么久远深广的华夏文化。

有了千万年的沉淀积累，汤汤淮水两岸，浩浩长江之滨，巍巍大别山下，曾经古国林立：淮夷、徐、六、英、蓼、舒、宗、桐、胡、许、萧、巢、州来、钟离、蔡、皖……每一个古国都有属于自己的地域特色，都有一座孕育独特文化的城池，经久不息地上演着朝代更迭、人生悲喜的幕幕大剧。在诸多政权兴起、繁盛、衰落、灭亡的过程中，在一次次移民大潮里，多种文化冲击、融合、更新、变通。历经秦汉的大一统辉煌，魏晋南北朝的反复动荡，唐宋时期的繁华、鼎盛，元明清的跌宕起伏，安徽自建省之初，已拥有特色鲜明的三大文化——皖北文化、皖江文化、徽州文化。以这三大文化板块为依凭，她只要抖一抖衣袖，一缕缕历史云气便会飘散而出，化作高悬在神州上空的七色彩虹。

——莽莽苍苍的皖北大地上，大禹、老子、庄子、管子、孙叔敖、桓谭、戴逵、曹操、华佗、嵇康等人次第走来，他们或以哲思高论，或以政绩武功，或以惊世绝技，影响了中国的历史进程，奠定了中国人代代传承的文化根基。大禹治水的故事从这里开始，道家文化在这里胎孕成长，老子、孔子在这里讲道问学，项羽、刘邦在这里几度血战……高远的哲理之思使得这方土地不事张扬却参通千古；金戈铁马的战争使得它血气偾张、豪情万丈；一望无际的大平原赋予它坦坦荡荡的襟怀；年复一年的苦难磨砺令它无比坚韧顽强。于是，自上古三代开始，这里已经有了《诗经》的歌唱，有了先秦两汉智慧满满的散文，有了曹氏父子的慷慨悲歌，有了嵇康、刘伶任情任性的才情挥洒……

——立足皖中，波浪般起伏的江淮丘陵一手挽住淮河，一手揽起长江，品性中既有水的柔美、山的坚毅，更兼通达三江五湖的气魄胸襟。漫长的历史岁月中，襟江带湖、锁钥南北的独特地理位置，一次又一次使它成为南北中国的分界线，便利的交通更为它打造出一个又一个商贾重镇。在惊心动魄的战争中，在往复不息的商队里，来自黄河流域古朴典雅的中原文化与瑰丽奇谲的吴楚文化在此亲近融合，一身融儒道之说、气象深潜雄浑又饱蕴浪漫气息的《淮南子》在此诞生。一路行至明清，江淮之间文气氤氲，文都大成。远离京城、也远离富贵之乡的桐城，以数代人的不懈奋进，创造出"文章甲天下，冠盖满京华"的神话。一时间来自龙眠山下的名师、名宦数不胜数，以至于人们不得不连连发问："何意高文归一县，遂令天下号宗师？""天下文章，其出于桐城乎？"

——如果说皖北犹如一位阅尽人世沧桑的刚烈汉子，江淮大地好似坚毅而又多情的青年，那么，深藏于崇山峻岭之中的皖南，就是一位细腻柔美、温情脉脉的女儿。走进那一片青山绿水之间，人们会恍若进入陶渊明笔下的桃源之梦。清代诗人黄仲则以"一滩复一滩，一滩高十丈。三百六十滩，新安在天上”，写出了它的地理特色，也写出了它在当时国人心目中的文化地位。明清以降，徽商沿着新安江、青弋江，沿着一条条山间青石板路，走向全国，创造了“无徽不成镇”的传奇，在中国商业舞台上独执牛耳三百年。从山乡进入京畿、蜚声全国的徽派朴学，不仅在中国学术史上举足轻重，而且舞动了近代中国史的百年风云。从万山丛中走出的朱熹、梅尧臣、方回、汪克宽、程敏政、汪道昆、郑之珍、戴震、方成培、张潮、梅曾亮、俞正燮、胡适等难以数计的皖南乡亲，更以诗文、戏曲的创作，温文尔雅地改变着中国的思想文化。

就这样，北方的豪爽与南方的细腻在安徽大地交融，哲人之思与商者之道在江淮儿女心中汇聚，儒者观念与道家理路在平原与大山之间交集……放眼望去，整个安徽就是一个巨大的能量场，三大文化板块各自神采奕奕，各领千秋风骚，却又相互渗透，相互激发。仅就文学而论，自先秦时期黄淮流域《老子》《庄子》的文采斐然，到清代皖江桐城文派的名动天下；从古亳建安文学的高屋建瓴，到戴逵、刘惔等皖北士人名噪东南；从《诗经》对皖北风物的歌咏，到隋唐大运河兴建后安徽唐宋诗作的繁荣昌盛；从曹丕《典论・论文》的问世，到江淮大地精彩诗话、文论的集中涌现；从皖北前戏曲时代的歌舞表演，到清末民国初长江流域皖乡优伶行遍天下、皖籍戏剧家称雄沪上……由淮河、长江、隋唐大运河、新安江、大别山、黄山等水系、山脉及皖北平原、皖中丘陵构成的地理环境、人文环境，孕育了各具特色的安徽地域文学。由于文化中心南移、经济发展变化，安徽文学诸地域之间有了交融中的繁荣昌盛、促进中的不断发展。因此，欲深入认知安徽文学从古至今的文化遗传、生存形态、发展脉络、兴衰历程，不能不进行文学地理研究。为此，笔者不揣浅陋，开始本书的写作，尝试从一个新的视角对安徽文学进行再阐述，努力探求安徽文学的地理性特征，考察气候因素、水系山脉对安徽文学发生、发展的深刻影响，城市兴衰、地貌变化对安徽文学风格的独特作用力，以期丰富读者对安徽文学的认识，深化读者对安徽文学的理解，进一步激发大家对安徽文学的研究兴趣。

第一章　淮水滋养的先秦文学

第一节　淮滨南音:从《候人歌》说起

安徽最早见于文献记载的文学作品诞生于皖北淮河流域。

据《吕氏春秋·季夏纪·音初》记载:

> 禹行功,见涂山之女。禹未之遇,而巡省南土。涂山氏之女乃令其妾候禹于涂山之阳。女乃作歌,歌曰:"候人兮猗。"实始作为南音。①

后世研究者对"候人兮猗"评价极高。2013 年出版的《安徽文学史》,从文体发展角度强调了《候人歌》对于整个中国诗歌史的"里程碑"的意义。

> 从体裁上看,此诗虽仅四字,却是中国最早的四言诗,尽管结尾的"兮"和"猗"是虚词,但毕竟具备了四言的体制。从最早的上古歌谣《弹歌》的二字句式,到《诗经》完整的四言句式,《候人歌》起着承上启下的过渡作用。②

---

① [汉]高诱注,[清]毕沅校:《吕氏春秋》,上海古籍出版社 2014 年版,第 119 页。

② 陈友冰:《安徽文学史》第一卷,安徽文艺出版社 2013 年版,第 10 页。

不过,回到《吕氏春秋·季夏纪·音初》篇最初的语境之中,《候人歌》的首要意义还是作为阐述“四方之音”的重要依凭。它以“南音之始”的身份,与代表“东音”“北音”“西音”之始的作品共同存在,不仅追溯了中国诗歌发展的源头,而且证明了“凡音者,产乎人心者也。感于心则荡乎音,音成于外而化乎内。是故闻其声而知其风,察其风而知其志,观其志而知其德”[①],具有鲜明的人文地理意义。

值得注意的是,被称为奠定了南方诗歌特征的《候人歌》,并非诞生于今人可能会首先想到的长江流域,而是出现在相对于周王朝都城而言的南方——今日安徽省的淮河之滨。《左传·哀公七年》有载:“禹合诸侯于涂山,执玉帛者万国。”2007 年至 2011 年,中国社会科学院考古研究所对蚌埠禹会村进行了五次大规模考古发掘,基本认定“夏之兴以涂山”“禹合诸侯于涂山”“娶涂山氏女”的“涂山”就在此地[②]。

那么,淮河之滨何以能够成为“南音”的故乡?这还要从先秦时期淮河流域整体的地理状况谈起。

首先,就气候而言,这片土地当年属暖温带南缘,四季分明,气候温和,雨量适中。据《安徽省地方志·气象志》记载,在距今 7500—4000 年的全新世中期,灵璧、宿县、五河、怀远等地都曾多次发现麋鹿与水鹿的化石,足可证明彼时的淮河流域气候远比现在温暖湿润,植被繁茂,森林广布[③]。

其次,就地貌而论,淮河流域除东北部有石灰岩残丘分布,其余地区基本上以平原为主,它西北高、东南低,呈微微倾斜趋势,汝水、颍水、沙水、涡水、涣水、睢水等众多河流自西北流向东南注入淮河,在皖北平原上形成了一个巨大的冲积扇,形成了一个十分适宜人类居住、繁衍的生态环境。而今日散布在安徽淮河流域上犹如繁星点点的古人类文化遗址,诸如蚌埠禹墟、双墩遗址,萧县花家寺遗址、金寨遗址,濉溪石山孜遗址,怀远双古堆遗

---

① [汉]高诱注,[清]毕沅校:《吕氏春秋》,上海古籍出版社 2014 年版,第 122 页。

② 王吉怀:《“禹会诸侯”之地:禹会村遗址的考古学解读》,2014 年 7 月 4 日《中国社会科学报》。

③ 《安徽省志·气象志》,安徽人民出版社 1990 年版,第 62—63 页。

址,临泉老古堆遗址、岗上遗址,灵璧玉石山遗址,宿州芦城子遗址,凤台县峡山口遗址,亳州钓鱼台遗址、富庄遗址、后铁营遗址,固镇苇塘遗址……也无言地为我们诉说着上古时期此地居民定居生活的悠久历史。《尚书·禹贡》曾用十分绚丽的色彩描述了这方土地。

> 厥土赤埴坟,草木渐包。厥田惟上中,厥赋中中。厥贡惟土五色,羽畎夏翟,峄阳孤桐,泗滨浮磬,淮夷蠙珠暨鱼。厥篚玄纤缟,浮于淮、泗,达于河。

有了如此良好的发展条件,上古时期淮河流域部族众多,方国林立,实力强盛,淮夷涂山氏就是其中的一支。正因为如此,才有了大禹为治水求得涂山氏帮助的传说故事,有了《尚书·皋陶谟》中禹"娶于涂山。辛壬癸甲,启呱呱而泣。予弗子,惟荒度土功"的历史记载,有了屈原《天问》中"禹之力献功,降省下土四方。焉得彼涂山女,而通之于台桑?"的千古之问。更何况此时的江南还处于"草莱未辟"的状态,直至商周,主要居住者依然是被讨伐、排斥,且语言多有不通的"蛮族",因此,来自淮水之滨的涂山氏《候人歌》,也就成为先秦人视野中的"南音"。

位居黄河与淮水之间,"为舟车四达之区,无冈垄盘结之势"(嘉庆《重修一统志·颍州府·形势》)的皖北平原,在中华文明的历史进程中,迅速走向繁盛。优越的地理环境,便利的交通,使这方土地经济发达,人口众多。早在商王朝统治时期,已属王权所在的中心区。尽管有关商代都城的争论仍在继续,但无论是已有考古发现的西亳(今河南偃师)、隞都(今河南郑州)、殷墟(今河南安阳),还是仅见于文献记载的南亳、景亳等等,大多位于河南东部、北部、山东西部、安徽北部。周灭商后,封前王朝子孙为陈、杞、宋诸侯王,称三恪,以示敬重。其中陈、宋主要封地皆位于安徽淮河以北,都城皆在皖北或周边。而那些曾经沟通了上古三代中原腹地与淮夷部族的多条河流,于先秦时代继续沟通着黄淮两河之间的城市乡村,沟通着宋、齐、郑、陈、蔡、韩、魏、楚等国的学术文化,在造就"中国膏腴之地"

(《战国策·燕策二》)的同时,也滋养出一方各种思想流派交会融合,多样艺术大展风采的文化土壤。

第二节 淮水汤汤:《诗经·陈风》的绵绵情思①

中国有句俗语说"一方水土养一方人"。与今日景象不同,先秦时期的皖北地区水域广大。有研究者指出,就目前所见而言,当年淮河流域计有48个湖沼,其中有5个在当时属于全国性大湖沼,占到此类湖沼总数的26%②。其余大大小小的湖泊、湿地数不胜数,仅涉及今日安徽省境且名声较大的就有沩陂、芍陂、蒙泽、沛泽、澶渊、湖泽、阴陵泽、蕲县泽、阳泉陂、大业陂等等。考古工作者在皖北地区人群聚落中发现的田螺、鱼、獐、麋鹿等动物骨骼、大量蚌制工具以及骨鱼叉、鱼钩等工具,从另一个角度证实了这片土地当年有多么丰沛的水资源。汤汤淮水与其众多支流不仅为先民们提供了赖以生存的丰富的水产品,而且将淮河流域人民的精神情感深深地浸润其中,赋予它们特色鲜明的水文化风韵,造就了《诗经》中众多不同凡响的篇章,正如《安徽文学史》第一卷作者陈友冰先生说:

> 淮夷居住在水边。水既是淮夷物质生活的依托,也是其文化审美观念萌生的基础。

在考古学上,它属于以水鸟为徽帜的水族文化族团。淮河流域的考古发现中常有一鸟衔一鱼的形象,最能显现这个氏族的文化面貌。生活环境如此,水域中的一些物质形式、自然节律就会慢慢积淀、转化到他们的文化

---

① 陈国(前1122—前478),为西周至春秋时期的诸侯国,始建都于株野(今河南柘城胡襄镇),后都于宛丘(今河南淮阳城关一带)。辖地最大时达十四邑,约为今河南省东部和安徽西北部一带。

② 张文华:《文献所见先秦时期淮河流域湖沼考述》,载《淮阴师范学院学报(哲学社会科学版)》2011年第9期。

审美观念中去,使他们的文学创作中往往带有水族文化的烙印①。

譬如《小雅》中的《鼓钟》:

鼓钟将将,淮水汤汤,忧心且伤。淑人君子,怀允不忘。
鼓钟喈喈,淮水湝湝,忧心且悲。淑人君子,其德不回。
鼓钟伐鼛,淮有三洲,忧心且妯。淑人君子,其德不犹。
鼓钟钦钦,鼓瑟鼓琴,笙磬同音。以雅以南,以籥不僭。②

透过优雅的文字,我们似乎可以看到作者正面对奔腾浩荡的淮河之水,耳闻鼓钟之音,心潮澎湃。淮水汤汤湝湝,使他不由得联想到远去的"淑人君子",悲从中来,忧思萦怀。全诗开篇,作者以动地惊天的鼓钟之声与浩浩奔涌的淮水相呼相应,气势恢宏,俨然是"淑人君子"的威望;第二节,两个叠音字"喈喈"与"湝湝",巧妙地写出鼓钟与淮水的悠扬,同时也写出诗人缅怀"淑人君子"之情思绵长;第三节,一阵大鼓声动地而来,水中三洲巍然挺立,犹如"淑人君子"的高风美德;第四节,鼓钟之声与琴瑟、笙磬和谐共鸣,此时此刻,淮水之上"雅""南"并现,大美焕焕。

如果说这首不知为何人、何时所作的《鼓钟》,以强烈的抒情意味直接表达了诗人与淮水的心神交会,那么,《陈风》中的诸多篇章则更加淋漓尽致地表达了淮河流域先秦儿女汪洋恣肆的浪漫情怀。

地处黄河以南、颍水中游、淮水之北的陈国,是西周初年首封的十大诸侯国之一。其疆界北起开封,东南到商丘与皖北一带,被顾祖禹《读史方舆纪要》称作"控蔡、颍之郊,绾汴、宋之道。淮泗有事,顺流东指","又其地原隰沃衍,水流津通"③,形成了独具特色的水性文化,诞生于此的《陈风》自然也成为一组在《诗经》中别有风味的作品。

---

① 陈友冰:《安徽文学史》第一卷,安徽文艺出版社 2013 年版,第 7 页。

② 《小雅·鼓钟》,[宋]朱熹集传,[清]方玉润评,朱杰人导读:《诗经》,上海古籍出版社 2009 年版,第 249 页。本书所引用《诗经》篇目均出自此书,不再一一详注。

③ [清]顾祖禹:《读史方舆纪要》(16),商务印书馆据嘉庆十六年版重印,第 2000 页。

就题材而论，与黄河流域多有描写军事与国家政治的《豳风》《秦风》《齐风》《鲁风》等显然不同，《陈风》的内容高度集中于歌舞、爱情。

位居淮河流域的陈国依仗丰沛的水源、便利的交通，获得得天独厚的经商条件，正如《史记·货殖列传》所说："陈在楚夏之交，通鱼盐之货，其民多贾。"此外，由于"陈夏千亩漆……此其人皆与千户侯等"，再加上陈地织麻业、制陶业发达，所有这些，都是谋取利润的好途径。因此，陈国统治者无发动战争的进取之心，百姓也少"无衣无褐，何以卒岁"（《豳风·七月》）的苦恼，没有"同我妇子，馌彼南亩"（《豳风·七月》）的艰辛的农业劳动。虽然身处征伐不断的先秦时代，《陈风》竟没有一首诗作涉及战争——既没有直接描写战士出征慷慨之情的"与子同袍""与子同仇"（《秦风·无衣》），也没有"我徂东山，慆慆不归"（《豳风·东山》）、"击鼓其镗，踊跃用兵。土国城漕，我独南行"（《邶风·击鼓》）、"陟彼岵兮，瞻望父兮"（《魏风·陟岵》）、"王事靡盬，不能艺稷黍"（《唐风·鸨羽》）的征夫叹息，更无望穿秋水期盼出征丈夫平安归来的《匪风》《候人》《伯兮》……

《陈风》流传至今的 10 首作品中，8 首涉及男欢女爱。作者们以极高的热情描写着奔放的歌舞、缠绵的爱情、月下的美人。《东门之池》中的男女青年，一边"沤麻""沤纻""沤菅"，一边对唱、聊天、倾诉衷肠；《东门之枌》中热恋的男女主人公忘情地抛下一切，"不绩其麻，市也婆娑"——丢下工作，舞至闹市，并很快定下终身。《宛丘》中的女子"坎其击鼓""坎其击缶""无冬无夏"，手挥鹭羽忘情地舞蹈，而一旁的观舞者，尽管清醒地知道"洵有情兮，而无望兮"，还是对心上人的舞姿赞叹不绝。至于《衡门》的主人公，虽然娶到的只是一位小家碧玉，却十分满足地歌唱道：

衡门之下，可以栖迟。泌之洋洋，可以乐饥。
岂其食鱼，必河之鲂！岂其取妻，必齐之姜！
岂其食鱼，必河之鲤！岂其取妻，必宋之子！

题材的选择自然影响着作品的风格。《陈风》少慷慨而多柔婉，水一般灵动优雅。其歌咏回环往复,别具魅力,主人公无论男女,个个情思绵长。

譬如《东门之池》,作者以复沓之笔,一遍遍地写出劳动与情爱并存的欢快的生活场面。

> 东门之池,可以沤麻。彼美淑姬,可与晤歌。
> 东门之池,可以沤纻。彼美淑姬,可与晤语。
> 东门之池,可以沤菅。彼美淑姬,可与晤言。

而在《东门之杨》里,水乡的夜景柔美多情。男女主人公身边"其叶牂牂""明星煌煌""其叶肺肺""明星晢晢"——宁静的夜晚树叶沙沙响,闪亮的星星照着一对有情人,默默地看着他们幸福的幽会。

至于《月出》与《泽陂》,作为中华"根文学"《诗经》中的佼佼者,更在中国文学史上影响深远。这两首怀人之诗都没有直接描写令主人公"劳心惨兮""涕泗滂沱"的女性的实在面貌,只是反复咏叹身边河流纵横、湿地片片的环境之优美,却令读者感到"心上人"的美不胜收。

翻开《月出》,一轮明月,一位如月光一般窈窕优雅的女子,一名痴痴的望月怀人的青年,同时进入画面。

> 月出皎兮,佼人僚兮。舒窈纠兮,劳心悄兮。
> 月出皓兮,佼人懰兮。舒忧受兮,劳心慅兮。
> 月出照兮,佼人燎兮。舒夭绍兮,劳心惨兮。

品读之间,只觉月光如水一般从心上流过。难怪现代学者郑振铎曾这样描述它的意味:"其情调的幽隽可爱,大似在朦胧的黄昏光中,听凡珴令的独奏,又如在月光皎白的夏夜,听长笛的曼奏。"①

---

① 郑振铎:《插图本中国文学史》,上海人民出版社 2005 年版,第 47 页。

如果说《月出》之中流水的感觉还是浮现在意念间，相比较而言，《泽陂》已经令众多水乡因子集合在一起。

彼泽之陂，有蒲与荷。有美一人，伤如之何！寤寐无为，涕泗滂沱。
彼泽之陂，有蒲与蕑。有美一人，硕大且卷。寤寐无为，中心悁悁。
彼泽之陂，有蒲菡萏。有美一人，硕大且俨。寤寐无为，辗转伏枕。

在此，诗人为读者呈现出的是波光潋滟的池塘，生长在水边的香蒲、荷花、莲蓬，还有柔肠百转的水乡女儿，一切都是那么和谐、自然。

第三节：平原河流：皖北散文的父精母血

如果说，汤汤淮水有如母亲，滋养了淮水流域的浪漫情怀，那么，开阔平坦的黄淮平原更像父亲，使他们得以具备开阔的视野胸襟。

春秋战国时代，皖北大地智者如云。而且每一位都不仅仅是那一时代的大能，更是将智慧、学理、文采传之千载的华夏大师。仔细研究他们的人生背景与作品，我们可以清晰地看到“平原”与“河流”这两个重要地理因素所起的作用。

首先是经济基础。据考古发现，早在新石器时代，淮河流域得平原与河流之利，已有众多人类定居之处，而定居生活正是农业经济发展的重要标志。及至春秋战国时期，经过上千年耕耘劳作，皖北已经拥有大量“熟田”，诸如位于今汝河北岸的“汝阴之田”（《左传·成公十六年》），位于今颍河上游、沙河南岸的“犨、栎之田”（《左传·昭公十三年》），以及位于今淮河与茨河之间的“州来田”（《左传·昭公九年》）。据有关专家研究，当时的铚（今安徽濉溪临涣一带）、砀（今安徽砀山附近）、萧（今安徽萧县附近）、相（今安徽淮北市）等都是膏腴之区①，甚至在周王室缺粮时也不得不

① 吴海涛：《淮北的盛衰成因的历史考察》，社会科学文献出版社2005年版，第23页。

求助于宋、郑等国①。

经济基础历来是文化发展的前提，早在殷商时期，中原地区已经拥有充满生命力的古代文明，正如西周初年之人所说“惟殷先人，有册有典”(《尚书·多士》)，而西周的礼乐文化，也是在殷商基础上损益而来。周灭商后，遵循“兴灭继绝”的传统，于商朝旧都商丘建立宋国，特准其用天子礼乐奉商朝宗祀，使得殷商深厚的文化积淀得以存留。由于“考之古说，殷尚鬼，周尚文。尚鬼者，尊信宗教，富于理论想象而长艺术，尚文者，擅政治与军事之组织而重现实”②，因而，先秦皖北人才多思想家、艺术家并非偶然。

其次是交通之利。皖北平原与淮水各支流和谐一体，极大地方便了先秦时代此地居民陆路与水路的出行。平原与河流的结合最利于人群的集结与城市的建设，皖北及其周边自古多城池，诸如睢水之滨的宋都商丘、相城，济水北岸的陶丘，获水和泗水交汇处的彭城，都是极为繁荣的商业都会，这就为附近百姓的经商、求学、人际交往提供了极大便利，早在《尚书·酒诰》之中，已有了“商”人“肇牵牛车远服贾”的记载。出行、交流自然大大有利于开拓四通八达的人生道路、汲取各方人生智慧，这也是此地学者辈出的一个重要原因。譬如，出生在颍水之滨的管仲，曾与鲍叔牙一起奔走四方，经商谋生，最终成为齐国名相；出生于涡水之滨的老子，曾受教于精通殷商礼乐的商容先生，入天子之都洛邑深造，出任周王朝守藏室之史，也曾居鲁、游秦、隐居沛地，览尽四方风物，思虑人生之道；同样，商人后裔庄子虽然生活困窘，但也多次行于山中，钓于濮水，游于濠梁之上，“入山林，观天性”，然后方有“天地有大美而不言，四时有明法而不议，万物有成理而不说”③的感慨。也是以这片土地为中心，居于泗水之上的儒家之祖

① 《左传·隐公六年》：“冬，京师来告饥，公为之请籴于宋、卫、齐、郑，礼也。”

② 钱穆：《驳胡适之说儒》，《学思》1942年第1期。

③ [战国]庄子：《知北游》，《庄子》，上海古籍出版社2009年版，第216页。本书所引《庄子》篇目均出于此书，不再一一详注。

孔子遍游卫、曹、宋、郑、陈、蔡、楚七国，视野大开，立下“祖述尧舜，宪章文武”[①]之志。我国现存文献记载孔子至少三次拜见老子[②]，自然也有赖于河流与平原交通的舟车之便。

大家的互访与交流是不同理念的碰撞与融合，也是造就开阔的视野，成就深刻的思想，为世人展现气势磅礴之作的前提。反观管子、老子、庄子之书，或笔涉经济、哲学、政治、军事诸领域，“通权达变”，展示了那一时代国家治理的最高智慧，成为战国、秦、汉学术之宝藏；或着眼于创立一个囊括宇宙万物的理论，以“道”解释天地人间之演变，对中国哲学、文学的发展产生了深入骨髓的影响；或以大气磅礴的著述阐说“天人合一”“清静无为”之理，不仅涵盖了当时社会生活的方方面面，而且成为千载流传的哲学专著、文学奇书。

再次，生长在水量充沛的淮河流域，先秦时代诸多智者皆于“水”中得到灵感，也是山川地理对文学创作的一种明显作用。

以《老子》为例，“水”是《老子》文章构成的核心。翻阅《老子》全书，“水”始终是一个重要意象，一个作者展开论证的根本依据：“太一生水，水反辅太一，是以成天。天反辅太一，是以成地。”“天地者，太一之所生也。是故太一藏于水，行于时，周而或始，以己为万物母。”[③]“天下莫柔弱于水，而攻坚强者莫之能胜。”（《老子》第七十八章）“上善若水，水善利万物而不争，处众人之所恶，故几于道。”（《老子》第八章）在此，老子极力赞美了“水”的“利万物而不争”，将“水”比作他心目中最向往的“道”，就连他对“道”的自信也离不开水：“道之在天下，犹川谷之与江海。”（《老子》第三十二章）至于《老子》所倡导、并深刻影响了中国千年文化形态的美学观

① 《礼记·中庸》，商务印书馆 1947 年版，第 193 页。本书所引《礼记》篇目均出于此书，不再一一详注。

② 《礼记·曾子问》载，孔子曰：“昔者吾从老聃助葬于巷党。”《史记·老子韩非列传》载“孔子适周，将问礼于老子”；《庄子·天运》载曰：“孔子行年五十一而不闻道，乃南之沛见老聃。”《吕氏春秋·当染》载“孔子学于老聃、孟苏、夔靖叔”。

③ 此二句见荆门博物馆：《郭店楚墓竹简·太一生水、鲁穆公问子思》，北京：文物出版社 2002 年版，第 23 页。本书所引其余《老子》篇目均出于此书，上海古籍出版社 1989 年版，不再一一详注。

念,也处处与“水”之特性相关。他认为“五色令人目盲,五音令人耳聋”(《老子》第十二章),唯有“无状之状,无物之象”,无色无味的水,才符合“恬淡为上,胜而不美”(《老子》第三十一章)的原则,这就构成了传之久远的“阴柔之美”与“自然之美”。

一生耽于濠梁、濮水、孟渚等水域中的庄周,同样将大量的水之意趣贯注在他的作品中,终使自己的作品如大水一样,“汪洋辟阖,仪态万方”①。面对河沼,他悟出许多深刻的人生哲理,时而以流水一样平静的悠闲之笔写出诸如“君子之交淡如水,小人之交甘若醴”(《庄子·山木》)、“鱼相造乎水,人相造乎道”(《庄子·大宗师》)、“泉涸,鱼相与处于陆,相呴以湿,相濡以沫,不如相忘于江湖。与其誉尧而非桀也,不如两忘而化其道”(《庄子·大宗师》),时而以一个又一个与水相关的故事,寓“天人合一”“清静无为”之道于其间。例如,名篇《秋水》落笔即是一派江河秋涨景象。

> 秋水时至,百川灌河。泾流之大,两涘渚崖之间,不辨牛马。于是焉,河伯欣然自喜,以天下之美为尽在己。

生活在水泽之滨,“湿地中的草木虫鱼,充满着《庄子》书,在先秦诸子书中留下了别样的风光”②。作者与惠子垂钓于濠梁(今安徽凤阳附近)之上,讨论“鱼之乐”的问题;楚王派遣两位大臣请庄子出山,正在濮水之畔垂钓的庄子持竿不顾,声明与其“死为留骨而贵”,不如“生而曳尾于涂中”;魏牟抨击公孙龙,选取的也是来自水中的“坎井之蛙”“擅一壑之水”(《庄子·秋水》)的故事。如此等等。正如杨义先生所说:庄子“在宋国蒙地的湿地环境中,借草木虫鱼接通地气,‘独与天地精神往来’,找到了自己哲学、生命与诗的丰沛源泉”③。

---

① 鲁迅:《汉文学史纲要》,北京联合出版公司2014年版,第14页。

② 杨义:《寻找大国学术风范 杨义自选集》,首都师范大学出版社2015年版,第32页。

③ 杨义:《寻找大国学术风范 杨义自选集》,首都师范大学出版社2015年版,第36页。

此外，长时间游历于陈楚大地的孔子，其理论阐述也常常涉及“水”。翻阅《论语》，可见孔子以大量的“水”之意象作为喻体，阐述他的人生观。其中尤其为大家所熟悉的，如《论语·雍也第六》：

子曰：“知者乐水，仁者乐山。知者动，仁者静。知者乐，仁者寿。”

对于这一命题，朱熹的解释是：“乐，喜好也。知者达于事理，而周流无滞，有似于水，故乐水。仁者安于义理而厚重不迁，有似于山，故乐山。”①

再如《论语·子罕》记载：

子在川上曰：“逝者如斯夫！不舍昼夜。”

被孟子称为“观水有术”的孔子，抓住了水的流动这一特点，将之喻为生命的进程。在他看来，生命正如同不舍昼夜的流水，奔腾前进，后世学者因此有了“天地之化，往者过，来者续……欲学者时时省察，而无毫发之间断也”②的启发。

在对“水”之文化内涵的阐述中，孔子将“水德”与君子之德联系起来，尤其发人深省。

子贡问曰：“君子见大水必观焉，何也？”孔子曰：“夫水者，君子比德焉。遍予而无私，似德；所及者生，似仁；其流卑下，句倨皆循其理，似义；浅者流行，深者不测，似智；其赴百仞之谷不疑，似勇；绵弱而微达，似察；受恶不让，似包蒙；不清以入，鲜洁以出，似善化；至量必平，似正；盈不求概，似度；其万折必东，似意。是以君子见大水必观焉

① ［宋］朱熹：《四书章句集注》卷三，中华书局1983年版，第90页。
② ［宋］朱熹：《四书章句集注》卷五，中华书局1983年版，第113页。

尔也。”①

在此，孔子赋予水以德、仁、义、智、勇、察、包、善化、正、度、意11种品性，将先秦智者对“水德”的评价推向巅峰，也自然而然地显示了作者对“水”的一往情深。难怪他会告诉弟子们，他最向往的生活是自由自在地与水相伴：“浴乎沂，风乎舞雩，咏而归。”（《论语·先进》）

如果说在老子、庄子、孔子笔下，“水”还是生发想象的源头、阐述哲理的依凭，那么，另一篇来自淮水流域的文章《管子·水地》，则直接将“水”作为写作对象②。作者认为水是万物的本原，是一切生命的植根之处。

水者，地之血气，如筋脉之通流者也。故曰：水，具材也。何以知其然也？曰：夫水，淖弱以清，而好洒人之恶，仁也。视之黑而白，精也。量之不可使概，至满而止，正也。唯无不流，至平而止，义也。人皆赴高，己独赴下，卑也。卑也者，道之室，王者之器也，而水以为都居。准也者，五量之宗也。素也者，五色之质也。淡也者，五味之中也。是以水者，万物之准也，诸生之淡也，违非得失之质也，是以无不满，无不居也。集于天地，而藏于万物，产于金石，集于诸生，故曰水神。集于草木，根得其度，华得其数，实得其量。鸟兽得之，形体肥大，羽毛丰茂，文理明著。万物莫不尽其几，反其常者，水之内度适也。

……

人，水也。男女精气合而水流形。三月如咀，咀者何？曰五味。五味者何？曰五藏。酸主脾，咸主肺，辛主肾，苦主肝，甘主心。五藏已具，而后生肉。脾生膈，肺生骨，肾生脑，肝生革，心生肉。五内已具，而后发为九窍。脾发为鼻，肝发为目，肾发为耳，肺发为口，心发为舌。五月而成，十月而生。生而目视、耳听、心虑。目之所以视，非特

① ［清］孙星衍辑：《孔子集语》，上海古籍出版社1989年版，第21页。

② 此文在文本、作者、写作年代及思想流派等问题上均存在不少争议，但就内容而论，应为战国时期宋人所作。

山陵之见也，察于荒忽。耳之所听，非特雷鼓之闻也，察于淑湫。心之所虑，非特知于麤粗也，察于微眇。故修要之精。

……

是故具者何也？水是也。万物莫不以生，唯知其托者能为之正。具者，水是也，故曰：水者何也？万物之本原也，诸生之宗室也，美恶、贤不肖、愚俊之所产也。

在此基础上，《水地》篇进一步将“水”道德化，认为它是道德和正义的象征。

是以水集于玉，而九德出焉。凝蹇而为人，而九窍五虑出焉。此乃其精也。

最后，作者还将各诸侯国的河流、水质与民风、民俗相对照，阐述了一方水土养一方人的道理。

何以知其然也？夫齐之水道躁而复，故其民贪麤而好勇。楚之水淖弱而清，故其民轻果而贼。越之水浊重而洎，故其民愚疾而垢。秦之水泔最而稽，淤滞而杂，故其民贪戾，罔而好事。齐晋之水枯旱而运，淤滞而杂，故其民谄谀而葆诈，巧佞而好利。燕之水萃下而弱，沉滞而杂，故其民愚戆而好贞，轻疾而易死。宋之水轻劲而清，故其民简易而好正。是以圣人之化世也，其解在水。故水一则人心正，水清则民心易。一则欲不污，民心易则行无邪。是以圣人之治于世也，不人告也，不户说也，其枢在水。①

① 《管子》卷一四，上海古籍出版社 2015 年版，第 285—289 页。

第二章 “大浑而为一”的两汉文学

陈友冰《安徽文学史》第一卷谈到两汉安徽文学时,首先关注到此期安徽地理范围的变化。

> 公元前221年,秦始皇统一全国后,将天下分为三十六郡,今日的安徽淮北部分基本上属于砀郡、泗水郡、陈郡;江淮之间为九江郡;江南部分为九江郡和会稽郡。两汉时期,今日安徽所属郡县略有变化,汉代在郡县以上又设立“部(州)”,任命“刺史”代天子巡察,所以又称“刺史部”。安徽的淮北部分属于豫州刺史部的汝南郡和沛郡,江淮之间为扬州刺史部的九江郡和庐江郡,江南部分为九江郡和扬州刺史部丹阳郡。两汉时期,今日安徽境内的经济发展很不平衡,总体说来淮北比较先进,江淮之间处于过渡阶段,江南比较落后。武帝时代开始向江淮地区大规模移民,加速了这一地区的经济发展。到西汉末年,江淮地区51县人口已达220万,比江南的会稽、豫章、丹阳三郡61县人口180万多出23%,但面积仅为这三郡的五分之一。到了东汉末年,中原军阀混战,大批士族携带佃户和军队逃亡江南,安徽的歙县、池州一带也开始发达起来。①

随着王朝的统一,疆域的扩大,人们的视野不断拓展,曾经以皖北平原为主要萌生地的安徽文学,逐渐走向丘陵,走向山地。不同的山川地理滋

① 陈友冰:《安徽文学史》第一卷,安徽文艺出版社2013年版,第36页。

养着不同的文学风格,留下了众多传之千载的经典作品。

第一节 楚风北上:走向阔大,走向丰富

回顾战国晚期至汉王朝建立以后的文学发展,安徽与一个诸侯国的名字紧紧联系在一起,这就是“楚”。

有关这一问题的阐述,必须回到当年的历史情境之中。早在春秋时期,位居鄂西北荆睢山区的“楚”,不过是一个“号为子男五十里”(《史记·孔子世家》)的蛮夷小国,但是,经过几代人前仆后继的努力,待到战国时期,它竟然已成为“地方千里,带甲百万”的泱泱大国,不仅“西有黔中、巫郡,东有夏州、海阳,南有洞庭、苍梧,北有汾陉之塞、郇阳”(《战国策·楚策一》),而且“南卷沅、湘,北绕颍、泗,西包巴、蜀,东裹郯、邳。颍、汝以为洫,江、汉以为池。垣之以邓林,绵之以方城”①。

在北拓东进的过程中,楚国于春秋时期既已征服和灭亡了居于今日安徽版图的“六”(偃姓,皋陶之后,今安徽六安西北)、“群舒”(偃姓,皋陶之后,包括舒鸠、舒龙、舒鲍、舒龚、宗、巢、桐等国,今安徽庐江、舒城、巢湖一带)、“英”(偃姓,皋陶之后,今安徽金寨东南)、“陈”(今河南东部与安徽亳州),及至战国时期,复灭“宋”(今河南商丘与安徽淮北、宿州)。至此,它的势力范围几乎覆盖了整个淮北与江淮地区。战国晚期,迫于秦之压力,楚都一再北上东迁,公元前278年至陈(河南淮阳),公元前253年至巨阳(今安徽阜阳,一说为安徽太和),公元前241年再迁都寿春(今安徽寿县),并在此终国(前223)。军事的征服伴随多则数百年、少则数十年的文化渗透,再加上50余年国都的巨大辐射力,皖北及江淮一带终于成为地地道道的楚地,甚至成为楚国的经济文化中心,至此,楚风对于安徽文学影响之大,不言自明。

---

① [汉]刘安:《淮南子·兵略训》,上海古籍出版社2016年版,第366页。本书所引《淮南子》篇目均出于此书,不再一一详注。

但是，一时代有一时代之文学，一地域也会有一地域之文学。曾经培育了老庄文化的淮河流域，其审美风格、文学形态自不会等同于来自长江中上游的荆雎山区。正所谓“橘树之江北，则化而为枳，鸲鹆不过济，貈渡汶则死。形性不可易，势居不可移也”（《淮南子·原道训》）。

这首先表现为地貌的极大反差。《史记·货殖列传》有载：“楚越之地，地广人稀，饭稻羹鱼。”《汉书·地理志》称：“楚有江汉川泽山林之饶。江南地广，或火耕水耨，民食鱼稻，以鱼猎山伐为业……信巫鬼，重淫祀。”王夫之《楚辞通释·序例》说得更加明白：“楚，泽国也；其南沅湘之交，抑山国也，迭波旷宇，以荡遥情，而迫之以崟嵚戌削之幽菀，故推宕无涯，而天采矗发，江山光怪之气，莫能掩抑。”[①]

确实，在荆楚之歌中，满满充溢着来自泽国与山林中的凄清、幽婉、迷离、虚幻之感，浓郁的神话色彩与巫祝之风重重叠叠，挥之不去：这里的美人“采薜荔兮水中，搴芙蓉兮木末”[②]（《九歌·湘君》），“筑室兮水中，葺之兮荷盖”（《九歌·湘夫人》）；这里的神灵“蕙肴蒸兮兰藉，奠桂酒兮椒浆”（《九歌·东皇太一》），“浴兰汤兮沐芳，华采衣兮若英”（《九歌·云中君》）；这里的男子“扈江离与辟芷兮，纫秋兰以为佩”（《离骚》），“朝搴阰之木兰兮，夕揽洲之宿莽”（《离骚》）；这里的山鬼“乘赤豹兮从文狸，辛夷车兮结桂旗；被石兰兮带杜衡，折芬馨兮遗所思”（《九歌·山鬼》）……

然而，一旦进入淮河流域，皖中丘陵与皖北平原全然是另一番景色。汤汤淮水与浩浩长江奔腾东去，海拔100—300米的低山只不过是平地上的些许点缀。以楚国最后一个都城寿春为例，这里虽也有大小山峰40余座，但主峰海拔仅仅241.2米，山下则是海拔25—75米的岗地，还有得芍陂（楚孙叔敖建于公元前597年）滋养数百年的富饶的淮上平原。身边无高山，眼前尽平阔，尽管昔日陈地也有巫风盛行，尽管水乡也有柔美之风，但没有了荆雎山区数不尽的曲折委婉，吟诗为文者心中自然也就少了随之

① ［明末清初］王夫之：《楚辞通释·序例》，中华书局1975年版，第4页。

② ［汉］刘向辑：《楚辞》，上海古籍出版社2015年版，第72页。本书所引楚辞均出于此书，不再一一详注。

而来的神秘幽深。开阔雄浑的视野,需要更加质朴、豁达的表述方式。因此,汉王朝开创者、生活在淮水流域的刘邦所唱楚声为:“大风起兮云飞扬,威加海内兮归故乡,安得猛士兮守四方!”(《史记·高祖本纪》)全诗气势豪壮,奔腾千里。另一位淮河流域的楚人项羽,兵败垓下(今安徽省灵璧县境内睢水至洨水间平原地区),与虞姬相别,一曲“力拔山兮气盖世,时不利兮骓不逝。骓不逝兮可奈何,虞兮虞兮奈若何?”(《史记·项羽本纪》)虽是末路英雄的儿女情怀,虽然愁肠百转,却分明豪气冲天。

如此的大气磅礴不仅仅体现在几首秦汉之际的楚歌里,更体现在汉王朝一统天下之后渐渐形成的审美理想中。春秋战国时期的安徽淮河流域,北近黄河,南望长江,东向大海,西接中原腹地,正所谓“大道坦坦”(《淮南子·原道训》),既是齐、鲁、宋、楚、郑、卫、陈等国交通往来要途,也是各国学者文人游历驻足之地。北方中原文化、东北齐鲁文化、西南楚文化、东南吴越文化在此交融,道家理论与儒、墨观念在此会聚、撞击、交流,淮河流域特定的地理环境与汉王朝蒸蒸日上的政治氛围,终于成就了以《淮南子》为代表的“大浑而为一”的美学理想——“卓然独立,块然独处,上通九天,下贯九野。员不中规,方不中矩,大浑而为一”(《淮南子·原道训》)。

“大浑而为一”,首论为“大”。两汉安徽文学之“大”,既来自平原通途为人们提供的广阔视野,更来自孕育了大汉天子的一方土地蒸腾而起的极度自信。司马迁曾说:“皇帝起丰沛,讨暴秦,诛强楚,为天下兴利除害,继五帝三王之业,统天下,理中国。中国之人以亿计,地方万里,居天下之膏腴,人众车舆,万物殷富,政由一家,自天地剖判未始有也。”(《史记·郦生陆贾列传》)襟怀如此,自有指点江山、挥斥方遒的意气。表现在文学创作上,为气势恢宏、铺张扬厉的汉大赋与散文的出现。《过秦论》《吊屈原赋》《鹏鸟赋》的作者贾谊、《子虚赋》《上林赋》的作者司马相如、《七发》的作者枚乘、《上梁王书》的作者邹阳、《哀时命》的作者庄忌,都曾长期生活在豫东、皖北的交界地梁国。他们的创作,着眼于治国理政,大有气吞八方、襟怀四海之势。而诞生于淮水之滨、“牢笼天地,博极古今”[1]的《淮南子》,则可称两汉散文巨著的代表。作者瞩目于天地万物,兴亡大略,提出了在当时“最系统最全面最丰富的”宇宙论[2],“言其大也,则覆天载地,说其细也,则沦于无垠……其义著,其文富,物事之类,无所不载”[3],堪称“鸿烈”。

“大浑而为一”之“浑”,要点在融合。有了极大的自信,自然也就有了包容万家的气度,有了“兼容万千、汇通古今的一种博大的审美情怀”[4]。贾谊、司马相如、枚乘、淮南小山等人的作品,蕴道家之哲理,承楚辞之余绪,述儒者之政见,浑而为一,成为“材极富,辞极丽,而运笔极古雅,精神极流动,意极高”[5]的传世之作。《淮南子》既吸收了产自淮河流域本土之上的道家美学思想,又融合了儒家对现实人生的执着,兼及商鞅、韩非等法家“法与时变,礼与俗化”(《淮南子·氾论训》)的主张,以“博大而和有条贯”,跻身“汉人著述中第一流也”[6]。东汉沛郡桓谭之作,充满了“术辨古今,亦欲兴治”[7]的强烈愿望,却又能从“天道自然”的角度审视人生,在谶纬当道的时代显示了难能可贵的特立独行风貌。即便时至汉末,也有儒道兼修、汲取了楚辞魂魄、汉家风神的曹操、曹丕、曹植,“雄赡高华”[8],以非同凡响的艺术创作,唱出那一时代的最强音。

可以说,自汉初开始,安徽文学已进入一个大气磅礴的历史新阶段。昔日主要集中于淮河以北的文学创作,逐步走出平原,进入江淮地区,并渐渐深入江南。汉王朝建立后,于今日安徽淮河南北的土地上,分别建有梁

---

① [唐]刘知幾:《史通·自叙》,中华书局1961年版。

② 周桂钿:《秦汉思想史》上,福建教育出版社2015年版,第73页。

③ [汉]高诱:《淮南鸿烈解·序》,见《淮南鸿烈解》(1),商务印书馆1937年版。

④ 陈友冰:《安徽文学史》第一卷,安徽文艺出版社2013年版,第44页。

⑤ [明]王世贞:《艺苑卮言》卷二,见《历代诗话续编》,中华书局1983年版,第982页。

⑥ 梁启超:《中国近三百年学术史》,见《梁启超论清学史二种》,复旦大学出版社1985年版,第369页。

⑦ [汉]桓谭:《新论·本造第一》,见《新论》,上海人民出版社1977年版,第1页。本书所引《新论》篇目均出于此书,不再一一详注。

⑧ [明]胡应麟:《诗薮》,中华书局1958年版,第1页。

国、楚国、淮南国、六安国，来自四面八方的文人集结在以藩国政治文化为中心的平台上，而各藩国又以各自不同的地理文化，为本国的文学创作带来不同的风格意蕴。

第二节　怀囊天地：梁园文学的奔放洒脱

在两汉诸多藩国之中，居于今豫、鲁、皖交界处的梁国文学最为引人瞩目[①]。汉文帝于公元前168年封嫡次子刘武为梁王。刘武“以窦太后少子故，有宠，王四十余城，居天下膏腴之地，赏赐不可胜道”（《资治通鉴·汉纪七》）。景帝三年以后，因平息七国叛乱有功，刘武越发受到恩宠，梁国随之成为西汉最大的诸侯国。刘武爱才，喜风雅，尝“游于忘忧之馆，集诸游士，各使为赋”[②]，并以赋作优劣论功行赏，诗酒言欢，一时间豪俊之士麇集。许多人甚至辞去朝廷及其他诸侯国的官职，“皆去之梁，从孝王游”（《汉书·邹阳传》）。这其中就包括了汉初最为杰出的辞赋家司马相如、枚乘、邹阳、庄忌等。中国文学史上许多重量级诗赋得以在此诞生，鲁迅因此于《汉文学史纲要》中称：“天下文学之盛，当时盖未有如梁者也。”[③]

以往论及梁国文学的繁盛原因，人们多瞩目于梁国国力的雄厚、刘武个人的爱好，实际上，梁国独特的地理因素也不可忽视。

首先是国土的阔大。梁国初建时，其疆土仅为魏国故地、秦砀郡，有20余城，后梁怀王刘揖坠马而死，梁太傅贾谊向文帝进言，称：“愿举淮南地以益淮阳，而为梁王立后，割淮阳北边二三列城与东郡以益梁。不可者，可徙代王而都睢阳。”（《汉书·贾谊传》）文帝于是从贾谊计，徙淮阳王武为梁王，“地北界泰山，西至高阳，四十余城，皆多大县”（《史记·梁孝王世家》），后复增淮阳国北数县、东郡若干县。此时的梁国拥有以大梁为中心

---

① 梁国最初下辖八县中即有今属安徽的下邑县（砀山）、杼秋县（萧县黄口镇）、谯县（今亳州市）。

② 《西京杂记》，见《汉魏六朝笔记小说大观》，上海古籍出版社1999年版，第103页。

③ 鲁迅：《汉文学史纲要》，北京联合出版公司2014年版，第31页。

的睢阳、虞县、下邑、砀县、芒县、襄邑、鄢县、宁陵、浚仪、定陶、长垣、济阳、成阳、成安、鄄城、无盐、巨野、任城、单父、乘氏等众多城池,地跨战国时期的齐、宋、魏、楚故地。这片地域在思想文化上既有齐国稷下学宫传统、宋地老庄之道学脉,亦有楚国文学浪漫奇诡风格的影响。

其次是物产之富。梁国地处中原,所辖之地气候温润①,境内多平原,泗水、济水、睢水穿境而过,地理条件极为优越。加之芒砀山矿产资源丰富,冶铁技术发达,铁制农具得以广泛使用②,大大促进了农业生产的发展。自春秋战国时期这里已被称为"中国膏腴之地"(《战国策·燕策二》),《战国策·燕策二》有言:"与其得百里于燕,不如得十里于宋。"此外,梁国土地还适合植桑种麻,是西汉中期桑麻纺织和家庭畜牧业最为发达的地方,也是汉代丝织品的重要产地。陈留襄邑(河南睢县)有大规模的官营作坊,织工常达数千人之多。睢阳也是重要的丝织品产地,西汉开国功臣灌婴就曾是"睢阳贩缯者也"(《史记·樊郦滕灌列传》)。据王充《论衡·程材》记载:"齐部世刺绣,恒女无不能;襄邑俗织锦,钝妇无不巧。"③

农业和手工业的发展促进了商业的繁荣。西汉时期,"洛阳东贾齐、鲁,南贾梁、楚"(《史记·货殖列传》)。当时的定陶、睢阳,都是全国屈指可数的大都市,梁国之殷富实可敌国。有记载称,刘武时期梁国"府库金钱且百巨万,珠玉宝器多于京师","孝王未死时,财以巨万计,不可胜数。及死,藏府余黄金尚四十余万斤"(《史记·梁孝王世家》)。有了雄厚的财力,刘武才可能大建宫室,构筑梁园,不惜重金招揽人才:"筑东苑方三百里,广睢阳城七十里,大治宫室,为复道,自宫连属于平台三十里。"(《汉书·梁孝王传》)"园中有百灵山。山有肤寸石、落猿岩、栖龙岫。又有雁

① 《水经注》记载:"睢水又东南流,历于竹圃。水次绿竹荫渚,菁菁实望,世人言梁王竹园也。"据此可知当时梁国气候温暖湿润。

② 《汉书·货殖传》记载:"宛(南阳)孔氏之先,梁人也,用铁冶为业。"此外,芒砀山梁王室墓葬出土多种铁制农具。

③ [汉]王充:《论衡·程材》,上海人民出版社1974年版,第189页。

池,池间有鹤洲凫渚。其诸宫观相连,延亘数十里。奇果异树,瑰禽怪兽毕备”①,在此基础上,梁孝王底气十足地“招延四方豪杰,自山以东游说之士莫不毕至。齐人羊胜、公孙诡、邹阳之属。公孙诡多奇邪计,初见王,赐千金,官至中尉,梁号之曰公孙将军”(《史记·梁孝王世家》)。

第三,梁国文学之盛,还得益于该国极为优越的交通条件。早在春秋时期,定陶已是“天下之中,诸侯四通,货物所交易也”(《史记·货殖列传》)。台湾历史学家劳干在《论汉代之陆运与水运》一文中,分析了当时“国家行政之道路”与“货殖之道路”,认为:

> 当时天下之财富在关东,关东之财富凑于齐梁,而道路之中枢,实在梁国。韩、魏夙称天下之枢(《战国策》)。张仪说魏王,谓为“地四平,诸侯四通,条达辐辏,无名山大川之险”。陶在战国及汉初为魏邑,而《史记·货殖传》谓范蠡“之陶为朱公,朱公以陶为天下之中,诸侯四通,货物所交易也”。战国时魏冉为秦穰侯,执秦政秉,独以陶为封邑(《史记·穰侯传》)。汉高帝平项羽,即天子位,亦独在陶(《汉书·高帝纪》)。及西汉时,济阴一郡,为全国人口最密之处。可知西汉之世,天下之凑在定陶而不在洛阳。

他还说:

> 若以陶为中心而衡论之,则其东北为临淄,故为齐都;西汉初年已至十万户(《汉书·高五王传》)。西北为邯郸,故为赵都;邯郸之北则为涿与蓟;其南则寿春,故为楚都,其西则洛阳……此皆河济间大平原之都会也。②

① 《西京杂记》,见《汉魏六朝笔记小说大观》,上海古籍出版社1999年版,第92页。

② 劳干:《论汉代之陆路与水运》,见《历史语言研究所集刊》(1947年,第十六本),商务印书馆1948年版,第70页。

除此之外，还有水运。梁国当时北有济水，南有获水、睢水贯穿其境。这两条东西向河流直入楚国，并经楚入泗水、再入淮水，是汉代水运的重要运道。更何况还有魏国当年开通的运河鸿沟，“以通宋、郑、陈、蔡、曹、卫，与济、汝、淮、泗会于楚”（《史记·河渠书》），使得梁国无论是北上黄河，还是溯黄河西向长安，东经济水向齐鲁，南经淮水下扬州，都十分便利。

2012年，四川师范大学博士生尧荣芝在其学位论文《两汉文学地域性研究》中，据此提出梁孝王文人集团中庄忌、邹阳、枚乘、司马相如、公孙诡、羊胜等主要参与者归附梁王的地域因素，发现吴人严忌、齐人邹阳、淮阴人枚乘早年均仕吴王刘濞，后因吴王谋划叛逆，不听谋士劝谏，“皆去之梁，从孝王游”（《汉书·邹阳传》）。当此之时，三人年龄均在50岁左右，“距离的远近对于年长的人来说是需要注重的”，除却梁孝王刘武的招贤纳才，从地理条件说，他们投奔梁国的一个重要原因，当为此地无大山阻隔，交通便利，距离家乡最近。其中以枚乘一例最为突出：七国之乱平定后，枚乘声名大振。景帝任其为弘农都尉，他以病辞官，复游梁国。梁孝王死，枚乘欲归家乡淮阴，枚皋母（枚乘妾）不愿跟随，结果枚乘居然弃小妾与儿而去。武帝即位后，以安车蒲轮召枚乘赴京，但枚乘年事已高，终于死在途中（《汉书·贾邹枚路传》）。尧文指出：

> 由此可反证：一是枚乘对家乡的深深眷念，宁不做郡吏，也要去离家更近的梁国；宁放弃枚皋母子，也要回到家乡淮阴。二是路途遥远，长途跋涉辗转颠簸，对于年长的人是很不安全的事情，一般来说他们会极力避免去远离家乡的地方任职。

此外，尧文还指出：

> 羊胜、公孙诡虽然是因“奇邪计”得到梁孝王宠信，可谓“君臣相得”，但如果考察地域环境，也能发现其中的联系。羊胜、公孙诡是齐人，齐、梁是近邻，由齐入梁便利可行，所以他们选择游梁应该也有地

理条件的考虑。[1]

与国土的富饶、阔大，交通的便利，尤其是“天下之中”的感觉相匹配，刘武主政时期的梁国文学在中国文学发展史上显示出独到特色：其一，宽松优裕的环境使这些作家日日游于“忘忧之馆”，相游同乐，各骋才思，全身心地投入文学创作。因而，梁园创作更接近纯文学作品。来自齐、梁、吴、楚、蜀等地的文士将各自鲜明的文化个性带至梁园，交相融会：淮河流域老庄之道的影响、战国晚期纵横家的文脉遗传、身处帝王之乡的满满自信，赋予文士们“怀囊天地”的气度，奔放洒脱的气势，使其创作充分体现了汉初大一统王国的盛世气象与进取精神。据《西京杂记》记载：

> 梁孝王游于忘忧之馆，集诸游士各使为赋。枚乘为《柳赋》……路乔如为《鹤赋》……公孙诡为《文鹿赋》……邹阳为《酒赋》……公孙乘为《月赋》……羊胜为《屏风赋》……韩安国作《几赋》不成，邹阳代作……[2]

此种活动颇类似后世文人笔会。而其余创作于梁园的作品，更是佳作频出。诸如司马相如之《子虚赋》[3]，通篇皆以阔大壮美的笔调行文，满满充溢着放眼天下、襟怀社稷的豪情；枚乘之《七发》“创意造端，丽旨腴词，上薄《骚》些，盖文章领袖”[4]，被视为汉大赋的发端之作；邹阳《狱中上书自明》，坦坦荡荡综论时势，引经据典辩白自身，词采华丽，情思动人，既有战国策士说辞之风，亦具汉代文章典雅闳深之貌。

---

① 尧荣芝：《两汉文学地域性研究》，四川师范大学 2012 届博士论文，第 151 页、152 页。

② 《西京杂记》，见《汉魏六朝笔记小说大观》，上海古籍出版社 1999 年版，第 103—104 页。

③ 《子虚赋》作于何时何地学界有争议，本处采用《汉书 · 司马相如传》之说：“（相如）客游梁，得与诸侯游士居，数岁，乃著《子虚之赋》。”

④ ［宋］洪迈：《容斋随笔》，岳麓书社 2006 年版，第 69 页。

此外,梁国与中央政权在地理位置与精神血脉上的接近,也使其文学作品影响极为深远。有论者提出:

辞赋从一种地方文学发展成为宫廷文学,梁园赋坛是一个过渡时期。①

从某种意义上讲,没有梁园辞赋的繁荣,就没有后来武帝时期宫廷辞赋的繁荣。②

梁园辞赋把本是南方楚地的地域文学引向宫廷贵戚之家,实现了辞赋由俗到雅、由民间集体创作到文士个人创造的转化;梁园辞赋不仅标志着文学已经从经学与大文学中分化独立出来,而且是汉代文学全面走向繁荣的转折点。③

第三节　另辟蹊径:山湖薮泽间走出的淮南文学

同样作为西汉藩国文学重地的淮南国,虽然国主刘安也是个好读书鼓琴的皇家子,而且"为辩达,善属文"④,"修文学,招四方游士,山东儒、墨咸聚于江、淮之间,讲议集论,著书数十篇"⑤,却与梁国文学具有完全不同的价值取向、思想风格、内容特色。究其原因,除国主思想命运之外,地理形势也是一个重要原因。

刘安治下的淮南国,地处江淮之间,境内有史、沣、南淝、渒、池等河流从江淮丘陵自南而北汇入。由于它介于颍口(颍水入淮口)、涡口(涡水入淮口)之间,北入淮河既可顺流而下由泗水抵达徐州,亦可经由颍水、涡水

① 万曼:《辞·赋·颂》,《河南师范大学学报》1982 年第 5 期。

② 王增文:《论梁苑辞赋》,《中州学刊》1996 年第 5 期。

③ 刘德杰:《"恢奇浪漫"自风流——论梁园文化的特征》,《商丘师范学院学报》2006 年第 4 期。

④ [汉]高诱:《淮南鸿烈解·序》,《淮南鸿烈解》(1),商务印书馆 1937 年版。

⑤ [汉]桓宽:《盐铁论·晁错第八》,《盐铁论全文注释本》,华夏出版社 2000 年版,第 53 页。

北上中原，东北又有淝水自南而北注入淮河，沿淝水可达合肥，再经巢淝运河、濡须水抵长江，因而其地理位置独特，交通形势冲要，北扼涡、颍，南通淝、巢，洵为“西北之要枢，东南之屏蔽”①。

战国后期，“楚东徙都寿春，命曰郢”(《史记·楚世家》)。因春秋时期芍陂水利工程的创建，当地农业经济已经得到快速发展，“地方千余里，有陂田之饶”(《南齐书·州郡志上》)。此后，历经考烈王、幽王、哀王、负刍等四位楚王共19年的发展，淮南国一带日渐成为江淮流域重要的社会经济中心，正所谓“郢之后徙寿春，亦一都会也”(《史记·货殖列传》)。晋人伏滔曾在《正淮》中描述为：

> 彼寿阳者，南引荆汝之利，东连三吴之富，北接梁、宋，平涂不过七日，西援陈、许，水陆不出千里。外有江湖之阻，内保淮肥之固。龙泉之陂，良畴万顷。舒六之贡，利尽蛮越。金石皮革之具萃焉，苞木箭竹之族生焉。山湖薮泽之隈，水旱之所不害；土产草滋之实，荒年之所取给。此则系乎地利者也。(《晋书·伏涛传》)

如此，刘安才具有养士的资本。

不过，除却交通之利与物产的丰富，淮南国还有另外三个迥然不同于皖北平原的地理特征：

其一，淮南国傍衡山而依庐江，相对于中原诸国而言，它们均属“南楚”之地，衡山与庐江更是偏远多山。司马迁在《史记·货殖列传》中对南楚民风评价甚低：“南楚好辞，巧说少信。江南卑湿，丈夫早夭。”他还说：“夫荆楚僄勇轻悍，好作乱，乃自古记之矣。”偏远之地往往是君主忧心所在。首任淮南王英布谋反被杀，文帝之弟淮南厉王刘长于流放途中绝食自尽，都是去之不远的记忆。而刘安主政时期的淮南国与衡山、庐江两国国主均为厉王刘长之子，天子不放心也在情理之中。即便这三位同姓诸侯没

① ［清］顾祖禹：《读史方舆纪要》(8)，商务印书馆据嘉庆十六年版重印，第976页。

有任何反叛迹象,帝王仍然要采取措施。“吴楚七国反……衡山王(刘勃)坚守无二心,孝景四年,吴、楚已破,衡山王朝,上以为贞信,乃劳苦之曰:‘南方卑湿。’徙衡山王王济北”(《史记·淮南衡山列传》)。紧接着,景帝又迁庐江王刘赐为衡山王,将庐江国收入自己囊中。显而易见,皇帝是以奖励为名,拆散了亲兄弟可能组成的铁三角,给了他们一个温柔的警示。

其二,淮南国地处江淮之间,且定都寿春,受楚文化影响较之其他地域更为深入,楚风遍及民俗、民心。再加上楚相春申君黄歇是战国四公子之一,其“待士下客,招会四方,各三千人”①的行为对日后刘安招致宾客数千人的影响不言而喻。

其三,淮南国文学创作是安徽历史中第一个与丘陵文化相关的地域文学。古寿春地处大别山余脉,为低山丘陵区,境内淝陵由40余座山峰组成,方圆128平方公里,层峦叠翠,清泉密布,景色优美。相比较淮北地区,它多了些峰回路转、跌宕起伏,也使人的思维更添了些沟壑。《易经》有云:“天下有山,遁。”《论语》也说:“仁者乐山。”庄子更是大声呼喊:“山林与!皋壤与!使我欣欣然而乐与!”(《庄子·知北游》)对于追踪老庄与儒家之道、在现实生活中屡受打击的刘安来说,淝陵实在是他安放心灵最理想的处所。

正因为有如上种种地理因素,身居南楚的淮南文学不可能如地处中原腹心的梁国文学一样发展得汪洋恣肆,无所顾忌,而是另辟蹊径,别有洞天。

首先,刘武与刘安与中央政权亲疏有别,淮南国的历史与地理独特性更时时提醒着皇帝保持警惕,也时时令刘安不能不小心自处,以免招来杀身之祸。因此,虽然刘安也好辞赋,并对楚辞深有研究,还曾作赋82篇,但至少在公众形象上,他还是显得更崇尚淡泊无为、蹈虚守静、顺乎自然,强调“不争”,讲究“养生”和“全性”。

---

① [汉]王充:《论衡·儒增》,上海人民出版社1974年版,第125页。

> 无为为之而合于道，无为言之而通乎德。（《淮南子·原道训》）
>
> 天下之事，不可为也，因其自然而推之。万物之变，不可究也，秉其要归之趣。（《淮南子·原道训》）
>
> 得在时，不在争；治在道，不在圣。（《淮南子·原道训》）
>
> 轻天下，则神无累矣；细万物，则心不惑矣；齐死生，则志不慑矣；同变化，则明不眩矣。（《淮南子·精神训》）
>
> 唯不求利者为无害，唯不求福者为无祸。侯而求霸者，必失其侯；霸而求王者，必丧其霸。故国以全为常，霸王其寄也；身以生为常，富贵其寄也。（《淮南子·诠言训》）

以上种种，固然有刘安对老庄哲学的继承，但恐怕更多的还是为了表白自己“闲居静思，鼓琴读书；追观上古及贤大夫，学问讲辩，日以自娱”（《淮南子·修务训》），无意于皇权争夺的姿态。

其次，虽然刘安也在淮南国召集了大批门客，却绝不能如梁孝王一样，以“天下之中”的地理位置、比中央政权还要优厚的待遇，招揽天下知名文士，甚至将本可以供职于都城的司马相如、枚乘等统统揽至麾下，而只能以从事学术研究、探讨治国安民之术的名义，求得各方术士与文士的支持，而其中怀有纯粹文学追求志向者与文学名家更为罕见，这就使淮南文学活动与梁国门客的文学活动有了很大的差别。在东汉高诱笔下，淮南王刘安的著述追求是这样的：

> 与苏飞、李尚、左吴、田由、雷被、毛被、伍被、晋昌等八人，及诸儒大山、小山之徒，共讲论道德，总统仁义，而著此书。其旨近《老子》，淡泊无为，蹈虚守静，出入经道。言其大也，则焘天载地，说其细也，则沦于无垠，及古今治乱存亡祸福，世间诡异瑰奇之事。其义也著，其文也富，物事之类，无所不载，然其大较归之于道。[1]

---

① ［汉］高诱：《淮南鸿烈解·序》，见《淮南鸿烈解》（1），商务印书馆 1937 年版。

显然,此间没有或很少任情任意的个人文学挥洒,更多严谨庄重的集体著述;其意并非在于诗词歌赋,而是为了“讲论道德,总统仁义”。

但是,这并不等于淮南国在两汉历史上缺少文学贡献。恰恰相反,生活在一个文学尚未取得独立地位的时代,刘安及其门人所著《淮南子》于“出入经道”“焘天载地”之中,大量涉及文学理论阐发,提出了许多对后世文学发展极有启发的见解。其中特别值得注意的是,刘安及其门人长期生活在昔日楚都寿春,深受楚文化熏染,于道、儒观念之外,更钟情于来自楚辞中的“惜诵诗以致愍兮,发愤以抒情”(屈原:《九章・惜诵》)的创作理念,并因此怀有对于个人“情”“志”的强烈表达意愿。早在汉武帝初年,刘安就曾写下《离骚传》,对屈原及其作品给予高度评价。

《国风》好色而不淫,《小雅》怨诽而不乱,若《离骚》者,可谓兼之矣。上称帝喾,下道齐桓,中述汤、武,以刺世事。明道德之广崇,治乱之条贯,靡不毕见。其文约,其辞微,其志洁,其行廉,其称文小,而其指极大,举类迩,而见义远。其志洁,故其称物芳;其行廉,故死而不容自疏;濯淖污泥之中,蝉蜕于浊秽,以浮游尘埃之外,不获世之滋垢,皭然泥而不滓者也。推此志也,虽与日月争光可也![①]

《淮南子》更反复提出文学作品当表达“悲”“怨”“哀”之情,突出了情感的审美效果,以及由自然真情、愤情直发和精诚动人三方面构成的“至情”论:

夫荣启期一弹,而孔子三日乐,感于和;邹忌一徽,而威王终夕悲,感于忧。动诸琴瑟,形诸音声,而能使人为之哀乐。县法设赏,而不能

① 《汉书・淮南衡山济北王传》有:“初,安入朝,献所作《内篇》,新出,上爱秘之。使为《离骚传》。”据汤炳正先生考,此文窜入《史记・屈原贾生列传》。见汤炳正:《屈赋新探》,齐鲁书社1984年版,第6—7页。

移风易俗者，其诚心弗施也。宁戚商歌车下，桓公喟然而寤，至精入人深矣。(《淮南子·主术训》)

宁戚击牛角而歌，桓公举以大政。雍门子以哭见孟尝君，涕流沾缨。歌哭，众人之所能为也。一发声，入人耳，感人心，情之至者也。(《淮南子·缪称训》)

不知音者之歌也，浊之则郁而无转，清之则燋而不讴。及至韩娥、秦青、薛谈之讴，侯同、曼声之歌，愤于志，积于内，盈而发音，则莫不比于律而和于人心。何则？中有本主，以定清浊，不受于外，而自为仪表也。(《淮南子·氾论训》)

故秦、楚、燕、魏之歌也，异转而皆乐；九夷八狄之哭也，殊声而皆悲，一也。夫歌者，乐之征也；哭者，悲之效也。愤于中则应于外，故在所以感。(《淮南子·修务训》)

凡人之性，心和欲得则乐，乐斯动，动斯蹈，蹈斯荡，荡斯歌，歌斯舞，歌舞节则禽兽跳矣。人之性，心有忧丧则悲，悲则哀，哀斯愤，愤斯怒，怒斯动，动则手足不静。人之性，有侵犯则怒，怒则血充，血充则气激，气激则发怒，发怒则有所释憾矣。故钟鼓管箫，干戚羽旄，所以饰喜也；衰绖苴杖，哭踊有节，所以饰哀也；兵革羽旄，金鼓斧钺，所以饰怒也。必有其质，乃为之文。(《淮南子·本经训》)

正因为如此，陈友冰所著《安徽文学史》认为，《淮南子》从艺术的特征、艺术的原动力以及艺术的审美效果等三个方面，第一次全面突出论述了“至情”观，在中国古典文论建设上影响深远①。

而《中国诗论史》则评价为：

《淮南子》论歌乐主自然真情，强调真情为主的情文相协，指出歌乐感人的力量在于真情内积，出之自然。这样鲜明的见解，在重“言

① 陈友冰：《安徽文学史》第一卷，安徽文艺出版社2013年版，第42页。

志”，把诗歌看作政治伦常的附庸、美刺教化的工具的汉代，显得很特出，因此也很有意义，对魏晋诗论之重缘情，应该是有启发的。应该指出，《淮南子》论歌乐，并不是自觉地专以诗歌为审美对象而加以讨论的，大多数论歌乐的地方，都是作为阐明哲理、治道的譬喻来谈的。但在当时，从自然之道出发，意识到歌乐应有的性质、特征，已经可以说是卓见了。①

除却理论的阐发，淮南国传世之作不多，《淮南子》一书却鲜明地显现了中原文学与楚文学的融合。它“连类喻义，本诸《易》与《庄子》，而奇伟宏富，又能自用其才”②，“文笔瑰丽，收有许多神话传说、至理名言、成语典故，本身又成为一部文学著作”③。

其叙事之笔汲取了《左传》《战国策》之法，行文生动活泼，极富表现力。例如，《修务训》中写楚国大夫申包胥赴秦求救，留下了千古传诵的“哭秦庭”故事。

于是乃赢粮跣走，跋涉谷行。上峭山，赴深溪，游川水，犯津关，躐蒙笼，蹶沙石，跖达膝，曾茧重胝，七日七夜，至于秦庭。鹤跱而不食，昼吟宵哭，面若死灰，颜色霉黑，涕液交集，以见秦王，曰：“吴为封豨修蛇，蚕食上国，虐始于楚。寡君失社稷，越在草茅，百姓离散，夫妇男女，不遑启处。使下臣告急。”

再如《原道训》写传说中的仙人冯夷、大丙，颇具《庄子》的神来之笔，想象飞腾，气势磅礴。其文曰：

昔者冯夷、大丙之御也，乘云车，入云霓；游微雾，骛恍忽；历远弥

① 霍松林：《中国诗论史》上，黄山书社2007年版，第114页。
② ［清］刘熙载：《艺概·文概》，上海古籍出版社1978年版，第14页。
③ 王云度：《刘安评传》，南京大学出版社1997年版，第245页。

高以极往，经霜雪而无迹，照日光而无景；扶摇抮抱羊角而上。经纪山川，蹈腾昆仑；排阊阖，沦天门。

《览冥训》中的女娲，上天入地无所不及，仙风飘飘。其文曰：

名声被后世，光晖熏万物。乘雷车，服驾应龙，骖青虬，援绝瑞，席萝图，黄云络，前白螭，后奔蛇，浮游消摇，道鬼神，登九天，朝帝于灵门，宓穆休于太祖之下，然而不彰其功，不扬其声，隐真人之道，以从天地之固然。

在抒情方面，《淮南子》感情奔放，一泻千里，多似《楚辞》，如：

夫道者，覆天载地，廓四方，柝八极；高不可际，深不可测。包裹天地，禀授无形；源流泉浡，冲而徐盈；混混汩汩，浊而徐清。故植之而塞于天地，横之而弥于四海；施之无穷，而无所朝夕。舒之幎于六合，卷之不盈于一握。约而能张，幽而能明；弱而能强，柔而能刚；横四维而含阴阳，纮宇宙而章三光。甚淖而滒，甚纤而微；山以之高，渊以之深；兽以之走，鸟以之飞。日月以之明，星历以之行，麟以之游，凤以之翔。（《原道训》）

而《地形训》之铺采摛文、丰辞缛藻，又大类汉赋，如：

东方之美者，有医毋闾之珣玗琪焉；东南方之美者，有会稽之竹箭焉；南方之美者，有梁山之犀象焉；西南方之美者，有华山之金石焉；西方之美者，有霍山之珠玉焉；西北方之美者，有昆仑之球琳、琅玕焉；北方之美者，有幽都之筋角焉；东北方之美者，有斥山之文皮焉；中央之美者，有岱岳以生五谷桑麻，鱼盐出焉。

至于淮南国流行于西汉的赋作，虽有《汉书·艺文志》录刘安赋82篇、淮南国群臣赋44篇，但至今可见者甚少。一方面固然与淮南王“反叛”有关，但另一方面也是历史淘汰的结果。也许当时淮南国大多数赋作水平未必很高，但淮南小山的《招隐士》获得历朝历代批评家的高度评价。胡应麟《诗薮·内篇》称：“屈、宋诸篇，虽遒深闳肆，然语皆平典。至淮南《招隐》，迭用奇字，气象雄奥，风骨棱嶒，拟骚之作，古今莫迨。”[①]王夫之《楚辞通释》则认为：“今按此篇，义尽于招隐，为淮南招致山谷潜伏之士，绝无悯屈子而章之之意。”“其可以类附《离骚》之后者，以音节局度，浏亮昂激，绍楚辞之余韵，非他词赋之比。虽志事各殊，自可嗣音屈、宋。”[②]刘熙载《艺概·赋概》更评价：“屈子以后之作，志之清峻，莫如贾生《惜誓》；情之绵邈，莫如宋玉《悲秋》；骨之奇劲，莫如淮南《招隐士》。”“诗人之优柔，骚人之清深，后来难并矣。唯奇崛一境，虽亦诗骚之变，而尚有可广，此淮南《招隐士》所以作与？”[③]

因此，有研究者认为《招隐士》为江淮地区骚体赋的代表作，应当名实相副。此作全文如下：

桂树丛生兮山之幽，偃蹇连蜷兮枝相缭。山气巃嵸兮石嵯峨，溪谷崭岩兮水曾波。猿狖群啸兮虎豹嗥，攀援桂枝兮聊淹留。王孙游兮不归，春草生兮萋萋。岁暮兮不自聊，蟪蛄鸣兮啾啾。

坱兮轧，山曲岪，心淹留兮恫慌忽。罔兮沕，憭兮栗，虎豹穴，丛薄深林兮人上栗。嵚岑碕礒兮，硱磳磈硊，树轮相纠兮，林木茷骫。青莎杂树兮，薠草靃靡，白鹿麏麚兮，或腾或倚。状貌崟崟兮峨峨，凄凄兮漇漇。猕猴兮熊罴，慕类兮以悲。攀援桂枝兮聊淹留。虎豹斗兮熊罴咆，禽兽骇兮亡其曹。王孙兮归来！山中兮不可以久留。[④]

① [明]胡应麟：《诗薮·内篇》，中华书局1958年版，第4页。
② [明末清初]王夫之：《楚辞通释·招隐士》，中华书局1975年版，第165页。
③ [清]刘熙载：《艺概·赋概》，上海古籍出版社1978年版，第90页、91页。
④ [汉]刘向辑：《楚辞》，上海：上海古籍出版社2015年版，第299—303页。

在这里,作家以夸张、渲染的手法,极写深山荒谷的幽险、虎啸猿悲的凄厉,成功地描绘出荒山溪谷的凄凉幽险,隐士幽居的寂寥艰危,召唤隐居的“王孙”及早归来。整篇作品感情浓郁,意味深长,音节和谐,优美动人,其中“王孙游兮不归,春草生兮萋萋,岁暮兮不自聊,蟪蛄鸣兮啾啾”等句,优美动人,代代传诵。就整体而言,《招隐士》艺术构思似受到《楚辞·招魂》的影响,但又有明显区别,正如刘熙载所说:“读楚辞《湘君》《湘夫人》,便觉有逍遥容与之情,读《招隐士》,便觉有罔沕憭栗之意。”①

对于安徽文学来说,此作最重要的价值之一,是体现了安徽平原文学向丘陵文学的发展。此前的安徽文学表现的人与事,基本局限于淮河以北,无论是管子、老子、庄子之作,还是《诗经·陈风》,乃至于梁园诸赋,基本上都是以河流、平原为描写对象,即便如庄子、枚乘在作品中提及的他处景观,也多是想象中的名山大川,而非安徽本地实景。只有诞生于大别山余脉淝陵(今八公山)的《招隐士》,真正将目光移到了江淮之间的丘陵山地,“桂树丛生兮山之幽,偃蹇连蜷兮枝相缭。山气巃嵸兮石嵯峨,溪谷崭岩兮水曾波”,与其说是作者的想象,不如说是当年淝陵面貌的真实写照。数百年后,南梁诗人吴均的《八公山赋》,可证笔者此言不虚。其文曰:

峻极之山,蓄圣表仙。南参差而望越,北逦迤而怀燕。尔其盘桓基固,含阳藏雾,绝壁险巇,层岩回互。桂皎月而常团,云望空而自布。袖以华阆,带以潜淮;文星乱石,藻日流阶。若夫神基巨镇,卓荦荆河,箕风毕雨,育岭生峨。高岑直兮蔽景,修坂出兮架天。似迎云而就日,若从汉而回山。露泫叶而原静,花照矶而岫鲜。促嶂万寻,平崖亿绝。上被紫而烟生,傍带花而来雪。维英王兮好仙,会八公兮小山。驾飞龙兮翩翩,高驰翔兮冲天。②

① [清]刘熙载:《艺概·赋概》,上海古籍出版社1978年版,第103页。

② [南朝梁]吴均:《八公山赋》,见《艺文类聚》卷七,上海古籍出版社1965年版,第126页。

无独有偶,《艺文类聚》所记刘安《屏风赋》,亦以“山”为背景,真切地刻画了作者“委伏沟渎”“靡安措足”的情态与“永为枯木”的忧心,其文曰:

惟斯屏风,出自幽谷。根深枝茂,号为乔木。孤性陋弱,畏金强族。移根易土,委伏沟渎。飘飙危殆,靡安厝足。思在蓬蒿,林有朴樕。然常无缘,悲愁酸毒。天启我心,遭遇徽禄。中郎善治,收拾捐朴。大匠治之,刻雕削斫。表虽剥裂,心实贞悫。等化器类,庇荫尊屋。列在左右,近君头足。赖蒙成济,其恩弘笃。何惠施遇,分好沾渥。不逢仁人,永为枯木。①

也许,区区两篇以山为创作对象的作品不足为奇,但在安徽文学地理中,它们的出现意味着安徽文学由北向南,跨出了重要一步。

第四节　古宋之脉:经学土壤上的文学之花

秦汉之际,中国的政治中心在咸阳与长安。特别是汉武帝颁布“推恩令”,“罢黜百家、独尊儒术”以来,文人们逐渐向中央聚集,关中地区因此形成了相对深厚的文化传统。进入东汉,光武帝刘秀定都洛阳。经过“光武中兴”与“明章之治”,社会安定,经济发展,政治清明,官学与私学教育高度繁荣。随着班固、傅毅等一批文学大家的辞世,原本集中于关中地区的文学世家优势地位逐步减弱,世家地域重心开始自西向东逐渐偏移,新的颇有名望的文学世家在临近洛阳的司隶校尉部、豫州刺史部相继涌现。据梅新林、葛永海先生指导的研究生统计,东汉文学世家豫州刺史部有 15 个之多,倘若加上遗漏的徐防家族,则以拥有 16 个文学世家的数量,与司

① [汉]刘安:《屏风赋》,见《艺文类聚》卷六九,上海古籍出版社 1965 年版,第 1202 页。

隶校尉部并列第一[①]。而这16家中，又有6家出自以今日皖北地区为主的沛国，铚之徐氏、萧之朱氏、龙亢桓氏、洨之陈氏、谯之曹氏以及丁氏家族，文名远播。在陈友冰所撰《安徽文学史》中，汉代部分除刘安之外，桓谭、朱浮、桓麟、桓彬皆为沛国人氏。他们在一个经学盛行的时代，以自身才华丰富了中国文学创作的内容，以深深烙印着地域文化特色与时代演进印记的作品，为迎接魏晋南北朝文学大潮的到来做出了贡献。

东汉沛王国建于45年，治相县(今安徽省淮北市相山区)，拥有相、萧、杼秋、丰、沛、临睢、太丘、建平、酂、谯、县、铚、竹邑、蕲、符离、谷阳、洨、虹、向县、龙亢、公丘等城池21座，其主要领土原为西周所建宋国。作为殷商王朝的后代，早在春秋战国时期，这里的农业生产已十分发达，不仅开始大量使用青铜器、铁器，而且开始使用牛耕。据《左传·隐公五年》记载："冬，京师来告饥。公为之请籴于宋、卫、齐、郑，礼也。"周王室因粮荒向鲁隐公告急，而鲁隐公只能向宋、卫等国请求购买谷物，可见宋国的粮食除满足本国需求外尚有剩余。

此外，古宋地还有难得的交通优势。这里本就河流纵横，春秋战国时期又屡屡得人工修建之利。《管子·地数》记载，齐国"修河济之流，南输梁、赵、宋、卫"，再加上沟通长江与淮河的邗沟、连接黄河与淮河的鸿沟的修建，宋国境内通往其他诸侯国的水上交通更为便利。由于地势平坦，地处中原的宋地更具陆路交通之便，春秋战国之际已成为诸国之间的交通要道，不仅中原各国通往东南吴越须经此地，而且周通齐鲁、楚通齐鲁、晋联吴制楚，都要通过宋国。当时诸侯多次会盟于宋，也从另一个角度证明了宋国交通的便捷。

交通的优势为古宋地带来学术交流的机遇。春秋时期，礼崩乐坏，先秦诸子持说奔走、纵横驰骋，既具文化底蕴、又得交通之便的宋国很快成为百家思潮交互激荡、自由争鸣的所在，呈现出空前繁荣的文化学术景象，并

---

① 陈彬彬:《东汉文学世家的时空演变及其文化成就》，浙江师范大学2014年硕士论文，第25—28页。

因之率先占领私学教育高地。据《史记·老子韩非列传》记载,老子"居周久之,见周之衰,乃遂去",隐居故乡涡水之滨,众人慕名前来拜师求学,老子遂成为中国最早开创私学教育的大师之一。此后,孔子创立儒家私学,墨子创立墨家私学,他们分别率领弟子周游列国,出入陈、蔡、宋、楚之间,影响波及列国,进一步促进了私学的发展。

进入汉代以后,由于汉武帝推崇儒学、表彰六经,两汉经学极盛。凭借便利的交通条件,沛地学人四处游学,曾出现数位宗师级人物,对经学传播与经学教育起到重要作用,也对后世儒学发展产生较大影响。查《汉书·儒林传》,内记皖地学者 16 人,从籍贯分布来看,属于淮北沛郡的有 13 人[①],几乎每人都有外出游学经历。例如,《易》施氏学宗师施雠,少年时代即告别故乡,赴梁郡砀县"从田王孙受《易》"(《汉书·儒林传第五十八》);若干年后,沛人戴崇复西上长安,求学于施雠的弟子、清河张禹,官至少府九卿。此外,尚有《易》高氏学宗师、沛人高相曾受教于梁国丁宽;《易》翟氏之学开创者、沛人翟牧为东海兰陵孟喜弟子;今文《礼》学庆氏学宗师、沛人庆普从东海兰陵后苍学;《鲁诗》褚氏之学开创者、沛人褚少孙与沛人薛广德同受教于东平王式;《穀梁春秋》传人、沛人蔡千秋先后受学于鲁人荣广与皓星公……西汉甘露三年(前 51),汉宣帝亲自主持"石渠阁论经"盛会,讨论儒家五经异同,沛郡薛广德、施雠与闻人通汉三人以一代大儒身份同时现身,足显沛地学术之盛。身处这样一种地理条件下,这样一个文化背景中,沛国的文学创作显示出与西汉梁国、淮南国迥然不同的发展态势。

首先,沛地各经学世家文脉传承久远,在此基础上诞生的文学家,自然底蕴丰厚。以龙亢桓氏为例。据《后汉书·桓荣丁鸿列传》记载,此家族奠基者桓荣在经学上影响颇大。

---

① 计有施雠、高相、戴崇、邓彭祖、高康、唐林、唐尊、翟牧、庆普、褚少孙、薛广德、蔡千秋、闻人通汉。

少学长安，习《欧阳尚书》，事博士九江朱普。贫窭无资，常客佣以自给，精力不倦，十五年不窥家园。至王莽篡位乃归。会朱普卒，荣奔丧九江，负土成坟，因留教授，徒众数百人。

桓荣先后被任命为议郎、太子少傅、太常，受封关内侯。其子桓郁敦厚笃学，传承父业，以《尚书》教授门徒。汉明帝时，担任侍中。永平十五年(72)入授皇太子刘炟，官至太尉。整个家族中为帝师者五代，见于历史记载者从东汉至东晋竟有九代之多。

再如《安徽文学史》未涉及的沛国铚地的徐防、洨地之陈忠。徐防祖父徐宣为讲学大夫，“以《易》教授王莽，父宪，亦传宣业”。徐防“少习父祖学，永平中，举孝廉，除为郎”(《后汉书·邓张徐张胡列传》)，奉事二帝，未尝有过。和帝时，迁司隶校尉，出为魏郡太守；永元十年(98)迁少府、大司农，十四年，拜司空。而另一位沛国名家陈忠，太曾祖陈咸为西汉御史大夫陈万年之子，成、哀间以律令为尚书，曾祖陈钦、祖父陈躬皆为西汉官员，父陈宠，章帝时以明习法律为尚书，陈忠亦因“世典刑法”“明习法律”(《后汉书·郭陈列传》)而擢拜尚书，可谓尚书世家。

由于诸多文士皆在东汉政治舞台上扮演了至为重要的角色，沛国文学非如西汉梁园文士一样热衷于赋体创作，而是通过疏、奏、诰、议等实用文体的撰写，展示功底深厚的文学才华。查《全后汉文》所收录之沛国文章，桓谭《新论》29 篇笔涉哲学、自然科学、社会科学、文学艺术诸多领域，被后世学者评为“论世间事，辩照然否。虚妄之言，伪饰之辞，莫不证定”[①]。《陈时政疏》《抑谶重赏疏》一反西汉后期疏奏纡徐阐缓、典雅凝滞之流俗，写得正气盎然、激情四射、锋芒毕露，为沉闷的文章界注入了一股生气。东汉大司马主簿、大将军、大司空沛萧人朱浮《为幽州牧致彭宠书》《上书请广选博士》《因日食上疏言牧守换易宜简》《上疏请乞援师》等文，诵之如行云流水，听之若金声玉振，其中《为幽州牧致彭宠书》中“凡举事无为亲厚

① [汉]王充:《论衡·超奇》，上海人民出版社 1974 年版，第 212 页。

者所痛,而为见仇者所快”一句,早已为后人广泛传诵。此外,《全后汉文》还收录了桓荣、桓郁父子《上疏谢皇太子》与《上疏皇太子》,桓氏第四代桓麟之《太尉刘宽碑》[①]以及徐防所撰《五经宜为章句疏》。有研究者指出,徐防此文“其历述古今,正源清流,雅洁得体;多用四言,清典朗健,有大儒风度,不愧为经学史上的名篇”[②]。又,陈忠存世之作亦皆为奏疏,且“善能以儒术缘饰文法”,“《荐刘恺疏》之典重,《清盗源疏》之深切,《上疏豫通帝意》之委婉,《议救西域疏》之壮丽,皆足见确有轶群之材,不愧为一时作手”[③]。

当然,时处骚赋盛行的两汉时期,沛国文士亦常有应景与抒发人生感慨的诗赋创作。由于东汉沛献王刘辅是一个“矜严有法度,好经书,善说《京氏易》《孝经》《论语》传及图谶,作《五经论》”(《后汉书·光武十王列传》)的诸侯王,沛国士人整体价值取向亦如《后汉书·儒林传》所言:

> 自光武中年以后,干戈稍戢,专事经学,自是其风世笃焉。其服儒衣,称先王,游庠序,聚横塾者,盖布之于邦域矣。若乃经生所处,不远万里之路,精庐暂建,赢粮动有千百,其耆名高义开门受徒者,编牒不下万人,皆专相传祖,莫或讹杂。至有分争王庭,树朋私里,繁其章条,穿求崖穴,以合一家之说。

由于诸多文士远离故土,求学、为宦他乡,因此,沛国文学也不可能如梁国、淮南国一样,有一个鲜明的聚集地、聚焦点。在言必称经的时代,此地既没有出现西汉时期梁园文学、淮南文学的磅礴之作,也没有出现东汉以来类似张衡、赵壹、蔡邕之类的赋作高手,众多士人明显地受到儒学思想的拘牵、谶纬之学的影响,无意此类“雕虫小技”,偶有作品,亦属唯美的描

① 《后汉书·桓麟传》:“所著碑、诔、赞、说、书凡二十一篇。”今存仅《太尉刘宽碑》《七说》《答客诗》。

② 刘斯翰:《史与诗》,广东人民出版社1997年版,第179页。

③ 刘斯翰:《史与诗》,广东人民出版社1997年版,第181页。

写，不乏对于西汉赋作高手“枝附影从”[①]的模仿。无论是桓谭流传至今的《仙赋》，还是桓麟、桓彬残缺不全的《七说》《七设》，虽然辞采华美，音韵铿锵，留下了“香萁为饭，杂以粳菰，散如细蚳，抟似凝肤；河鼋之羹，齐以兰梅，芳芬甘旨，未咽先滋”[②]，“三牲之供，鲤鲂之脍，飞刀徽整，迭似蚋羽”[③]等名句，但整体上终如刘勰所说：“观其大抵所归，莫不高谈宫馆，壮语畋猎，穷瑰奇之服馔，极蛊媚之声色。”[④]至于徐防模仿乐府民歌的《长安有狭邪行》等诗作，亦无真挚的情感投入与创作手法的创新，因此，此期沛国文人的大量“远行”，既有地理意义，更有背离本心、背离自我情感的象征意义。

但是，这并不意味着东汉沛国文学对于中国文学的发展了无贡献。相反，在这片曾经被庄子文风深深浸润、《诗》《骚》影响刻骨铭心的土地上，以著名哲学家、文学家、音乐家桓谭为代表的状写人之心灵与性情的文学之苗一直在倔强生长。经历了西汉末年的朝政混乱，目睹“富者不得自保，贫者无以自存，起为盗贼，依阻山泽，吏不能禽而覆蔽之，浸淫日广，于是青、徐、荆楚之地往往万数。战斗死亡，缘边四夷所系虏，陷罪，饥疫，人相食，及莽未诛，而天下户口减半矣”（《汉书·食货志》）的惨状，东汉士人的思想意识悄悄地发生变化。再加上老庄之学多年来通过私相传授，在沛地士人中持续发生影响。因此，从表面上看来，儒学、谶纬之学在思想意识层面一直占据主导地位，以至于“一经说至百余万言，大师众至千余人，盖禄利之路然也”（《汉书·儒林传》），但在读书人思想深处，不少人都是儒道兼修。《汉书·叙传》就曾记载了西汉时期年轻的桓谭向班嗣借阅《庄子》一书事，其文曰：

> 嗣虽修儒学，然贵老、严之术。桓生欲借其书，嗣报曰：“若夫严子

---

① ［南朝梁］刘勰：《文心雕龙·杂文》：“自桓麟七说以下，左思七讽以上，枝附影从，十有余家。”上海古籍出版社2010年版，第27页。

② ［汉］桓麟：《七说》，见《全后汉文》上，商务印书馆1999年版，第275页。

③ ［汉］桓彬：《七设》，见《全后汉文》上，商务印书馆1999年版，第277页。

④ ［南朝梁］刘勰：《文心雕龙》，上海古籍出版社2010年版，第27页。

者,绝圣弃智,修生保真,清虚澹泊,归之自然,独师友造化,而不为世俗所役者也。渔钓于一壑,则万物不奸其志;栖迟于一丘,则天下不易其乐。不絓圣人之罔,不嗅骄君之饵,荡然肆志,谈者不得而名焉,故可贵也。今吾子已贯仁谊之羁绊,系名声之缰锁,伏周、孔之轨躅,驰颜、闵之极挚,既系挛于世教矣,何用大道为自眩耀?昔有学步于邯郸者,曾未得其仿佛,又复失其故步,遂匍匐而归耳。恐似此类,故不进。"嗣之行己持论如此。

尽管班嗣不肯将《庄子》借予桓谭,并且严厉地批评了他,但联系桓谭《新论》及其中年以后在东汉朝廷上的所作所为,依然可见"简易不修威仪,而喜非毁俗儒"(《后汉书·桓谭传》)的桓谭,颇具"不为世俗所役"的精神。在西汉末年权力纷争之中,他"终不肯一言以取媚于时。及中兴之后,谶说益盛,而犯颜力诤,以辨其非"①,甚至在奏章中直言:"臣前献瞽言,未蒙诏报,不胜愤懑,冒死复陈。"(《后汉书·桓谭传》)率真地袒露自我意志,最终险些因"非圣无法"被斩。正因为如此,尽管时局要求艺术家必须遵循"天人感应"和谶纬符命思想,必须坚守"辅国家以道德"(《后汉书·宋弘传》)的发展方针,但桓谭骨子里终难摆脱自先秦时期已深入此地民风乡俗的《陈风》浸染,无法抵御艺术气息浓郁的"郑卫之声"的召唤,不能不"颇离雅操而更为新弄"②,更不能不在自己的作品中表达对古宋地浪漫主义文学大家庄子的肯定:"然论天间,莫明于圣人,庄周等虽虚诞,故当采其善,何云尽弃邪!"(《新论·本造》)

在《新论》中,桓谭如老庄一样,一次次探究人生、人性、文学生发等大问题。他崇敬生命,又从"天道自然"的角度,表现了明达死生的洒脱。

---

① [宋]周紫芝:《桓谭论》,见《太仓稊米集》,《四库全书》第1141册,上海古籍出版社1987年版,第313页。

② [汉]桓谭:《新论·离事》,上海人民出版社1977年版,第45页。本书所引《新论》内容均出于此书,不再一一详注。

人抱天地之体，怀纯粹之精，有生之最灵者也。是以貌动于木，言信于金，视明于火，听聪于水，思睿于土。五行之用，动静还与神通。……貌言视听皆生于心。（《新论·正经》）

庄周病剧，弟子对泣之。应曰：“我今死，则谁先？更百年生，则谁后？必不得免，何贪于须臾？”（《新论·祛蔽》）

精神居形体，犹火之然烛矣。如善扶持，随火而侧之，可毋灭而竟烛。烛无，火亦不能独行于虚空，又不能后然其灺。灺，犹人之耆老，齿堕发白，肌肉枯腊，而精神弗为之能润泽内外周遍，则气索而死，如火烛之俱尽矣。（《新论·祛蔽》）

他探究人性的复杂，但并不绝望，而是从中看到奋发的希望，如：

凡人性，难极也，难知也；故其绝异者，常为世俗所遗失焉。（《新论·求辅》）

为世之事，中庸多，大材少，少不胜众，一口不能与一国讼，持孤特之论，干雷同之计，以疏贱之处，逆贵近之心，则万不合，此一难也。夫建踔殊为非常，乃世俗所不能见也，又使明智图事，而与众平之，亦必不足，此二难也。既听纳，有所施行，而事未及成，谗人随而恶之，即中道狐疑，或使言者还受其尤，此三难也。（《新论·求辅》）

贾谊不左迁失志，则文彩不发……扬雄不贫，则不能作《玄》《言》。（《新论·求辅》）

他敏锐地发现了每一个个体生命的独特性，并提出艺术家的道德底线：

惟人心之所独晓，父不能以禅子，兄不能以教弟也。（《新论·离事》）

八音广博，琴德最优。……古者圣贤，玩琴以养心。夫遭遇异时，穷则独善其身而不失其操，故谓之“操”。（《新论·琴道》）

在中国文学史上，桓谭还率先肯定了“小说”的价值，认为“若其小说家，合丛残小语，近取譬论，以作短书，治身治家，有可观之辞”（《新论·补遗》），远比庄子笔下的“小说”更接近文体阐述，为南朝志人志怪小说的兴起开启了新声。

后世诸多文学研究者充分肯定了桓谭的贡献。王充认为，桓谭篇篇皆是“文由胸中而出，心以文为表观”[①]，南宋文学家周紫芝因此直接称桓潭为“特立独行”的“大豪杰”[②]。

也许，桓谭的文学探索对于中国文学的整体发展来说，还谈不上深入，却是可贵的先行脚步。《广舆记》曾记载一首沛地民谣：“玩扬子云之篇，乐于居于石之官，挟桓君山之书，富于积猗顿之财。”[③]由此足可见桓谭在文化底蕴深厚的沛地民众中的影响。百余年后，又一位沛人崛起于东汉政坛文坛，并以感情深挚、气韵沉雄之作，收束汉音，振发魏响。他就是曹操。而在曹操“体认自然”的“通脱”之风中，我们能够清晰地看到桓谭的影响。

---

① ［汉］王充：《论衡·超奇》，上海人民出版社1974年版，第213页。

② ［宋］周紫芝：《桓谭论》，见《太仓稊米集》，《四库全书》第1141册，上海古籍出版社1987年版，第313页。

③ ［清］杜文澜辑：《古谣谚》，中华书局1958年版，第406页。

第三章　奇峰突起的魏晋南北朝文学

东汉末年,朝政混乱,土地兼并问题日益突出,加上天灾与瘟疫的双重打击,百姓不堪其苦,终于引发黄巾之乱。时代动荡不安,地方豪强崛起,并逐渐演变成军阀势力,开启了群雄割据局面。从沛国谯县走出的曹操以汉天子名义征讨四方,统一了中国北部,并实行一系列政策恢复经济生产和社会秩序,从而使中原社会渐趋稳定。建安二十五年(220)曹操逝世,曹丕继任丞相、魏王。同年受禅登基,以魏代汉,结束了汉朝400多年的统治,建立了魏国。45年后,曹奂禅位于司马炎,曹魏灭亡,西晋开始。太熙元年(290)晋武帝去世,晋惠帝继位,“八王之乱”爆发。这一场战争整整持续了16年,国力消耗殆尽,人民惨无生路,社会经济再次遭到严重破坏。永嘉年间,司马睿率中原汉族臣民南渡长江,立足建邺,史称“衣冠南渡”。建兴五年(317)东晋建立,与北方的五胡十六国并存,历称东晋十六国。420年,中国进入一个历史上大分裂、民族大融合的时期——南北朝,直至589年隋灭陈而终。

如此,自魏晋至南北朝,三百余年里,中原大地时局动荡、战火纷飞。随着政局的变易,民众的迁徙,先秦两汉以来一直以皖北地区为主的安徽文学也随之发生重大变化。

第一节　情动天下:沛谯文化的杰出贡献

时至汉末,在动荡的社会环境里,严酷的地理变迁中,从今日安徽北部沛谯之地走出的曹氏父子,唱出了撼动人心的文学之歌,成为建安文学的中坚力量。

沛谯之地的自然环境早在战国时期已经开始变化。由于人口比较集中,生产力的发展加速了对森林与草原的开发,以至于“宋无长木”(《战国策·宋策》)。“西汉时,林木资源已面临枯竭。当时人们已认识到‘攻山取铜铁……斩伐林木亡有时禁,水旱之灾不由此也’,已知过度樵采与水土流失的关系,从中我们可以推知这一地区森林破坏已很严重”①。再加上从1世纪开始一直到600年,我国气候进入寒冷期,农作物生产大受影响,人地关系严重失衡,越来越多的自然灾害降临中原大地。据张保华先生统计,东汉立国195年,自然灾害多达314次,仅以安、桓二帝为例,安帝执政19年(106—125),历经水灾12次、旱灾13次、蝗灾7次、风灾9次、雹灾6次、地震20次、山崩地裂7次,共74次;桓帝在位21年(146—167),历经水灾8次、旱灾2次、蝗灾5次、雹灾2次、地震11次、山崩地裂10次,共38次。人相啖食的大饥,安、桓、献三帝时就发生了5次②。

自然灾害总是与社会动乱紧密联系在一起。由于自然灾害频发,更由于朝政腐败、民不聊生,异常地理现象频繁出现,盛行谶纬之道的东汉社会陷入日益严重的心理恐慌。184年黄巾起义爆发,随之又有董卓之乱,导致国家长期分裂、战乱不断,百姓大量死亡,瘟疫四处流行。“安帝初,天灾疫,百姓饥馑,死者相望。”(《后汉纪·孝安皇帝纪下卷》)汉安帝元初六年(119)夏四月,“会稽大疫”(《后汉书·孝安帝纪》)。汉少帝即位后,“是冬,京师大疫”(《后汉书·孝安帝纪》)。汉顺帝永建元年(126),水灾过后发生了全国范围的疫病流行。永建四年(129),“六州大蝗,疫气流行”(《后汉书·杨厚传》)。汉桓帝时疫病流行也颇凶猛,元嘉元年(151)春正月,“京师疾疫。……二月,九江、庐江大疫”。延熹四年(161)正月,“大疫”(《后汉书·桓帝纪》)。汉灵帝在位的25年间,疫病连绵不断。建宁四年(171)三月、熹平二年(173)正月、光和二年(179)和五年(182)春、中

① 邹逸麟主编:《黄淮海平原历史地理》,安徽教育出版社1997年版,第49页。

② 张保华:《东汉的自然灾害和术数文化的沸扬》,谢本书等主编:《历史文化资源研究》,云南教育出版社1994年版,第284—285页。

平二年(185)春,接连发生大的流行疫病(《后汉书·孝灵帝纪》)。从东汉中后期疫病发生的频率来看,大约是5年发生一次[①]。

其中死绝人户的大疫,安帝时期2次,桓帝时期3次,到灵帝时期竟高达5次。《述异记》曰:“汉末大饥,江淮间童谣曰:‘大兵如市,人死如林。持金易粟,粟贵于金。’”[②]《后汉书·献帝纪》亦记载,建安二年(197)“是岁饥,江淮间民相食”。

与天灾同行的是人祸。汉末战乱频发,沛谯之地正处于变乱与分裂之要冲。黄巾起义期间,诸多战事均发生在沛谯及其周边,此后军阀混战开始,仅初平四年(193)曹操进攻陶谦,“过拔取虑、睢陵、夏丘,皆屠之。凡杀男女数十万人,鸡犬无余,泗水为之不流”(《后汉书·陶谦传》)。此后,经过曹操、吕布、刘备等军阀割据混战,黄河下游南北广大地区“名都空而不居,百里绝而无民者,不可胜数”(《后汉书·仲长统传》)。《三国志·魏书·文帝纪》所录曹丕《典论自序》,描写此时中国北方大地的状况是:“家家思乱,人人自危……名豪大侠,富室强族,飘扬云会,万里相赴……而山东大者连郡国,中者婴城邑,小者聚阡陌,以还相吞灭……乡邑望烟而奔,城郭睹尘而溃,百姓死亡,暴骨如莽。”

数千年之后,清代诗人赵翼《题遗山诗》称“国家不幸诗家幸,赋到沧桑句便工”[③]。确实,随着家国地理社会的重大变化,目睹中原从繁荣富庶走向满目疮痍,孕育于沛谯文化中的曹氏文学在萧瑟秋风中拔地而起,以前所未有的成熟与劲健,卓然挺秀于华夏千年文学史。

这首先表现为“人”的意识的觉醒。沛国自古为老庄之学的发源地,哲人们对于“生死”别有一番见地,自东汉桓谭开始,已显现出“通脱”之风,待到建安年间,目睹“白骨露于野,千里无鸡鸣”[④]“出郭门直视,但见丘

---

① 薛瑞泽:《汉代疫病流行及救助》,《寻根》2003年第4期。

② [南朝梁]任昉:《述异记》下,中华书局据明万历本排印,第19页。

③ [清]赵翼:《题遗山诗》,《瓯北集》卷三三,上海古籍出版社1997年版,第772页。

④ [汉]曹操:《蒿里行》,夏传才校注:《建安文学全书·曹操集校注》,河北教育出版社2013年版,第6页。本书所引曹操诗文均出自此书,不再一一详注。

与坟”[①]“家家有僵尸之痛,室室有号泣之哀”[②]的惨状,士人对于生命的意义、价值有了更为深入的认识。他们感悟到“人生天地间,忽如远行客”“人生忽如寄,寿无金石固”,悲叹“生年不满百,常怀千岁忧”“人生寄一世,奄忽若飘尘”(《古诗十九首》)。李泽厚先生在《美的历程》一书中针对这一现象评说:

> 这种对于生死存亡的重视、哀伤,对人生短促的感慨、喟叹,从建安直至晋宋,从中上层直到皇家贵族,在相当长的一段时间中和空间内弥漫开来,成为整个时代的典型音调……可见这个问题在当时社会心理和意识形态上具有重要的位置,是他们的世界观人生观的一个核心部分。
>
> 这个核心便是在怀疑论哲学思潮下对人生的执着。在表面看来似乎是如此颓废、悲观、消极的感叹中,深藏着的恰恰是它的反面,是对人生、生命、命运、生活的强烈的欲求和留恋。而它们正是在对原来占据统治地位的奴隶制意识形态——从经术到宿命,从鬼神迷信到道德节操的怀疑和否定基础上产生出来的。正是对外在权威的怀疑和否定,才有内在人格的觉醒和追求。也就是说,以前所宣传和相信的那套伦理道德、鬼神迷信、谶纬宿命、烦琐经术等规范、标准、价值,都是虚假的或值得怀疑,它们并不可信或并无价值。只有人必然要死才是真的,只有短促的人生中总充满那么多的生离死别哀伤不幸才是真的。[③]

在这样一种社会现实与社会心理之中,东汉中期以来“章句渐疏,而多以浮华相尚,儒者之风盖衰矣”(《后汉书·儒林传》)。正如皮锡瑞

---

① 马茂元:《古诗十九首初探》,陕西人民出版社 1981 年版,第 94 页。本书所引古诗十九首均出自此书,不再一一详注。

② [三国魏]曹植:《说疫气》,王巍校注:《建安文学全书·曹植集校注》,河北教育出版社 2013 年版,第 448—449 页。本书所引曹植诗文均出自此书,不再一一详注。

③ 李泽厚:《美的历程》,文物出版社 1981 年版,第 88—89 页。

所说：

经学盛于汉，汉亡而经学衰。桓灵之间，党祸两见，志士仁人，多填牢户，文人学士，亦扦文网。固已士气颓丧而儒风寂寥矣。①

正是在此思想基础上，沛国谯地走出的曹操一振文学雄风，成为“改造文章的祖师”②。

谯县地处沛国西隅，曾为商汤故都。安徽大学吴怀东先生曾谈及此地文化渊源，其文曰：

南亳地望，即古文献所称“梁国谷熟”，在今河南商丘西南，与安徽亳州较为接近，换言之，亳州即使不是南亳之地，也在南亳的大范围里。明确亳州与南亳的历史关联非常重要。虽然殷商后来迁都离开此地，但是，曾经作为殷商古帝都的文化，对于亳州地域文化的影响应该还是存在的。都城文化至少包括政治参与、重视享受等文化因素，具体而言，参政、艺术、饮酒、武术等因素都会对当地的政治、经济、文化有很深影响。③

春秋时代，亳州初为陈国之焦、夷二邑，后并入楚国。当时楚国核心腹地荆楚地区因为远离中原地区，总体上受周礼乐文化的濡染不深，而道家思想却蓬勃发展。道家思想创始人老子的出生地及早年活动地主要是河南鹿邑、安徽亳州一带，道家思想的重要代表庄子一生也主要活动在河南商丘至安徽亳州地区蒙城一带，因而，早在春秋战国时代，道家思想在今河南东南部和安徽亳州地区就产生了一定的影

---

① ［清］皮锡瑞：《经学历史》，中华书局 2004 年版，第 95 页。

② 鲁迅：《而已集·魏晋风度及文章与药及酒之关系》，人民文学出版社 1976 年版，第 118 页。

③ 吴怀东等：《曹氏家族与汉晋社会文化变迁》，安徽大学出版社 2013 年版，第 353 页。

响,亳州作为楚国与中原地区交接的重要地带,又不可避免较早地接受中原学术文化影响,这就使得先秦时期亳州学术文化必然具有某种杂糅色彩。不过,这一时期亳州学术文化还相当弱,《汉书·艺文志》辑录的先秦作品中,并没有可确证为亳人的作品。①

如上所述,与两汉时期处于沛国腹心地带的相县、龙亢等地相比,“谯土地垸瘠,百姓穷困”(陈寿:《三国志·卢毓传》),学术发展亦相对落后,但这也恰恰成为它的一个机遇:一方面,自先秦以后,谯城就积淀了深厚的“参政、艺术、饮酒、武术”等独特的地域文化,又深受老庄思想影响,再加上它多年隶属陈、楚,得《诗经·陈风》与以楚辞为代表的抒情歌唱浸染,文化传统一贯具有杂糅色彩。另一方面,两汉时期,谯位于沛、梁、陈三国交界处,并非任何一国腹心,因而它虽在儒风遍被的中原地区,却并无儒学名家统帅一方。曹氏家族成长于此,子孙虽也诵读儒家经典,但毕竟较少经学桎梏,学术思想上更着意于经世致用,文学创作上更多浪漫之思。这就为东汉末年曹氏家族的崛起,曹操、曹丕、曹植文学思想的形成准备了极为充分的地域文化条件。

《三国志·魏书·武帝纪》有载:“太祖少机警,有权数,而任侠放荡,不治行业,故世人未之奇也。”此中“任侠放荡”一语,即可见其不拘束于儒家礼法。该书注引《曹瞒传》又载:

> 太祖为人佻易无威重,好音乐,倡优在侧,常以日达夕。被服轻绡,身自佩小鞶囊,以盛手巾细物,时或冠帢帽以见宾客。每与人谈论,戏弄言诵,尽无所隐,及欢悦大笑,至以头没杯案中,肴膳皆沾污巾帻,其轻易如此。

---

① 吴怀东等:《曹氏家族与汉晋社会文化变迁》,安徽大学出版社2013年版,第354页。

正因为曹操原本不属于礼法之士，时人比较曹操与袁绍二人差异的时候，才会认为："绍繁礼多仪，公体认自然，此道胜一也。"（《三国志·魏书·贾诩传》）本为东汉后期儒学世家精英的袁绍，为人处世"繁礼多仪"，而曹操之"体认自然"，实际上就是不拘泥于礼法的"通脱"，即鲁迅所说："通脱即随便之意。此种提倡影响到文坛，便产生多想说甚么便说甚么的文章。"[①]因此，一旦登上历史舞台，其种种属于"真人"的"自然"作风和文化取向便充分地表现出来。

在文学方面，曹操如同当年生长在这片土地上能歌善舞的陈国先祖一样，登高必赋，酒宴必歌，甚至在战争刚刚取得胜利时，即"作鼓吹，自称万岁，于马上舞"[②]。他继承了沛国前辈桓谭"颇离雅操而更为新弄"的爱好，"及造新诗，被之管弦，皆成乐章"（《三国志·武帝纪》注引《魏书》）。他不欣赏两汉流行已久的理胜于情、歌功颂德、浮华靡丽之作，从骨子里喜欢来自民间的乐府诗，并以乐府诗为参照物，创作慷慨苍凉、缘事而发、直面人生、直抒胸臆的五言诗作。建安年间，他以魏王之尊，延揽大批文士，推动了中国文学的发展，开创了中国诗歌史上的一个崭新时代。因此，木斋先生在《论曹操诗歌在五言诗形成中的地位》一文中说：

> 曹操可以说是中国诗歌史上，除屈原之外，有意写诗的第一位大诗人。（其诗作现存二十余首，单就数量来说，也是屈原之外的第一人。）其诗歌成就虽然不能与屈原比肩，但其具体影响，却不能小视。两汉时期，才华横溢的士人如此之多，却鲜有写诗者，说明华夏之诗歌时代尚未到来，也说明屈原现象的个案性、特殊性；曹操以相王之尊，雅爱诗章，传导于曹丕、曹植兄弟，并将当时的文学俊杰刘桢、徐幹等任命为丕、植的文学侍从，文人写诗，遂为风气；至正始阮籍等，传承建安风尚，以诗为酒，消解胸中郁闷之块垒，"嵇志清峻，阮旨遥深"；再

---

① 鲁迅：《而已集·魏晋风度及文章与药及酒之关系》，人民文学出版社 1976 年版，第 118 页。

② ［宋］陈旸：《乐书》卷一八二，清光绪二年刻本。

至太康"张潘左陆,比肩诗衢"(《文心雕龙·明诗》语),于是,陶渊明以田园入诗,谢灵运以山水入诗,从此,诗歌才成为士人、士大夫不可或缺的文化载体,华夏民族从此才真正地走向了诗的国度。以此观之,曹操之诗史地位,不仅标志了汉音魏响的转型,也标志了华夏文化之由经学大赋时代向诗歌时代的转型。①

与东汉前、中期沛国经学世家不同,动乱之中崛起的曹操诗作极重对当下社会生活、对自我本心情感的表达,成就了一种自我回归、情感回归的文学新景象,并自然而然地表现出对家乡故土的依恋。例如,曹操的《苦寒行》开篇即写尽征战之苦,诗曰:

北上太行山,艰哉何巍巍!羊肠坂诘屈,车轮为之摧。树木何萧瑟,北风声正悲。熊罴对我蹲,虎豹夹路啼。溪谷少人民,雪落何霏霏。

接下来,顺理成章地抒发出作者浓浓的思乡之情。

延颈长叹息,远行多所怀。我心何怫郁?思欲一东归。

又如《步出夏门行》,落笔即叹:

乡土不同,河朔隆冬。流澌浮漂,舟船行难。锥不入地,蘴藾深奥。水竭不流,冰坚可蹈。

严寒的冀州之冬,与黄河以南的家乡大为不同,作者不言思乡,思乡之

---

① 木斋:《论曹操诗歌在五言诗形成中的地位》,《山东师范大学学报(人文社会科学版)》2005 年第 2 期。

情却分明可见。

待到《却东西门行》问世，诗人的思乡之情已如汹涌澎湃的潮水，一浪高过一浪。

鸿雁出塞北，乃在无人乡。举翅万余里，行止自成行。冬节食南稻，春日复北翔。田中有转蓬，随风远飘扬。长与故根绝，万岁不相当。奈何此征夫，安得去四方？戎马不解鞍，铠甲不离傍。冉冉老将至，何时反故乡？神龙藏深泉，猛兽步高冈。狐死归首丘，故乡安可忘？

这种实实在在的"冉冉老将至，何时反故乡"的人之情感，"狐死归首丘，故乡安可忘"的浓浓乡情，深深地打动了读者。在这里，儒家诗教所倡导的"乐而不淫，哀而不伤"已被浓烈的自我情感突破，代之而起的是作者情感抒发的真切动人，是发自"真人"之心的慷慨激昂。

相比较而言，自幼在父亲严格要求下饱读诗书的曹丕，不仅与父亲一样具有通脱达观的思想、学习乐府诗的热情、表达真情实感的创作，而且以身作则，热心写作疏离政治的唯情之诗，将心中满满的"人"之性情表达得更加酣畅淋漓。建安十七年(212)阮瑀去世，曹丕作《寡妇赋》。他没有将目光集中于失友之悲，而是寻找情感最强最痛的所在，从阮瑀妻的角度，抒发了一位失去丈夫的女子内心的悲苦。

霜露纷兮交下，木落叶兮凄凄。候雁叫兮云中，归燕翩兮徘徊。妾心感兮惆怅，白日急兮西颓。守长夜兮思君，魂一夕兮九乖。怅延伫兮仰视，星月随兮天回。徒引领兮入房，窃自怜兮孤栖。愿从君兮终没，愁何可兮久怀。[①]

更重要的是他不仅自己创作，同时"命王粲等并作之"(《曹丕《寡妇赋

① ［三国魏］曹丕：《寡妇赋》，夏传才、唐绍忠校注：《建安文学全书·曹丕集校注》，河北教育出版社2013年版，第5页。本书所引曹丕诗文均出自此书，不再一一详注。

序》),倡导“以情为上”的创作之风。正因为将情感的表达置于首位,因此,曹丕诗作中的思乡之情也更显浓郁幽深。他的《杂诗》第一首写道:

漫漫秋夜长,烈烈北风凉。展转不能寐,披衣起彷徨。彷徨忽已久,白露沾我裳。俯视清水波,仰看明月光。天汉回西流,三五正纵横。草虫鸣何悲,孤雁独南翔。郁郁多悲思,绵绵思故乡。愿飞安得翼,欲济河无梁。向风长叹息,断绝我中肠。

细品全诗,情在心头,情在景中,情在草木虫鱼之间,游子思念家乡之情,郁郁绵绵不可解脱。即便是写军旅,出现在曹丕笔下的也往往并非金戈铁马,而是出征战士“弃故乡,离室宅,远从军旅万里客”的失落,“寝蒿草,荫松柏,涕泣雨面沾枕席”“惆怅窃自怜”的伤痛(《陌上桑》),以及“还望故乡,郁何垒垒”(《善哉行》)的难解心结。显然,出现在曹丕笔下的“乡情”,并非仅仅军旅之人怀想故乡之情,更多的是苦难中的人们对亲人的思念,对以乡土为代表的平静、温暖生活的向往。

同样的进取精神,同样的人情人性在沛国丁氏家族的创作中也有集中的体现。南朝梁元帝萧绎有句称“魏世重双丁,晋朝称二陆”(《梁书》),将曹魏时代的丁仪、丁廙兄弟与晋朝大名鼎鼎的陆机、陆云相提并论。翻开丁仪、丁廙传世不多的作品,潇洒的文辞、严谨的篇章结构中,流露出“览前志而博观,求余心之所安。虽疲驽而才弱,敢舍力而不攀”①的远大志向,其中丁廙所作《弹棋赋》,言简意赅地写出棋理棋韵“号令既通,兵棋启路。运若回飙,疾似飞兔”,“刚优劲勇,忿速轻急。推敌阻隧,我废彼立。君子去是,过犹不及”②,实则为作者心中建功立业之情的急切流露。

不过,在沛国丁氏家族中,流传最广的还是《寡妇赋》③。此赋相传为丁廙(仪)妻在丈夫被曹丕杀害之后所作。全文没有对权力的渴望,只有

---

① [汉]丁仪:《励志赋》,《全后汉文》,商务印书馆1999年版,第947页。

② [汉]丁廙:《弹棋赋》,《全后汉文》,商务印书馆1999年版,第948页。

③ 《寡妇赋》作者争议较大。此篇见《艺文类聚》卷三四,署名“丁廙妻”,上海古籍出版社1965年版,第601页。《初学记》十四亦有引用,作者署“丁仪”。《文选》作“丁仪妻”。

真诚的人性披露——女儿的绵绵情思，未亡人的坚毅顽强。

出嫁后的丁家媳妇“辞父母而言归，奉君子之情尘。如悬萝之附松，似浮萍之托津”，只盼着拥有一份平平淡淡、恩恩爱爱的人生。但是，“何性命之不造，遭世路之险迍”，突如其来的满门屠戮，彻底打破了丁家女人绝不过分的生活愿望。男人们淤积的鲜血令她无法喘息，无尽的悲伤淹没了她的身心。美好的人生突然被刀剑硬生生地斩断，青春韶华的女人突然面对人生的寒冬——“风萧萧而增劲，寒凛凛而弥切。霜凄凄而夜降，冰溓溓而晨结。”但是，悲伤不等于孱弱，尽管“肠一日而九结”，女人还是将所有的悲伤、思念都咽进肚里，一板一眼地为死去的家人办完丧事，然后走进空荡荡的卧房，任“时翳翳以东阴，日亹亹以西坠”，她坚定而又温柔地“抱弱子以自慰”。仅这一句，就让千年来的读者感受到一种永远不会泯灭的希望。有孩子就有未来，丁家女人不顾任何艰难险阻，决心要将孩子一天天抚育成人，这就是她面对强权政治不屈的抗争。至于什么时候去寻找死去的丈夫，大可不必急躁——“惟人生于世上，若驰骥之过棂。计先后其何几，亦同归乎幽冥。”

以“人情”“人性”为文学创作基础，再加上沛谯哲学思想的丰厚底蕴，建安年间，被称为“中国文学批评史上第一部文学专论”①的《典论·论文》，终于由曹丕推出。在这部作品中，曹丕不仅将文章视作“经国之大业，不朽之盛事”，对文学的功能、文学的分类、文人的修养一一进行论述，而且以高屋建瓴之势评点了“建安七子”诗文，并首倡“文气”说，充分表现了其文学见解的卓远。

“气”是中国古典哲学中的一个特殊范畴，皖北淮河流域作为先秦时期中国哲学的重要基地，凝聚了千百年来有关“气”的各种见解。管子有“精气”论，认为：“精也者，气之精者也。”“凡物之精，此则为生，下生五谷，上为列星。”“气者，身之充也。”“凡人之生也，天出其精，地出其形，合此以

---

① 苏芹：《比较诗学视阈下的宇文所安唐诗研究》，中国文联出版社2016年版，第143页。

为人,和乃生,不和不生。”(《管子·内业》)老庄以“气”为人之本:“道生一,一生二,二生三,三生万物。万物负阴而抱阳,冲气以为和。”(《老子·第四十二章》)“人之生,气之聚也。聚则为生,散则为死。”(《庄子·知北游》)而在孟子笔下,“气”可以决定个人的气质涵养,可以由道德涵养而生,是具有非物质成分的精神:“夫志,气之帅也;气,体之充也。”“我知言,我善养我浩然之气。”(《孟子·公孙丑》)进入两汉时期,杂家《淮南子》一方面用气来说明世界的生成:“道始于虚廓,虚廓生宇宙,宇宙生气,气有涯垠,清阳者薄靡而为天,重浊者凝滞而为地。”另一方面,又指出对于生命来说,形、气、神三者缺一不可:“形者,生之舍也;气者,生之充也;神者,生之制也。”(《淮南子·原道训》)也就是说,形是生命的躯壳,神是生命的主宰,而气是生命的内涵、实体。

正是由于古沛地哲学家思想的长期熏陶,曹丕的“文气说”才得以横空出世。在《典论·论文》中他提出的“气之清浊有体”,显然还是生发自哲学的元气论,但“譬诸音乐,曲度虽均,节奏同检,至于引气不齐,巧拙有素,虽在父兄,不能以移子弟”,则已将这一哲学命题引入了文学批评。在此,曹丕突破了“发乎情,止乎礼义”“明道”“征圣”等儒家诗教藩篱,于服务政治的“言志”诗教之外,阐述了作家个人的禀赋、才情在文学创作中至关重要的作用,将个体生命的差异性、精神生命的自由性放在一个至高无上的地位,令人不由得联想到先秦时期一直流行在淮河流域、洋溢着强烈个体人格自由的精神、表现着浓厚的个体情感色彩的“陈风”与“楚风”——尽管桓谭基于皖北民歌改编的动人琴曲因不同于《雅》《颂》,被指为“亡国之音”,屈原美丽的诗赋被汉代权威人士斥责为“露才扬己”“非明智之器”“皆非法度之政,经义所载”[①]。

基于此,鲁迅认为:

> 他(曹丕)说诗赋不必寓于教训,反对当时那些寓训勉于诗赋的

---

① [汉]班固:《离骚序》,《全后汉文》卷二五,商务印书馆1999年版,第250页。

见解，用近代的文学眼光来看，曹丕的一个时代可说是“文学的自觉时代”，或如近代所说是为艺术而艺术的一派。①

第二节　美酒佳酿:魏晋诗文的物质助力

当历史进入一个看重个体生命与精神自由的时代,华夏大地多种文化随之发生改变,酒文化就是其中之一。据当代学者宁稼雨先生考证,周代酒主要用于祭祀。

《礼记外传》有曰:“五齐三酒,皆供祭祀之用。”现存儒家最早的经典之一,今文《尚书》中的《酒诰》……说:“祀兹酒,惟天降命,肇我民,惟元祀。天降威,我民用大乱丧德,亦罔非酒惟行。”孔氏传:“惟天下教命始令,我民知作酒者惟为祭祀。……天下威罚使民乱德,亦无非以酒为行者。言酒本为祭祀,亦为乱行。”这里很清楚地强调出用酒的祭神和祭祖的初衷所在。②

秦汉年间国家屡次禁酒,提倡戒酒,以减少五谷的消耗,且一直以调和人伦、献谀神灵和祭祀祖先作为酒文化的基本功能,突出“礼”的色彩。东汉末年到魏晋,礼崩乐坏,酒禁大开,在“人生忽如寄”“年命如朝露”的末世心态中,宫廷与民间酒风强盛。《古诗十九首》写道:

今日良宴会,欢乐难具陈。弹筝奋逸响,新声妙入神。令德唱高言,识曲听其真。齐心同所愿,含意俱未申。人生寄一世,奄忽若飙尘。何不策高足,先据要路津。无为守穷贱,坎坷长苦辛。(《今日良

① 鲁迅:《而已集·魏晋风度及文章与药及酒之关系》,人民文学出版社 1976 年版,第 119 页。

② 宁稼雨:《魏晋士人人格精神〈世说新语〉的士人精神史研究》,南开大学出版社 2003 年版,第 217 页。

宴会》)

青青陵上柏,磊磊涧中石。人生天地间,忽如远行客。斗酒相娱乐,聊厚不为薄。(《青青陵上柏》)

曹植则在《酒赋》中将人们的饮酒之态描写得活灵活现,其文曰:

饮者并醉,纵横喧哗。或扬袂屡舞,或扣剑清歌,或嚬蹴辞觞,或奋爵横飞,或叹骊驹既驾,或称朝露未晞。于斯时也,质者或文,刚者或仁,卑者忘贱,窭者忘贫。

人们借助酒兴释放压力,解放自我,宽慰心灵,诗人们更是在酒精的刺激下,飞腾想象,抒发对人生的感悟、对社会的忧思、对历史的慨叹。由此开始,酒与代代中国文人墨客结缘。宁稼雨先生在《从〈世说新语〉看魏晋名士饮酒文化的内涵嬗变》一文中,描述了这一变化的轨迹及其本质。

从先秦两汉到魏晋时期,饮酒作为人们社会生活的一个组成部分,其基本走向是社会和群体意志的色彩逐渐淡化,而个人和个体意愿的色彩却不断强化。具体来说,与先秦两汉时期的饮酒活动相比,魏晋时期文人饮酒的变化轨迹是,其一,从祭祀天神,企图与神灵对话的宗教性目的,变而为超越宗教神学目的,成为文人进入自己理想的自由精神境界的导引性媒体;其二,从周代礼制统治的一部分,强调社会的尊卑秩序和伦理精神,变而为部分文人反对司马氏政权以礼教作为政治统治的工具,反对社会对个体的禁锢与束缚,宣扬反礼教思想的重要行动;其三,从养生(包括养老和养病)的初衷,变而为文人不顾养生的不利后果、纵欲放诞、及时行乐的手段和内容;其四,从西周时期的政治领袖人物对其社会政治作用的担忧,变而为回避政治,逃避现实的有效借口。所有这些,不仅使魏晋文人的社会生活增加了极大的个体色彩和人文精神,而且也对整个中国古代饮酒文化的走向和发展,起到了重要的导引作用。[①]

在这一嬗变过程中,沛谯之地因得天独厚的地域因素起到引领作用。作为夏、商、周三代统治的中原地区,沛谯粮食产量丰富,酿酒历史悠久,技艺纯熟。战国时期《韩非子》中即有“宋人酤酒”故事,称此地孩童亦可酤酒[②],同时代的沛谯人士庄子则第一个阐述了酒可以使人通向“神全”的哲学内涵。

> 夫醉者之坠车,虽疾不死。骨节与人同,而犯害与人异,其神全也。乘亦不知也,坠亦不知也,死生惊惧,不入乎其胸中,是故逆物而不慑。(《庄子·达生》)

东汉时期,沛谯一带酿酒技术大有提高。谯县县令郭芝用九酝酒法造酒,曹操得其法造出“九酝春酒”,献给汉献帝,成为宫廷用酒。这种酒不仅“其上清滓亦可饮”(曹操:《奏上九酝酒法》),而且酒曲发酵力大为增强。《汉书·食货志》记载:“一酿用粗米二斛,曲一斛,得成酒六斛六斗。”其中曲与米的比例高达一半,但“九酝春酒”已经是“用曲(面)三十斤,流水五石”,“三日一酿,满九斛米止”(曹操:《奏上九酝酒法》),用曲量由过去的对半大幅降低为不到十分之一。

有好酒自然有善饮者。魏晋时期以饮酒诗文闻名的作家,诸如曹操、曹丕、曹植、嵇康、刘伶等,均为沛谯人士。他们的作品多与酒相关,且恰好代表了中国诗酒文学的三种典型。

---

① 宁稼雨:《从〈世说新语〉看魏晋名士饮酒文化的内涵嬗变》,《文史哲》2018 年第 2 期。

② 《韩非子·外储说右上》:宋人有酤酒者,升概甚平,遇客甚谨,为酒甚美,悬帜甚高,然贮而不售,酒酸。怪其故,问其所知者杨倩,倩曰:“汝狗猛邪?”曰:“狗猛,则酒何故而不售?”曰:“人畏焉。或令孺子怀钱挈壶瓮而往酤,而狗迓而龁之,此酒所以酸而不售也。”见陈奇猷校注:《韩非子新校注》下,上海古籍出版社 2000 年版,第 784 页。

其一为豪放派。东汉末期身居高位指点江山的曹操,在酒力推动下,诗作慷慨多气,豪情四溢,堪称中国豪放派诗作的典范。

对酒当歌,人生几何?譬如朝露,去日苦多。慨当以慷,忧思难忘。何以解忧?唯有杜康。(《短歌行》)

与曹操相近,集豪放与风流倜傥于一身的是曹植。翻阅曹植之诗,“置酒高殿上,亲交从我游”(《箜篌引·野田黄雀行》)、“归来宴平乐,美酒斗十千”(《名都篇》)的狂欢场面触目可见,诗人恣意描写着与友朋“市肉取肥,酤酒取醇。交觞接杯,以致殷勤”(《乐府》)的交欢情景与“亲昵并集送,置酒此河阳。中馈岂独薄?宾饮不尽觞。爱至望苦深,岂不愧中肠?”(《送应氏诗二首》其二)的惜惜相别。

在《箜篌引》中,曹植更借助酒力来倾诉人生短促的苦闷和对建功立业的渴求。

置酒高殿上,亲交从我游。中厨办丰膳,烹羊宰肥牛。秦筝何慷慨,齐瑟和且柔。阳阿奏奇舞,京洛出名讴。乐饮过三爵,缓带倾庶羞。主称千金寿,宾奉万年酬。久要不可忘,薄终义所尤。谦谦君子德,磬折欲何求。惊风飘白日,光景驰西流。盛时不再来,百年忽我遒。生存华屋处,零落归山丘。先民谁不死,知命复何忧。

在此,诗人的情感于酒中从极乐转到极悲,诗作开篇时满溢的慷慨之志,到篇末已成为“盛时不再来”的悲凉之意。读者可以真切地感受到在酒精的作用下,诗人内心的重重矛盾,而触碰一颗真心、分享一份豪情的快感,终将诗篇的感人之力推向高峰。

也许,曹植的诗作确实缺乏曹操的王者气象,但王者毕竟寥寥。曹植在酒后诗章中挥洒的豪情逸兴,对于后代诗人更具有感染力与可模仿性。唐代大诗人李白显然就是曹植的膜拜者,他的《将进酒》开篇就将曹植饮酒诗作为榜样，其诗曰：

陈王昔时宴平乐，斗酒十千恣欢谑。主人何为言少钱，径须沽取对君酌。五花马，千金裘，呼儿将出换美酒，与尔同销万古愁。

而《行路难》中"金樽美酒斗十千"，则直接化用曹植"归来宴平乐，美酒斗十千"句。千年来李白笔下令无数读者拍案叫好的饮酒诗中名句，诸如"人生得意须尽欢，莫使金樽空对月。天生我材必有用，千金散尽还复来""停杯投箸不能食，拔剑四顾心茫然""仰天大笑出门去，我辈岂是蓬蒿人""抽刀断水水更流，举杯消愁愁更愁。人生在世不称意，明朝散发弄扁舟"等句所表现的集报国壮志与苦闷彷徨于一体的感受，与曹植的《名都篇》《箜篌引》又是何其相似。

其二，与曹操、曹植的一身英雄豪气不同，对于魏晋一般士人来说，面对政治的黑暗，社会的动荡不安，生命的朝夕难保，饮酒是他们对抗礼法、逃避现实的途径，醉酒的境界成为他们不可多得的心灵港湾。因此，沛谯饮酒诗文中又有以刘伶为代表的放达派。其《酒德颂》写道：

有大人先生者，以天地为一朝，万期为须臾，日月为扃牖，八荒为庭衢。行无辙迹，居无室庐，幕天席地，纵意所如。止则操卮执瓢，动则挈榼提壶，唯酒是务，焉知其余。有贵介公子，缙绅处士，闻吾风声，议其所以。乃奋袂攘襟，怒目切齿，陈说礼法，是非锋起。先生于是方奉罂承槽，衔杯漱醪。奋髯箕踞，枕曲藉糟。无思无虑，其乐陶陶，兀然而醉，慌尔而醒。静听不闻雷霆之声，熟视不见太山之形，不觉寒暑之切肌，利欲之感情。俯观万物之扰扰，如江汉之载浮萍。二豪侍侧焉，如蜾蠃之与螟蛉。①

作者塑造了一位顶天立地的"大人先生"形象。他"以天地为一朝，万

① ［晋］刘伶：《酒德颂》，《全晋文》（中），商务印书馆1999年版，第684页。

期为须臾”,可缩久远为一瞬,俯视人世的变幻,不会斤斤于一旦之交,汲汲于一夕之化。他胸怀广阔、眼界高远、“幕天席地,纵意所如”、茕茕独立、不同凡响,原因就在于无论是静止还是行动,时时“操卮执瓢”“挈榼提壶”,始终“惟酒是务”。他鄙夷“贵介公子”“缙绅处士”的非议,不在乎他们的“奋袂攘襟,怒目切齿”,而是特立独行,以率真来对抗名教礼法,“奉罂承槽,衔杯漱醪”,全身心浸淫于酒。甚至坐则“奋髯箕踞”,卧则“枕曲藉糟”,全然无法无天,终得“无思无虑,其乐陶陶,兀然而醉”,“静听不闻雷霆之声”,“熟视不见太山之形”,“不觉寒暑之切肌,利欲之感情”。

其三,以嵇康为代表的对大自然的拥抱。“家世儒学,少有俊才,旷迈不群,高亮任性,不修名誉,宽简有大量。……学不师授,博洽多闻,长而好老、庄之业”[①]的嵇康,对酒的认识与体味自有另一番境界。他虽然也“为性好酒,傲然自纵,与山涛、阮籍无日不兴”[②],也曾有过如“玉山倾倒”的醉酒经历,却已走出被酒操控的阶段,而是重视养生、反对纵欲。他认为:“酒色何物,自令不辜。歌以言之,酒色令人枯。”[③](《重作四言诗七首》其四)“是以古之人知酒(色)为甘鸩,弃之如遗;识名位为香饵,逝而不顾。”(《答难养生论》)在《养生论》中,嵇康指出:“滋味煎其府藏,醪醴(鬻)其肠胃,香芳腐其骨髓,喜怒悖其正气。”写作《与山巨源绝交书》时,他再一次表白:“吾顷学养生之术,方外荣华,去滋味,游心于寂寞,以无为为贵。”所有这些,均明显地表达了嵇康以养生为贵的道家价值取向。因此,阅读嵇康的《酒会诗》,我们感受到的是恬静无欲,自足于大自然怀抱之中的悠然淡然。在此,“清酤”“微歌”与“素琴”的存在,只为畅游大自然的“周览无穷已”与怀念友人。

---

① [晋]嵇喜:《嵇康传》,《全晋文》(中),商务印书馆1999年版,第671—672页。

② 佚名:《琱玉集》卷一四《嗜酒篇》引《晋杪》,王云五:《丛书集成初编》,商务印书馆1936年版,第94页。

③ [三国魏]嵇康:《赠秀才入军》其十五,戴明扬:《嵇康集校注》,中华书局2015年版,第72页。本书所选嵇康诗文均出于此书,不再一一详注。

乐哉苑中游，周览无穷已。百卉吐芳华，崇台邈高跱。林木纷交错，玄池戏鲂鲤。轻丸毙翔禽，纤纶出鳣鲔。坐中发美赞，异气同音轨。临川献清酤，微歌发皓齿。素琴挥雅操，清声随风起。斯会岂不乐，恨无东野子。酒中念幽人，守故弥终始。但当体七弦，寄心在知己。

此种置全身心于大自然的芳华与清流中，在感受自然美的同时领悟人生之道的作品，实开后世山水田园诗之先河。朱自清先生在《陶诗的深度》一文中就注意到："陶诗意境及字句脱胎于《古诗十九首》的共十五处，字句脱胎于嵇康诗赋的八处，脱胎于阮籍《咏怀》诗的共九处。"①葛晓音先生也认为，嵇康《兄秀才公穆入军赠诗》"无论就句法的活泼新颖还是境界的清隽玄远而言，都成为陶渊明四言诗的先声"②。

总而言之，魏晋时期，沛谯诗文在美酒的推进下，成功地突破了礼教的束缚，抒写了诗文作者各个不同的自我情志。中国古代酒文化的种种形态，皆于此得以呈现，后世诗酒文学之不同风范，均可在此寻得端倪。

第三节　千里驱驰：淮北文学的南向迁徙

东汉末年，黄淮流域灾难频发，战争连年不断。从中平六年（189）董卓之乱开始，几年间洛阳周遭二百里内尽成瓦砾。紧接着，是持续八年之久的黄巾起义和席卷中原大地的军阀混战，至汉献帝建安五年（200）曹操与袁绍决战的官渡之战达到高潮。此后，曹操继续歼灭袁绍余部及其他封建军阀势力，逐步统一黄河中下游大部分地区，直到建安十二年（207）才稳定北方局面。这一系列战乱历时20余年，皖北平原民不聊生。

还有瘟疫。建安二十二年（217）中原地区瘟疫大暴发，著名的"建安七子"中竟有四人因此丧命。曹植在《说疫气》中回忆道："建安二十二年，

---

① 朱自清：《陶诗的深度》，《陶渊明资料汇编》，中华书局1962年版，第291页。

② 葛晓音：《八代诗史》，《陶渊明资料汇编》，中华书局1962年版，第163页。

疠气流行。家家有僵尸之痛，室室有号泣之哀。或阖门而殪，或覆族而丧。”曹丕也曾记述：“昔年疾疫，亲故多离其灾，徐、陈、应、刘，一时俱逝，痛可言邪！”（《与吴质书》）身居曹魏集团高位的“建安七子”尚且如此，一般民众的遭遇更可想见。

正是在如此难以抗拒的灾难逼迫下，皖北地区民众不得不背井离乡，寻求出路。一些文化世家子弟面对群雄争霸的局面，也走出家乡，选择自己新的人生道路。

但这只是淮北地区大移民的一个开端。

时至西晋末年，一场抢夺皇权的宗室内讧之战席卷中原。这场战争肇始于晋惠帝永兴元年（304），终于建兴四年（316），历时十二载。而后，中国北方兵祸连连，民族间的战争总计长数百年，而江南地区凭借长江天堑的护佑，相比之下社会较为安定，经济持续发展，北方人民因此一批批向南逃亡。《晋书·王导传》称：“洛京倾覆，中州士女避乱江左者十六七。”《资治通鉴》卷八七记：“时海内大乱，独江东差安，中国士民避乱者多南渡江。”据谭其骧先生估算，仅晋永嘉至南朝刘宋之初百年间，南迁居民即达90万人。谭先生说：

> 若即以侨州、郡、县之户口数当南渡人口之约数，则截至宋世止，南渡人口约共有九十万，占当时全国境人口约共五百四十万之六分之一。西晋时北方诸州及徐之淮北，共有户约百四十万，以一户五口计，共有口七百余万，则南渡人口九十万，占共八分之一强。换言之，即晋永嘉之丧乱，致北方平均凡八人之中，有一人迁徙南土；迁徙之结果，遂使南朝所辖之疆域内，其民六之五为本土旧民，六之一为北方侨民是也。[①]

据胡焕庸、张善余所著《中国人口地理》分析，这次大移民的90万人，

---

① 谭其骧：《晋永嘉丧乱之民族迁徙》，《长水集》（上），人民出版社1987年版，第219—220页。

分布在今安徽的有17万人,湖北6万人,四川及汉中15万人,江西、湖南各1万人。此外,福建、广东、广西也有一些移民。其余30余万皆进入苏南及浙北[①]。谭其骧先生因此感叹:

> 西晋末,五胡崛起中原,晋室倾覆。元帝东渡立国于建康,收辑人心,义安江左,南方荆、扬、江、湘、交、广之地,赖以得全。于是中原人民之不堪异族统治者,相率避难斯土。初犹侨寄思归,终以二百余年中原不复,习久而安,乃不复有北风之想,其后裔遂长为南方之人矣。是役为吾中华民族发展史上之一大关键,盖南方长江流域之日渐开发,北方黄河流域之日就衰落,比较纯粹之华夏血统之南徙,胥由于此也。[②]

永嘉之乱以后,中国进入南北分裂时期,淮河流域成为双方角逐的前线,连年战火纷飞。仅见于史籍记载的著名战事,就有东晋初年的祖逖北伐、太和四年(369)桓温攻前燕之战,以及前秦与东晋之间的淝水之战、南梁与北魏间的钟离之战等。

经历了一次次战争与瘟疫,地处中原的安徽淮北地区人口急剧减少,除战死、病死以外,南渡求生者甚众。这其中既有声名赫赫的汉晋文化世家,如龙亢桓氏、谯郡曹氏、铚城嵇氏,也有东晋以后崛起于江南的文化家族,如相城刘惔家族、竹邑薛综家族、固始胡综家族、铚城戴逵家族等。他们的子弟将淮北大地的文学艺术传统带到江南,播撒种植。这些孕育在中原高天厚土之上的文学品种得江南青山绿水的养育,终于结出中华民族文学园地美不胜收的累累硕果。

在此期南向寻求建功立业的淮北作家中,沛郡竹邑走出的世家子弟薛综是十分引人瞩目的一位。薛综,字敬文。据《三国志》记载,薛综家族

① 胡焕庸、张善余:《中国人口地理》,华东师范大学出版社1984年版,第333页。
② 谭其骧:《晋永嘉丧乱之民族迁徙》,《长水集》(上),人民出版社1987年版,第199页。

“世典州郡，为著姓”，而薛综本人如沛郡士族子弟一样，“少明经，善属文，有秀才”，“少依族人避地交州，从刘熙学。士燮既附孙权，召综为五官中郎，除合浦、交阯太守”（《三国志·吴书·薛综传》）。刘熙，北海郡（今山东省昌乐县）人，东汉著名经学家、训诂学家，著有《释名》《谥法》《孟子注》，其中《释名》对后代训诂学“因声求义”的影响很大，同时也是研究汉语语源学的要典。建安十五年（210）薛综归附孙权，后任东吴尚书仆射。他洞晓政事，多次劝谏孙权，为东吴江山社稷做出了很大贡献。243 年，薛综去世，“凡所著诗赋难论数万言，名曰《私载》，又定《五宗图述》《二京解》，皆传于世”（《三国志·吴书·薛综传》）。

薛综著有《薛综集》三卷，流传至今的尚有疏奏、移、颂多种。其疏奏文朗朗上口，既显示了出身中原经学世家渊博的知识，又以动人之情、慷慨之气，体现了三国时期清竣文学的影响。以《上疏谏亲征公孙渊》为例，文曰：

> 夫帝王者，万国之元首，天下之所系命也。是以居则重门击柝以戒不虞，行则清道案节以养威严，盖所以存万安之福，镇四海之心。昔孔子疾时，托乘桴浮海之语，季由斯喜，拒以无所取才。汉元帝欲御楼船，薛广德请刎颈以血染车。何则？水火之险至危，非帝王所宜涉也。谚曰：“千金之子，坐不垂堂。”况万乘之尊乎？今辽东戎貊小国，无城池之固，备御之术，器械铢钝，犬羊无政，往必禽克，诚如明诏。然其方土寒埆，谷稼不殖，民习鞍马，转徙无常。卒闻大军之至，自度不敌，鸟惊兽骇，长驱奔窜，一人匹马，不可得见，虽获空地，守之无益，此不可一也。加又洪流滉瀁，有成山之难，海行无常，风波难免，倏忽之间，人船异势。虽有尧舜之德，智无所施，贲育之勇，力不得设，此不可二也。加以郁雾冥其上，咸水蒸其下，善生流肿，转相洿染，凡行海者，稀无斯患，此不可三也。天生神圣，显以符瑞，当乘平丧乱，康此民物；嘉祥日集，海内垂定，逆虏凶虐，灭亡在近。中国一平，辽东自毙，但当拱手以待耳。今乃违必然之图，寻至危之阻，忽九州之固，肆一朝之忿，既非

社稷之重计，又开辟以来所未尝有，斯诚群僚所以倾身侧息，食不甘味，寝不安席者也。惟陛下抑雷霆之威，忍赫斯之怒，遵乘桥之安，远履冰之险，则臣子赖祉，天下幸甚。（《三国志·吴书·薛综传》）

全文立论确凿，类比切当，旁征博引，层层递进，其中“卒闻大军之至，自度不敌，鸟惊兽骇，长驱奔窜，一人匹马，不可得见”“洪流滉瀁，有成山之难，海行无常，风波难免，倏忽之间，人船异势。虽有尧舜之德，智无所施，贲育之勇，力不得设”等句，一气贯通，加之“三不可”之论，情切理达，全文无迎合卑下之态，多忧患关切之意，堪称奏疏佳作。

薛综有子薛珝、薛莹，人品端庄，才华横溢。其中薛莹以“器量绰异，弘博多通”著称，曾出任东吴左执法、选曹尚书、太子少傅等要职，不仅“清白忠勤”，且“姿才卓茂”。建衡三年（271），孙皓追叹薛综遗文，命莹继作。莹献诗曰：

惟臣之先，昔仕于汉，奕世绵绵，颇涉台观。暨臣父综，遭时之难，卯金失御，邦家毁乱。适兹乐土，庶存孑遗，天启其心，东南是归。厥初流隶，困于蛮垂。大皇开基，恩德远施。特蒙招命，拯擢泥污，释放巾褐，受职剖符。作守合浦，在海之隅，迁入京辇，遂升机枢。枯瘁更荣，绝统复纪，自微而显，非愿之始。亦惟宠遇，心存足止。重值文皇，建号东宫，乃作少傅，光华益隆。明明圣嗣，至德谦崇，礼遇兼加，惟渥惟丰。哀哀先臣，念竭其忠，洪恩未报，委世以终。嗟臣蔑贱，惟昆及弟，幸生幸育，托综遗体。过庭既训，顽蔽难启。堂构弗克，志存耦耕。岂悟圣朝，仁泽流盈。追录先臣，愍其无成，是济是拔，被以殊荣。珝忝千里，受命南征，旌旗备物，金革扬声。及臣斯陋，实暗实微，既显前轨，人物之机；复傅东宫，继世荷辉，才不逮先，是忝是违。乾德博好，文雅是贵，追悼亡臣，冀存遗类。如何愚胤，曾无仿佛！瞻彼旧宠，顾此顽虚，孰能忍愧，臣实与居。夙夜反侧，克心自论，父子兄弟，累世蒙恩，死惟结草，生誓杀身，虽则灰陨，无报万分。（《三国志·吴书·

薛综传》)

这首四言诗虽为奉召之作,却清晰地勾勒了薛综的一生,情深意切地表达了薛氏家族的报国之心,也是今存孙吴诗作中最长的篇章。此后因“涉学既博,文章尤妙,同寮之中,莹为冠首。今者见吏,虽多经学,记述之才,如莹者少”(《三国志·吴书·薛综传》),薛莹被任命为左国史,承担《吴书》的编纂工作,著有集三卷。

与薛综父子同样在孙吴政权中一展才华的,是来自河南固始(今安徽临泉境内)的避难者胡综。胡综“少孤,母将避难江东。孙策领会稽太守,综年十四,为门下循行,留吴与孙权共读书”(《三国志·吴书·胡综传》)。孙策去世后,胡综成为孙权的得力助手,得以“俱典军国密事”(《三国志·吴书·胡综传》)。孙权称帝后,胡综为侍中,进封都乡侯,后拜偏将军,兼左执法,领辞讼。据史籍记载,“凡自权统事,诸文诰策命,邻国书符,略皆综之所造也”(《三国志·吴书·胡综传》)。因此,胡综传世之作多公文,诸如《中分天下盟文》《请立诸王表》《伪为吴质作降文三条》《太子宾友目》等。但这些公文写得“吐纳经范,华实相扶”,气势磅礴,读之不能不令人想到成熟老辣的中原文笔。例如《中分天下盟文》,原为黄龙元年(前49)吴蜀两国复好之盟约,胡综引经据典,写得理壮辞严,其文曰:

> 天降丧乱,皇纲失叙,逆臣承衅,劫夺国柄。始于董卓,终于曹操,穷凶极恶,以覆四海。至今九州幅裂,普天无统,民神痛怨,靡所戾止。及操子丕,桀逆遗丑,荐作奸回,偷取天位。……昔共工乱象而高辛行师,三苗干度而虞舜征焉。今日灭睿,禽其徒党,非汉与吴,将复谁任?①

难怪陈寿在此文后赞为“文义甚美”(《三国志·吴书·胡综传》)。

① [清]严可均辑:《全三国文》,商务印书馆 1999 年版,第 678—679 页。

又,胡综体物之作《黄龙大牙赋》,以旗帜为描写对象,极言黄龙大牙旗的神奇,亦颇有汉赋遗风,其文曰:

乾坤肇立,三才是生。狼弧垂象,实惟兵精。圣人观法,是效是营。始作器械,爰求厥成。黄、农创代,拓定皇基,上顺天心,下息民灾。高辛诛共,舜征有苗。启有甘师,汤有鸣条。周之牧野,汉之垓下。靡不由兵,克定厥绪。明明大吴,实天生德。神武是经,惟皇之极。乃自在昔,黄、虞是祖。越历五代,继世在下。应期受命,发迹南土。将恢大繇,革我区夏。乃律天时,制为神军。取象太一,五将三门。疾则如电,迟则如云。进止有度,约而不烦。四灵既布,黄龙处中。周制日月,实曰太常。桀然特立,六军所望。仙人在上,鉴观四方。神实使之,为国休祥。军欲转向,黄龙先移。金鼓不鸣,寂然变施。暗谟若神,可谓秘奇。在昔周室,赤乌衔书。今也大吴,黄龙吐符。合契河洛,动与道俱。天赞人和,佥曰惟休。①

西晋以后南渡的淮北文学世家中,龙亢桓氏影响甚巨。这不仅表现在政治上,也表现在文学创作中。东晋年间,桓氏家族诗文见于史籍记载者有桓彝、桓温、桓豁、桓冲、桓伟、桓玄、桓谦等人之作66篇,其中佳作频出。例如桓温之《檄胡文》:

胡贼石勒,暴肆华夏,齐民涂炭,煎困仇孽,至使六合殊风,九鼎乖越,每惟国难,不遑启处,抚剑北顾,慨叹盈怀。寡人不德,忝荷戎重,师次安陆,经营旧邑,瞻望华夏,暂成楚越,登丘凄览,征夫愤慨。昔叔孙绝粒,义不同恶,龚生守节,耻存莽朝,历纪逋僭,一朝荡定,拯抚黎民,即安本土,训之以德礼,润之以玄泽,信感荒外,武扬八极,先顺者

① ［三国吴］胡综:《黄龙大牙赋》,《全三国文》(下),商务印书馆1999年版,第678页。

获赏,后伏者前诛,德刑既明,随才攸序。此之风范,想所闻也。[①]

全文义正词严,气势豪壮,刚健的四言句,极具号召力。作者仇敌爱国之情炽热高昂,很能代表东晋年间渴望恢复中原乡土的将士心声,难怪刘勰《文心雕龙·檄移》赞曰:“钟会檄蜀,征验甚明;桓温檄胡,观衅尤切:并壮笔也。”[②]

沈约曾言“自晋氏迁流,迄于太元之世,百许年中,无风尘之警,区域之内,晏如也”(《宋书·列传第十四》)。东晋以后,淮河沿线虽时有战争,但江南社会政治渐趋稳定,经济迅速发展,《晋书·食货志》描述为“天下无事,时和年丰,百姓乐业,谷帛殷阜,几乎家给人足”。因此,曾经心心念念渴望返回家乡的淮北移民,终于安心落籍江左。身处“桃花绿水之间,秋月春风之下”(《南齐书·良政传序》),淮北移民的文学创作风格也渐与山川秀色融为一体,北风的沉雄厚重逐渐过渡为南韵的清奇飘逸,强烈的功业追求也多演进为诗意人生的追寻。

在此方面,来自淮北铚县的戴逵是十分突出的一个。无论是“挟鸣琴于林下,理纤纶于长浦。回饯行于越江,送猗人于西渚”[③],还是“荫映岩流之际,堰息琴书之侧,寄心松竹,取乐鱼鸟”[④],都展示出作者隐居青山绿水间的怡然自得,钟嵘《诗品》因此评其作“有清上之句”[⑤]。有研究者认为,戴逵的文风与思想对稍后的陶渊明有一定影响,“可以说戴逵是陶渊明的导师之一”,“今天我们要了解和研究陶渊明,尤其非适度关注他的这位先行者不可”[⑥]。

此外,谯县曹氏后裔曹毗存世诗文中也颇有耐人寻味者。其《夜听捣

① [晋]桓温之:《檄胡文》,《全晋文》,商务印书馆1999年版,第1269页。

② [南朝梁]刘勰:《文心雕龙·檄移》,上海古籍出版社2010年版,第40页。

③ [晋]戴逵:《离兴赋》,见《全晋文》,商务印书馆1999年版,第1482页。

④ [晋]戴逵:《闲游赞》,见《全晋文》,商务印书馆1999年版,第1485页。

⑤ [南朝梁]钟嵘:《诗品》下,穆克宏主编:《魏晋南北朝文论全编》,上海远东出版社2012年版,第243页。

⑥ 顾农:《从竹林七贤论看戴逵其人》,《古典文学知识》2007年第3期。

衣》诗写道：

寒兴御纨素，佳人治衣衾。冬夜清且永，皓月照堂阴。纤手迭轻素，朗杵叩鸣砧。清风流繁节，回飙洒微吟。嗟此往（嘉）运速，悼彼幽滞心。二物感余怀，岂但声与音。①

《安徽文学史》评说此诗，写道：

诗风淡雅，语言清丽，亦颇有乃祖之风。此诗在当时颇引起轰动，仿作者不绝，其中有谢惠连、谢朓、吴均、柳恽、萧衍等著名诗人，然后沿袭而下，南朝、唐代均有大量捣衣诗，包括李白著名的《子夜吴歌》二首。捣衣诗竟成为中古文学中一个显著类别，曹毗应有首创之功。②

至此，本节可以沛郡相城刘氏后裔刘显的一首诗作为结束。刘显，字嗣芳，为南梁学术大家"贞简先生"刘瓛继子，他留下的《发新林浦赠同省诗》，写江南风景，抒思乡情怀，淡雅之中脉脉含情：

回首望归途，山川邈离异。落日悬秋浦，归鸟飞相次。感物伤我情，惆怅怀亲懿。③

第四节　血火锻造：江淮地域的文学新变

魏晋南北朝时期，安徽经历了数次血与火的洗礼，地理疆域发生了重

① ［晋］曹毗：《夜听捣衣》，《玉台新咏》卷三，上海书店出版社 1988 年版，第 67 页。

② 陈友冰：《安徽文学史》第一卷，安徽文艺出版社 2013 年版，第 110 页。

③ ［南朝梁］刘显：《发新林浦赠同省诗》，中华书局辑注：《古诗评注读本》卷二，中华书局 1936 年版，第 44 页。

大变化。陈友冰《安徽文学史》第一卷详尽地勾勒了这一态势，写道：

三国时安徽境内的郡县与两汉相近，只是政治版图归属不同：淮北的豫州汝阴、谯郡，江淮之间的淮南郡和庐江郡的北部属于曹魏；庐江郡的南部和沿江江南的丹阳郡属于孙吴。庐江郡的庐江、舒城、巢县、含山一带则是魏、吴交兵争夺的战场。到了东晋和南北朝时期，豫州部的汝阴郡、谯郡先后为北方少数民族政权前秦、后秦、北魏、东魏所占据，扬州部的庐江郡、历阳郡则为东晋和南朝所据守。由于汉族政权的南移和江南的开发，此时在安徽境内又增加了隶属于扬州部沿江的宣城郡和江南的新安郡。安徽境内的淮河则成为南北对峙和交兵的界河……

三国两晋南北朝时期，安徽经济尤其是江淮之间和江南经济有了快速的发展。据《史记》记载，直到汉初，江淮和江南地区还是相当落后的："楚越之地，地广人稀。饭稻羹鱼，或火耕而水耨。果隋蠃蛤，不待贾而足。"但到魏晋南北朝时期，面貌却大大地改变，江淮以南已是"良田美柘相望，畦畎阡陌如绣"的鱼米之乡。这种改变很大程度上得益于魏晋南北朝时期战乱所造成的北方居民大量南迁：西晋末期中原八王之乱，匈奴贵族刘渊南侵，中原居民为逃避战乱大量拥向江东。《晋书·王导传》称"洛京倾覆，中州士女，避乱江左者十六七"。这次北人南迁，人数众多，据谭其骧估计：从西晋永嘉之乱到刘宋末年为止，南迁人口总数多达 90 万，约占当时刘宋全境户口总数的六分之一，延续时间也长达百年，而淮南和沿江地区则是最主要的移民接受者。其实这种大规模移民在西晋之前就开始了，汉献帝建安十八年(213)，中原渡江南下的就有十万余户，南迁人口中有士兵、农民、百工和士大夫，简直是整个社会的大搬迁。这批举族迁移而来的北人，带来一些适用于南方水田农业的中原农耕技术，促进了江淮和江东地区农业的发展，其中的北方士族也逐渐演化成势力强大的地方豪强，成为东晋政权中举足轻重的人物。[①]

历经建安时代的辉煌奇崛、正始时代的余音回响，安徽文学终于走出了皖北一家独盛的局面。随着政局的变化、战争的推进、人口的迁徙、经济的发展，江淮地区与长江以南的文学创作逐步萌生、成长，一个全新的文学局面在金戈铁马的战争与千里流徙的苦难中开始。

这首先表现为江淮文学的再生长。先秦两汉时期，自楚国迁都寿春至刘安淮南国兴盛，江淮地区曾经有过欣欣向荣的一段历史，文学创作上也颇有特色。胡阿祥先生曾在《魏晋时期淮南本土文学》一文中指出：

> 楚考烈王二十二年（前241），楚国因秦之逼，迁都寿春。楚国文化向以诗赋最为发达，寿春作为都城所在，无疑会聚集起大量的文士。西汉初年，淮南王刘安就封寿春……在这样的外来刺激下，淮南本土文学成长了起来。

但随着刘安之死，淮南国除，寿春都城地位丧失，落后的社会经济导致江淮民风长期“尚气力而多勇悍”[②]，仅仅依靠政治力量形成的文学繁荣自然归于消泯。

时至汉末三国鼎立，一马平川的黄淮与海河两平原很快被曹操统一，曹魏集团的势力范围开始渡过淮河向南延伸，孙吴集团则西向进军，江淮地区因独特的地理形势，迅速成为魏、吴两国的争夺重点。南宋经史学者王应麟曾说：

> 大要六安以东有芍陂之险，钟离以东无非湖浊之地，西自皖，东至扬，则多断流为阻……惟庐、寿一路，陆有东关、濡须、硖石之阨，重以

① 陈友冰：《安徽文学史》第一卷，合肥：安徽文艺出版社2013年版，第60—61页。

② ［晋］伏涛：《正淮论》，转引自秦榆编著：《贤士的答辩文书》，北京：北京联合出版公司2012年版，第107页。

陂水之艰,最为险要。①

确实,安徽的江淮地区,西有巍巍大别山为重要屏障,中有“周围四百余里,港汊大小三百六十,纳诸水以注之江,为淮西巨浸”②的巢湖,合肥、濡须口一线与东吴更有水上交通之便,行船一旦进入长江水道,即可直下建业,正如顾祖禹所言:

(合肥)府为淮右噤喉,江南唇齿。自大江而北出,得合肥则可以西向申、蔡,北向徐、寿,而争胜于中原;中原得合肥则扼江南之吭,而拊其背矣。③

史念祖先生也说:

淮水和大江之间有一个巢湖,巢湖之水由濡水入大江,入江处离伍子胥所开凿的运河不远,由江南来的舟师,就可以越过大江,航行到巢湖。④

战争年间,如此地势正为涂炭之源。史载:“袁术在江淮,取给蒲嬴。民人相食,州里萧条。”(陈寿《三国志》卷一)而后正如胡阿祥所言:

激烈的争夺使得吴、魏两国“江淮之间不居各数百里”,“除镇兵处,更无人居”,即据其地为戍守,而不置郡县。又淮南因处魏、吴胶着地带,民户迁移也相当惊人,如建安十八年(213),曹操与孙权在濡须

① [宋]王应麟著,张保见校注:《通鉴地理通释校注》,四川大学出版社 2009 年版,第 420 页。

② [清]顾祖禹:《读史方舆纪要》(10),商务印书馆据嘉庆十六年版重印,第 1196 页。

③ [清]顾祖禹:《读史方舆纪要》(10),商务印书馆据嘉庆十六年版重印,第 1192 页。

④ 史念祖:《中国的运河》,陕西人民出版社 1988 年版,第 19—20 页。

> 相持不下后北归，“恐江滨郡县为权所略，征令内移，民转相惊，自庐江、九江、蕲春、广陵户十余万皆东渡江，江西遂虚，合肥以南惟有皖城”，而皖城亦不可保，次年孙权破皖城，移“男女数万口”至江东。又如魏正元二年(255)，曹魏镇守淮南的毌丘俭与文钦起兵讨伐司马氏，失败后，“淮南余众数万口来奔”孙吴。不置郡县、民户迁移，势必会严重影响地方文化建设，导致本土文化衰退。①

乍看起来，如此艰难的条件下人们连起码的生存都难以保证，何来文学创作的可能？所幸历史并非如此简单。曹魏灭袁术之后，大军南下，芍陂、皖城等地都成为屯田重镇，江淮一带经济形势大为改观。本居于中原地带的部分官员来到江淮地区，如沛人刘馥曾出任扬州刺史，其子刘靖出任庐江太守，嵇康之兄嵇喜曾出任扬州刺史，均对此地文化建设有所推进。其中最典型者当为刘馥，他出任扬州刺史后，“数年中恩化大行，百姓乐其政，流民越江山而归者以万数。于是聚诸生，立学校，广屯田，兴治芍陂及茹陂、七门、吴塘诸堨以溉稻田，官民有畜”(《三国志·魏书·刘司马梁张温贾传》)。

此外，由于曹魏版图的南向推移，江淮地区与中原地带的往来不受阻隔，数十年后司马氏一统天下，更大大有利于中原文化在江淮士族间的传播。例如，被称为“履道弥高，清操绝俗，思学融通，才经王务”的灊县(治所在今安徽霍山县东北)杜夷，一生历经三国、西晋、东晋三朝，年轻时就曾“寓居汝颍之间，十载足不出门。年四十余，始还乡里”(《晋书·列传第六一·儒林》)，著有《杜氏幽求新书》二十卷。又如世居庐江郡舒县(今安徽庐江县)的周氏家族，东汉末年有周景任豫州刺史，建宁元年(168)周景去世后，子孙依然受到良好的文化教育。孙辈中杰出者周瑜辅佐孙权立足江东，成为孙吴政权中淮泗豪族之一。《三国志》记载：“瑜少精意于音乐，虽

---

① 胡阿祥：《魏晋时期淮南文学本土述论》，安徽省社会科学界联合会：《第二届淮河文化研讨会论文集》，第218页。

三爵之后,其有阙误,瑜必知之,知之必顾,故时人谣曰:‘曲有误,周郎顾。’”(《三国志·周瑜鲁肃吕蒙传》),可见其音乐修养远在一般士人之上。周瑜传世之作有《疾困与吴主笺》,全文情真意切,辞雅意笃,十分感人。

> 瑜以凡才,昔受讨逆殊特之遇,委以腹心,遂荷荣任。统御兵马,志执鞭弭。自效戎行,规定巴蜀,次取襄阳。凭赖威灵,谓若在握。至以不谨,道遇暴疾。昨自医疗,日加无损。人生有死,修短命矣,诚不足惜。但恨微志未展,不复奉教命耳!方今曹公在北,疆埸未静;刘备寄寓,有似养虎。天下之事,未知终始。此朝士旰食之秋,至尊垂虑之日也。鲁肃忠烈,临事不苟,可以代瑜。人之将死,其言也善。傥或可采,瑜死不朽矣![1]

再如临淮郡东城县(今安徽定远)鲁肃,一篇《榻上策》奠定东吴治国方针,同时代历史学家韦昭评说他“虽在军陈,手不释卷。又善谈论,能属文辞,思度弘远,有过人之明”(《三国志·周瑜鲁肃吕蒙传》)。

历史的原因,魏晋时期江淮文化士族子弟多将才干置于军事与政治谋略,在文学建树方面有代表性的,当属庐江灊县何氏一族。据胡阿祥先生统计,“魏晋淮南12位文学家中,出自庐江灊县何氏者4人(桢,桢曾孙充,充从兄琦,充兄准曾孙尚之)”[2]。其实这是个比较保守的统计。何氏家族文脉自曹魏时期何桢开始,绵延数代直至南朝宋、齐、梁、陈,仅正史立传者就有近30人,成为安徽域内重要的文化世家。

何氏家族兴起于魏太和中扬州别驾何桢。《三国志·魏志》卷一一《管宁传》“何桢”注下引用《文士传》称:

---

① [汉]周瑜:《疾困与吴主笺》,《全后汉文》,商务印书馆1999年版,第956页。

② 胡阿祥:《魏晋时期淮南文学本土述论》,安徽省社会科学界联合会:《第二届淮河文化研讨会论文集》第216页。

> 桢字元幹，庐江人，有文学器干，容貌甚伟。历幽州刺史、廷尉，入晋为尚书、光禄大夫。桢子龛，后将军；勖，车骑将军；恽，豫州刺史；其余多至大官。自后累世昌阜，司空文穆公充，恽之孙也，贵达至今。

有文献记载，桢“十余岁耽志博览，研精群籍，名驰淮、泗”，著《何桢集》五卷。其《许都赋》有句“元正大飨，坛彼西南，旗幕峨峨，檐宇弘深”“景福郁枕以云起，飞栋鸟企而翼舒”①，堪称气势恢宏。

何祯出身寒微。《晋书·吾彦传》记陆机兄弟以门第自高，尹虞谓机曰：“自古由贱而兴者，乃有帝王，何但公卿。若何元幹、侯孝明、唐儒宗、张义允等，并起自寒微，皆内侍外镇，人无讥者。”此外，何祯两子虽入仕途，但均为武职，且不见史传记载，可见家族根基尚浅。也就是说，整个曹魏与西晋时期，庐江灊县何氏家族力量还处于早期的积聚阶段，正与此时安徽江淮地区文化发展态势相符。

台湾学者毛汉光先生在《中国中古社会史论》中历数魏晋以迄唐末中国世家大族时，涉及安徽地域内的只有两家，即龙亢桓氏与灊县何氏，并将他们排列在“有三百年以上之人物”的家族，认为他们是“中古政治社会最重要的士族”之一②。但是，何氏家族并非如许多世家大族一样，在汉代已渐露曙光，甚至也不能与在东汉即以经术传家，享盛名于魏晋的沛国龙亢桓氏相比，而是一直到永嘉南迁以后才进入鼎盛时期。

由于地域的接近，西晋安丰太守何睿一家于永嘉之乱后迅速南迁，生活在两晋年间的何充（何桢曾孙）很快进入东晋官场，并以“风韵淹雅，文义见称”见称，“居宰相，虽无澄正改革之能，而强力有器局，临朝正色，以社稷为己任”（《晋书·列传第四十七》），封都乡侯，有文集五卷，《全晋文》存其文6篇。同时代的何琦（何充从兄），更具高士风范，为赡养老母不肯就高位，老母去世后则“养志衡门，不交人事，耽玩典籍，以琴书自

---

① ［晋］何祯：《许都赋》，《全晋文》，商务印书馆1999年版，第312页。

② 毛汉光：《中国中古社会史论》，《“中央研究院”历史语言研究所集刊》第47本，1977年，第387页。

娱”,“布褐蔬食,恒以述作为事,著《三国评论》,凡所撰录百许篇,皆行于世”(《晋书·列传第五十八》),《全晋文》存其文10篇。何充曾侄孙何尚之生活在南朝刘宋时期,官至侍中、左光禄大夫、开府仪同三司,兼领中书令。他曾立宅建康南城外,聚生徒讲学,四方名士纷纷慕名而来,谓之“南学”,著有文集十卷,《全晋文》存其文15篇。何尚之之子何偃亦为刘宋王朝重要作家,《全晋文》收录何偃文、赋共12篇,逯钦立《先秦汉魏晋南北朝诗》还辑得其乐府诗《冉冉孤生竹》一首。除此之外,庐江灊县何氏家族何佟之、何宪、何点、何之元,均为学术文化领域活跃人物,南朝各正史《儒林传》《隐逸传》《处士传》等不断有何氏家族成员被收录,如此传承,已足可与众多中原文学世家媲美。

第五节　江山之助:一缕清风出宣城

始于东汉末年,至西晋永嘉之乱达到高潮的百年大移民,催生了皖南宣城一带的文学之风。

宣城亦称爰陵、宛陵,秦属鄣郡,汉属丹阳郡,西晋太康二年(281),析丹阳郡置宣城郡,治宛陵,隶扬州。此地处东南丘陵与长江中下游平原的过渡地带,境内南部为山地、丘陵与盆谷交错,连接黄山、天目山、九华山三大山脉;中部丘陵、岗冲起伏;北部多平原、河湖。穿境而过的青弋江、水阳江、胥河、梅渚河将宣城与长江、太湖连为一体,被称为“星分牛斗,地控荆吴。扼天下之咽喉,作关东之襟带”①。这片曾经属于古越人的土地,虽然很早就与中原政权建立从属关系,但原住民“依阻山险,不纳王租”,不仅不服管制,且常常与中原政权发生武装冲突。《三国志·吴书·诸葛恪传》记载:“丹阳地势险阻,与吴郡、会稽、新都、鄱阳四郡邻接,周旋数千里,山谷万重……逋亡宿恶,咸共逃窜。山出铜铁,自铸甲兵……自前世以

① [南唐]韩熙载:《宣州筑新城记》,[清]赵绍祖:《赵绍祖金石学三种》,黄山书社2011年版,第74页。

来，不能羁也。”但因具有倚山面水的地理形势、勾江连湖的交通便利，对于六朝时期定都长江下游、太湖之滨的政权来说，宣城之重要性无可替代，前往任职的官员亦多世家大族。胡阿祥先生考证：

> 依据嘉庆《宁国府志·职官表》的记载，孙吴时代，在丹阳郡迁治建业之前，担任太守者，有孙坚吴夫人的弟弟吴景，有皇族孙翊、孙瑜，有大将徐琨、吕范。东晋南朝时代，宣城太守、内史可考者有50多位，其中皇族成员即河内司马氏、彭城刘氏、兰陵萧氏、吴兴陈氏就有15位，尤其是兰陵萧氏，竟然占了8位；又东晋南朝排名第一、第二的两大家族，琅琊王氏出任宣城地方长官9位，陈郡谢氏2位。这样的数据，客观说明了宣城政治地位与文化地位的重要。其他出任宣城地方长官的东晋南朝著名家族，还有颍川庾氏、钟氏，谯国桓氏、夏侯氏，太原王氏，吴兴沈氏，荥阳毛氏，陈郡袁氏，琅琊诸葛氏，泰山羊氏等等，他们大多是东晋南朝排名前30位的望族。①

除此之外，宣城也是孙权分封南迁中原士族食邑最理想的所在。这些被分封者仅见于史料记载的，就有吕范、诸葛瑾先后被封为宛陵侯，蒋钦被封为宣城侯，周泰被封为陵阳侯，韩当被封为石城侯，徐琨被封为广德侯。永嘉之后，地近江东的淮河士族南渡者激增，风景秀丽、偏安一隅的宣城是他们理想的落脚地。于是，整个六朝时期，远离战火烽烟的宣城依凭山水环护、临近京畿的优越地理环境，借助南迁士族的智力、财力，社会经济迅速走向繁荣，中原汉族正统文化也得以保存、传承、发扬光大。以南齐谢朓为标志人物的山水诗的创作，既反映了南朝时代宣城的文化特色，也使得宣城成为中国文学史上名副其实的“山水诗都”②。

谢朓（464—499），字玄晖，陈郡阳夏（今河南太康）人，世代高门甲族。

---

① 胡阿祥：《先唐时代之宣城：江南奥壤，山水诗都》，《安徽史学》2016年第5期。

② 胡阿祥：《先唐时代之宣城：江南奥壤，山水诗都》，《安徽史学》2016年第5期。

其祖母是《后汉书》作者范晔的姊妹，祖父谢述为南朝宋初宰相刘义康的亲信重臣，父亲谢纬官至散骑侍郎，母亲则是刘宋的长城公主。谢朓"少好学，有美名，文章清丽"（《南齐书·列传第二十八》），20岁解褐入仕。他所生活的南朝，王权频频更迭，朝政黑暗污秽。萧鸾即位后，"性猜忌多虑，故亟行诛戮"（《南齐书·明帝纪》），朝中人人自危。谢朓就是在这样的背景下惴惴不安地出守宣城的。此时的中华大地，南北对峙，社会动荡不安，但静静藏身于山水之间的宣城，别有一番静谧清新之气。它敞开襟怀拥抱了离别京都的诗人，并以自己素朴自然、幽婉清丽的美，不断给予诗人以惊喜，赋予他创作的激情，将他推向一生创作的鼎盛时期。这些作品将宣城的自然美景引入诗中，使山水成为独立的审美对象，一扫此前山水诗中的玄理说教，将中国诗歌从"淡乎寡味"的玄理中解放出来，如习习清风，抚慰着历经战乱与各种灾难的民众心灵，开启了南朝一代"清水出芙蓉，天然去雕饰"的诗歌风貌。陆游因此在《宣城李虞部诗序》中说："宣之为郡，自晋唐至本朝，地望常重，来为守者不知几人，而风流吟咏，谢宣城实为之冠。"①

这一成果固然以诗人的才情为主，但宣城山水的功劳亦不可忽略。

这首先表现为谢朓笔下宣城山水诗数量之"众"。

与江北平原的平坦舒展、一望无际，长江三角洲的河网密布、地势低平不同，宣城青山绿水层层叠叠，行走其间，但见江水清清，山影处处，鸟鸣声声，林木依依。满目美景涌入诗人怀中，在宣城短短一年的任职期内，谢朓留下众多吟咏宣城风物的诗篇，流传至今者尚有31首（另有6首联句诗），占其所存全部五言诗的三分之一左右。虽然"宋初文咏，体有因革。庄老告退，而山水方滋"②，元嘉文学中早有大量山水题材进入诗文，谢灵运已然奠定我国山水文学的根基，但以某一特定地域之景物集中作为诗歌吟咏对象，且佳作频出、流传千古，谢朓的宣城诗应为第一。

---

① ［宋］陆游：《宣城李虞部诗序》，见《陆游集》，中华书局1976年版，第2113页。

② ［南朝梁］刘勰：《文心雕龙·明诗》，上海古籍出版社2010年版，第12页。

其次为诗意之“静”。

由于眼前美景在在可见，谢朓的宣城诗与谢灵运等人极为不同之处在于：后者须“肆意游遨，遍历诸县”（《宋书·谢灵运传》），跋山涉水，寻幽探险，方有诗情涌现；谢朓却完全不用寻觅，俯仰之间即可将大自然赋予这片土地的如画美景收入眼帘。因而，他写宣城山水、四时风光、春花、秋荷、鸣鸟、吟猿，观赏主体多为静态，作家默默地自轩窗中、山路旁眺望，点点描画都是发自内心的赞美，难怪有人称之为“隐然一含情凝眺之人”[①]。

高轩瞰四野，临牖眺襟带。望山白云里，望水平原外。夏木转成帷，秋荷渐如盖。（《后斋迥望》）[②]

辟牖期清旷，开帘候风景。泱泱日照溪，团团云去岭……池北树如浮，竹外山犹影。（《新治北窗和何从事》）

兹山亘百里，合沓与云齐……上干蔽白日，下属带回溪。（《游敬亭山》）

余雪映青山，寒雾开白日。暧暧江村见，离离海树出。（《高斋视事诗》）

窗中列远岫，庭际俯乔林。日出众鸟散，山瞑孤猿吟。（《郡内高斋闲望答吕法曹》）

远山翠百重，回流映千丈。花枝聚如雪，芜丝散犹网。（《与江水曹至滨干戏》）

再次为诗风之“清”。

早在南北朝时期，萧子显就于《南齐书·谢朓传》中指出：“朓少好学，有美名，文章清丽。”唐代大诗人李白有句：“蓬莱文章建安骨，中间小谢又

① ［明末清初］王夫之：《古诗评选》，上海古籍出版社 2011 年版，第 230 页。

② ［南朝齐］谢朓著，曹融南校注集说：《谢宣城集校注》，上海古籍出版社 1991 年版，第 229—230 页。本书所引谢朓诗作均出于此书，不再一一详注。

清发。”(《宣州谢朓楼饯别校书叔云》)①“诺谓楚人重,诗传谢朓清。”(《送储邕之武昌》)数次强调了谢朓诗作的这一特点。随着时间流逝,谢朓这一风格越来越得到后人认可。明清之际宋征璧在《抱真堂诗话》中说:“谢朓‘寒城一以眺,平楚正苍然’……可谓清丽。”②康熙进士田雯《古欢堂杂著》称:谢朓之作“如秋山清晓,霏蓝翕黛之中,时有爽气”③。清代另一诗家方伯海则在评谢朓《郡内高斋闲望答吕法曹》时说:“清新中逸气遄飞。”④

在以往评论中,人们一般认为这种“清”风主要来自诗人之品性、社会经历。明末清初王夫之指出,这是“名士自有风轨”⑤,清代黄子云以为:“元晖句多清丽,韵亦悠扬,得于性情独深。”⑥但藏在这清的风格之后的,还有宣城自然环境不可忽视的作用力。《礼记·乐记》曾云:“凡音之起,由人心生也。人心之动,物使之然也。感于物而动,故形于声。”刘勰《文心雕龙·物色篇》更详细地阐述了人与环境的感应关系,其文曰:

> 春秋代序,阴阳惨舒,物色之动,心亦摇焉。盖阳气萌而玄驹步,阴律凝而丹鸟羞;微虫犹或入感,四时之动物深矣。若夫圭璋挺其惠心,英华秀其清气;物色相召,人谁获安?是以献岁发春,悦豫之情畅;滔滔孟夏,郁陶之心凝。天高气清,阴沉之志远;霰雪无垠,矜肃之虑深。岁有其物,物有其容;情以物迁,辞以情发。一叶且或迎意,虫声有足引心。况清风与明月同夜,白日与春林共朝哉!⑦

---

① [唐]李白:《宣州谢朓楼饯别校书叔云》,《李白集校注》,上海古籍出版社1980年版,第1077页。本书所引李白诗作均出于此书,不再一一详注。

② 宋征璧:《抱真堂诗话》,《清诗话续编》,上海古籍出版社1983年版,第117页。

③ [清]田雯:《古欢堂杂著》,《清诗话续编》,上海古籍出版社1983年版,第697页。

④ [南朝齐]谢朓著;曹融南校注集说:《谢宣城集校注》,上海古籍出版社1991年版,第283页。

⑤ [明末清初]王夫之:《古诗评选》,上海古籍出版社2011年版,第232页。

⑥ [清]黄子云:《野鸿诗的》,《清诗话》,上海古籍出版社1963年版,第862页。

⑦ [南朝梁]刘勰:《文心雕龙·物色篇》,上海古籍出版社2010年版,第94页。

岁时不同,景物不同,诗人的感受必将不同。反观当年的宣城,与中原大地相比,它没有金戈铁马、热血贲张,有的是青山巍巍、绿水长流;与相距不远的南京相比,它少了那份金陵山水的厚重、帝都城池的威严,多了满目的清幽与自在。可以说,在诗人谢朓看来,此山此水处处充盈着的,都是一个“清”字,如:

麦候始清和,凉雨消炎燠。红莲摇弱荇,丹藤绕新竹。(《出下馆》)

旧埒新塍分,青苗白水映。遥树匝清阴,连山周远净。(《赋贫民田》)

绿水澜清波,青山绣芳质。落景皎晚阴,残花绮余日。白沙澹无际,青山眇如一。(《还涂临渚》)

落日余清阴,高枕东窗下。寒槐渐如束,秋菊行当把。(《落日怅望》)

宋代王应麟的《诗地理考·序》认为:

人之心与天地山川流通,发于声,见于辞,莫不系水土之风而属三光五岳之气。①

清代诗人、地理学家洪亮吉在《北江诗话》中也提到了诗人与自然环境的关系,他说:

温、台诸山,雄奇深厚,大谢诗似之。宣、歙诸山,清远绵渺,小谢诗境似之。②

当代学者陈庆元先生曾身临宣城实地考察,深有感触。

---

① ［宋］王应麟:《诗地理考》,中华书局1985年版,自序。

② ［清］洪亮吉:《北江诗话》,人民文学出版社1983年版,第77页。

> 谢朓诗之所以具有清旷的风格,同他的生活环境、描写对象有一定关系。……宣城郡治更有得天独厚的地理环境,郡治四周有高山为屏,不过这些山虽高而不紧迫郡城,最近的敬亭山也距城十里之遥,况且郡治又在城中冈阜之上,极目远眺,溪流纵横,山峰远在云端天际……即使我们今天到宣城登高望远,也仍然会有谢朓所描述的那种感受。①

这就是"江山之助"。据此,我们可以说是宣城以自己独特的地理条件抚慰了千年前大诗人谢朓的身心,成就了他的千古名作;而谢朓也以自己的才华,使宣州风韵深深刻印在中国诗歌史上,并成为代代相传的中华瑰宝。与此同时,皖南地区的文学创作也迎来一个令人耳目一新的开山时代,在历来以雄浑、劲朗为主的安徽文学史上,平添一种清新、静谧的恬淡之风。

---

① 陈庆元:《中古文学论稿》,天津人民出版社1992年版,第76页。

第四章　大唐之音，和而不同

581年，北周静帝禅让于杨坚，北周覆亡，杨坚定国号为“隋”。589年，近300年的分裂局面结束，中国南北统一。隋王朝致力于巩固中央集权，推行政治、经济、文化和外交领域大刀阔斧的改革，开通大运河，以短短38年的国祚，在中华民族的发展史上留下了辉煌的业绩。

618年，中国历史上又一个大一统帝国唐王朝建立。疆域空前辽阔、经济极度繁盛的唐王朝共历21帝，享国289年。全国的统一，南北政权对峙局面的消除，大大有利于国家的安定、经济文化的繁荣。尽管唐王朝中后期也经历了政局的动荡、战争的蹂躏、民众的迁徙，但农业、手工业、商业、交通等各个方面还是得到了前所未有的开发，文学事业也登上一个前所未有的巅峰。

陈友冰《安徽文学史》描述当时安徽的经济地理状况是：

在唐代的版图上，今日安徽的阜阳地区属于河南道，沿江江北和江淮地区属于淮南道，沿江江南地区属于江南西道，徽州地区属于江南东道。从唐太宗贞观到玄宗天宝的一百多年间，由于社会承平，赋役较轻，安徽经济出现前所未有的繁荣景象，江淮一带成为全国粮赋的主要来源之一。京城长安的稻米主要取自苏浙皖地区，唐初每年从江淮征粮一百多万石，到天宝年间，已增至四百多万石。德宗贞元八年(792)宰相权德舆说：“江淮田一熟，则旁资数道，故天下大计，仰于东南。”此时，安徽的南部祁门、歙县一带也得到开发，歙县东南的吕公滩，祁门西南的阊门滩都是有名的险滩，中唐以后均得以治理，交通航运得以便利。绩溪的银、铅矿，青阳、秋浦两县的铜矿此时已很发达，我们从李白的《秋浦歌》中可知其日夜开采的规模和声势。安徽舒城、霍山、宣州和歙县的茶叶此时已行销全国，非常著名。①

然而，此时安徽的文学创作南北各异。自东汉末年直至隋末农民起义，战乱与灾荒对皖北经济文化构成一波接一波的致命打击。随着士族大量南迁，皖北地方社会趋于瓦解，优异的文化地位一落千丈，终于从文风鼎盛之区变成右文尚武之地，正如吴节在《儒学科第题名记》中所说："汉、晋以来，人始相尚以武。"②翻阅曹道衡先生所著《中国文学家大辞典·先秦汉魏晋南北朝卷》，北朝时期整个皖北地区几乎没有文学家的身影，临近的徐州虽有文学家27人，也主要分布在琅琊郡和东海郡。

隋代末年，皖北地区再经战乱，"自伊、洛以东，暨乎诲岱，灌莽巨泽，苍茫千里，人烟断绝，鸡犬不闻"（《旧唐书》卷七一《魏徵传》）。历史进入唐代以后，皖北社会经济虽有较大发展，但自先秦两汉以来奠定的文化基础已全然丧失。曾大兴曾依据谭正璧《中国文学家大辞典》所录隋唐五代时期文学家进行分析，得唐代安徽文学家20人，其中皖北地区仅有颍州张彪（颍上）、萧颖士（阜阳）、谯郡李敬玄（亳州），其余16人均出自宣州、池州与歙州③。另据资料占有更为丰富的陈尚君《唐诗人占籍考》统计，唐代皖北地区尚可补充的唐代文学家还有谯郡李纵、李纾、张鲁封、夏侯孜，符离刘庭琦5人，地处江淮之间的淮南道之滁州、寿州、庐州、舒州共14人，不过22人，而地处皖南的宣州、池州、歙州则有35人之多④。

显然，唐代安徽文学家的分布，已经明显地表现出南迁趋向。但是，就唐代文学整体而论，在北方文学逐渐衰微的同时，处处显露风华的皖南本

---

① 陈友冰：《安徽文学史》第一卷，安徽文艺出版社2013年版，第123页。

② ［明］吴节：《儒学科第题名记》，嘉庆《萧县志》卷一五，黄山书社2012年版，第526页。

③ 曾大兴：《中国历代文学家之地理分布》，商务印书馆2013年版，第146页。

④ 陈尚君：《唐代文学丛考》，中国社会科学出版社1997年版，第144—170页。

土作家作品，尚难与这个辉煌的文学时代相匹配，陈友冰因此认为：

唐代的安徽作家同繁荣的经济相比，本土作家的创作成就亦并不彰显。有唐三百年，其中突出者不过李绅、张籍、杜荀鹤、吴少微、曹松、康骈等数人而已，而且集中在中晚唐……唐代安徽作家的这种创作状况，不仅不如后来的两宋和明清，甚至也不及以前的先秦和汉魏。文学艺术与社会经济发展的不同步，于此可见一斑。[①]

然而，倘若我们将视野放宽，不仅仅以作家籍贯作为判别区域文学发展面貌的依据，而是尽情观赏唐代文学绽放在安徽大地上的遍地繁花，就会惊讶地发现，依凭天时地利，汴水两岸英才迭现，江淮大地处处飞歌，皖南山水尽入诗篇。李白、韦应物、白居易、韩愈、刘禹锡、杜牧等中国文学最出色的作家，都在安徽留下了自己的足迹和传之久远的名篇佳作，成就了唐代安徽文学最灿烂的华章。

第一节 江淮歌诗：运河成就的文学舞台

安徽自古就是一个与“运河”有密切关联的地方。

早在先秦时期，魏国就开凿了著名的水利工程——鸿沟，打通黄河与淮河之间的水系，连接了位居黄河与淮河之间的济、濮、汴、睢、颍、涡、汝、泗等主要河道，构成了一条四通八达的水运交通网。正如司马迁在《史记·河渠书》中描绘的：

荥阳下引河东南为鸿沟，以通宋、郑、陈、蔡、曹、卫，与济、汝、淮、泗会。于楚，西方则通渠汉水、云梦之野，东方则通沟江淮之间。于吴，则通渠三江、五湖。于齐，则通淄、济之间……此渠皆可行舟，有余

① 陈友冰：《安徽文学史》第一卷，安徽文艺出版社2013年版，第123页。

则用溉浸,百姓飨其利。至于所过,往往引其水益用溉田畴之渠,以万亿计,然莫足数也。

604年,隋炀帝杨广即位后迁都洛阳(今河南洛阳),605年至610年,隋炀帝动用百万人工,疏浚之前众多王朝开凿留下的河道,修建了贯通南北的大运河。此河以洛阳为中心,由永济渠、通济渠、山阳渎、江南河四段组成,北至涿郡(今北京),南至余杭(今杭州),后代通过浙东运河延伸至会稽(今绍兴)、宁波,成为跨越地球10多个纬度,纵贯华北平原和东南沿海地区的中国古代南北交通的大动脉。

在这些运河工程中,流经今日安徽北部的通济渠开发最早。据《隋书·炀帝纪》载,大业元年(605)三月,“发河南诸郡男女百余万,开通济渠,自西苑引谷、洛水达于河,自板渚引河通于淮”。与此同时,隋炀帝“又发淮南民十余万开邗沟,自山阳至扬子入江”,沟通了淮水和长江,并通过通济渠与洛阳连通;608年,再沿洛阳东北方向开凿永济渠,沟通沁河、淇水、卫河、海河,复溯永定河而上,通涿郡。610年,江南运河开凿,镇江至杭州段通航。

至此,以京都洛阳为中心,通济渠、永济渠沟通了海河、黄河、淮河、长江、钱塘江五大水系,总长2700公里的中国南北大运河全线贯通。如此一来,不仅位居其中部的皖北地区民众出行更为便捷,处于江淮之间的皖中、长江以南的皖南地区百姓,也得到通往中原的水上交通之利。据统计,长江流经安徽段416公里,流域面积达到6.6万平方公里,覆盖现行行政区划中的8市——安庆、池州、铜陵、合肥、芜湖、宣城、滁州、马鞍山,占今天整个安徽省面积的47.5%。借助皖水、秋浦河、青弋江、枞阳河、滁河、濡须水、水阳江等,北上中原、东至江浙的水上交通网络已经畅通。时至唐代,庐州、宣州、和州、池州都成为著名的造船基地。

有唐一代,国家组织人力物力对大运河进行了多次疏浚、修整和开凿,终使运河干流、支流均得以畅通,构成了一张以洛阳为中心的水路交通网。汴水(通济渠)是连接黄河和淮河的重要通道,对于江淮地区财物向政治中心输送起到无可替代的重要作用，南北商运和漕运尤其发达，正所谓“漕引江、湖，利尽南海，半天下之财赋，并山泽之百货，悉由此路而进”（《宋史·河渠志》），沿途城镇、聚落之商品经济发展尤其迅速。在安徽版图上及周边的宋州（今河南商丘市，包括今安徽砀山、萧县部分地区）、亳州、宿州、泗州（今江苏盱眙）等城市的勃兴，都与运河经济密不可分。凭借汴水与长江、钱塘江之间的交通，隋唐大运河还推进了宣、歙、池等地经济文化的发展，促进了这些地域的快速崛起。据《隋书·地理志》记载，宣城郡6县为19,979户，新安郡3县为6,164户，而《新唐书·地理志》所载宣州（宣城郡）人口已达121,204户，歙州（新安郡）则上升为38,320户，其中江南运河所起的作用不容小觑。

如此，唐代的安徽地区，从皖北到江南，无不通水，天下货利，汇聚两淮。汴河两岸，“商贩四冲，舷击舵交”①；城镇之中“高栋照通衢，舟车半天下”②，“灯影半临水，筝声多在船”③；来来往往的行人“天涯同此路，人语各殊方。草市迎江货，津桥税海商”④。

在以仗剑去国、壮游天下为士风的唐代，作为一个东西交通、南来北往的中心舞台，无数大唐诗人流连于汴水之上，留下千古吟诵的诗篇，其中最有代表性的当属李白。清代学者、《李太白年谱》作者王琦称，李白离京后，自是浮游四方，北抵赵、魏、燕、晋，西涉邠岐，历商于，至洛阳，南游淮泗，再入会稽，而家寓鲁中。故往来齐鲁间，前后十年中唯游梁宋最久⑤。

《盐城师范学院学报》2016年第1期刊载程宏亮、叶永胜所撰《李白行旅与大运河江苏段考述》一文亦称，李白一生五次经行江南运河，并多次往来于江淮之间，常在运河河畔重要城邑逗留。昔日鼎盛至极的东汉梁国故

---

① ［唐］李磋：《泗州重修鼓角楼记》，《全唐文新编》（4），吉林文史出版社2000年版，第9803页。

② ［唐］杜甫：《遣怀》，《杜工部集》卷七九，上海古籍出版社2003年影印版。

③ ［唐］项斯：《夜泊淮阴》，《项斯诗注》，浙江古籍出版社2006年版，第18页。

④ ［唐］王建：《汴路即事》，《王建诗集校注》，巴蜀书社2006年版，第188页。

⑤ ［清］王琦：《李太白年谱》，《李太白集注》，上海古籍出版社1992年版，第635页。

地、因通济渠再次成为大唐“十望州”之一的宋州①，更是李白生命的重要栖息之所。

李白有诗云：“一朝去京国，十载客梁园。”（《书情题蔡舍人雄》）“十载”乃虚指，李白在梁园的实际生活时间不可能达到十年，但其在东西奔波、南来北往的活动中，来往于梁园的时间跨度当有十年之久，从天宝四载（745）至天宝十三载（754）。

往来于汴水之上，李白留下了感叹宋州历史遗迹的《梁园吟》：“荒城虚照碧山月，古木尽入苍梧云。梁王宫阙今安在？枚马先归不相待。舞影歌声散渌池，空余汴水东流海。”书写了与友人相聚的《秋夜与刘砀山泛宴喜亭池》：“月色望不尽，空天交相宜。令人欲泛海，只待长风吹。”描绘了汴水行船的感受：“沙墩至梁苑，二十五长亭。大舶夹双橹，中流鹅鹳鸣。云天扫空碧，川岳涵余清。飞凫从西来，适与佳兴并。”（《淮阴书怀寄王宋城》）天宝三载（744），杜甫、高适在洛阳与李白相遇，而后沿汴水同游梁、宋（今河南开封、商丘，安徽砀山一带），杜甫写下《遣怀》诗：“昔我游宋中，惟梁孝王都……忆与高李辈，论交入酒垆……气酣登吹台，怀古视平芜。芒砀云一去，雁鹜空相呼。”②

随着大运河的畅通，江淮地域经济快速发展，人口大量增加。中晚唐期间运河沿线及江淮之间新升州县众多。如河南道：贞元廿年（804）正月泗州升上州；元和三年（808）九月亳州升上州；元和四年（809）正月宿州升上州；元和六年九月颍州颍上县升上县；会昌二年（842）十一月颍州升上州；会昌四年十二月宿州符离县升紧县。淮南道：贞元四年十二月，楚州盱眙县升上县；元和六年九月舒州太湖、宿松县升上县；滁州、和州、舒州、濠州、蕲州，并元和六年九月新升上州；会昌四年五月寿州升紧州；会昌四年

① 宋州，隋开皇十六年（596）置，治所在睢阳县（后改宋城县，在今河南商丘县南）。大业三年（607）改为梁郡。唐武德四年（621）复为宋州。天宝元年（742）改为睢阳郡，乾元元年（758）复为宋州。辖境相当于今河南柘城、夏邑以北，睢县以东，山东曹县、单县以南，安徽砀山县以西地区。

② ［唐］杜甫：《遣怀》，见《杜工部集》卷七，上海古籍出版社2003年影印版。

十二月楚州盱眙县，庐州合肥、庐江、慎县，寿州安丰、盛唐、霍邱等县，舒州桐城县，濠州定远、钟离县，滁州全椒县，并升紧县（《唐会要》卷七〇）。为此，越来越多的异地官员前往江淮任职，其中颇多文学大家：如曾任濠州、舒州刺史的独孤及，出任滁州刺史六年之久的李幼卿，出任滁州刺史三年的韦应物，出任宣城令的柳宗元之父柳镇，出任和州刺史的刘禹锡，出任滁州、寿州刺史的李绅，出任池州刺史的杜牧，出任当涂、太平县令的许浑等。

德宗建中三年（782），韦应物转任滁州刺史。居滁三年，留下 120 多首诗作，占其全部诗作的近四分之一。赴任之初，他自洛阳经黄河、入开封，再走运河，过商丘、宿州，经淮阴、扬州，抵达东临扬州、北枕淮河、南靠长江的滁州。一路上相伴运河水，韦应物写下对京城友人的眷眷不舍、远赴他乡的满腹心事。其中《自巩洛舟行入黄河即事寄府县僚友》诗云：

夹水苍山路向东，东南山豁大河通。寒树依微远天外，夕阳明灭乱流中。孤村几岁临伊岸，一雁初晴下朔风。为报洛桥游宦侣，扁舟不系与心同。①

《寄大梁诸友》诗云：

分竹守南谯，弭节过梁池。雄都众君子，出饯拥河湄。燕谑始云洽，方舟已解维。一为风水便，但见山川驰。昨日次睢阳，今夕宿符离。云树怆重叠，烟波念还期。相敦在勤事，海内方劳师。

长庆四年（824），刘禹锡“自夔州转历阳。浮岷江，观洞庭，历夏口，涉浔阳而东”（《历阳书事七十韵》），来到和州刺史任上。在和州，他不仅留下著名的《陋室铭》，而且完成了五言长诗《历阳书事七十韵》。在这首诗

① ［唐］韦应物：《自巩洛舟行入黄河即事寄府县僚友》，《韦应物集校注》，上海古籍出版社 2011 年版，第 80 页。本节所引韦应物诗作均出于此书，不再一一详注。

里，刘禹锡历数江淮大地引人入胜的古迹与杰出的历史人物。

> 一夕为湖地，千年列郡名。霸王迷路处，亚父所封城。汉置东南尉，梁分肘腋兵。本吴风俗剽，兼楚语音伧。沸井今无涌，乌江旧有名。土台游柱史，石室隐彭铿。曹操祠犹在，濡须坞未平。海潮随月大，江水应春生……①

文宗大和二年(828)，大唐又一位著名诗人、56岁的李绅沿长江东下，出任滁州刺史。大和四年(830)，转为寿州刺史，直到大和七年(833)正月离开。李绅籍贯本为亳州，因父在江南为宦，故生于乌程，长在无锡，政坛几度沉浮，经历数郡之后来到皖地，诗作大盛，留下《守滁日深秋忆登(郡)城望琅琊》《滁阳春日怀果园(闲宴)》《闻里谣效古歌》《转寿春守》《忆寿春废虎坑》《寿阳罢郡日十首》，以及感慨世事沧桑的七言长篇叙事诗《悲善才》等。

除却游历与游宦的文学家之外，唐代江淮地区聚集大量作家的又一缘由，则与科举有关。唐代科举制度规定，已获文解的举子仲冬之月就要聚集京城，一直到第二年的正月或二月礼部考试完毕②。一个举子从二月落第到十一月再度科举考试，期间只有9个月时间，离京城较远的落第士子若想再次参加科举，短短的几个月很难返回家乡。再加上唐朝进士科考试重视诗赋，举子们有必要游历祖国的大好河山，以便写出更好的作品，增加科举取胜的可能性。因此，沿大运河游历，尽览江淮风光，是一个不错的选择③。此外，士子们在四方游历中还可以拜谒名宦、入幕求荐，甚至选择更有利于取解的州县，得到被推举参加科考的机会。《桂苑丛谈》记载："咸通初，有进士张绰者，下第后多游江淮间。"④"进士崔涯、张祜下第后，多游

① [唐]刘禹锡:《历阳书事七十韵》,《刘禹锡全集》,上海古籍出版社1999年版，第312页。

② 《新唐书·选举志上》:"每岁仲冬，州、县、馆、监举其成者送之尚书省。"

③ 黄云鹤:《试析唐代落第士人的游历之风》,《东北师大学报》2013年第3期。

④ [唐]冯翊:《桂苑丛谈·张绰有道术》,中华书局1985年版，第1页。

江淮。”[1]咸通七年(866)入京应进士试不第的皮日休,退居寿州(今安徽寿县)自编诗文集《皮子文薮》,次年及第;贞元十四年(798),和州张籍北游至汴州,结识韩愈,得到从徐州取解的机会,次年进士及第……

游历常需同伴,访客更易交友。江淮运河因此成为众多赴考举子、落第文人的社交平台。他们于此相互鼓励,抒写心怀,描绘汴水风情,表达惜别之意,交流对国家大政的种种见解,众多诗文佳作因此而生。多年流连江淮的张祜留下《隋堤怀古》《题濠州钟离寺》《题南陵隐静寺》《贵池道中作》等诗作,描绘了“远岫碧光合,长淮清派连”(《题濠州钟离寺》)的运河风光,发出了“锦帆东去不归日,汴水西来无尽年”(《隋堤怀古》)[2]的历史感慨。屡试不第的“大历十才子”之一的卢纶,不仅以如画之笔勾勒出楚乡春日河上美景“楚乡云水内,春日众山开。淮浪参差起,江帆次第来”[3],还为世人留下“下淮风自急,树杪分郊邑”“千灯夜市喧”的运河沿岸城镇繁华之景。和州张籍得孟郊推荐,在汴水之滨成为韩愈弟子,得其“淮之水舒舒,楚山直丛丛。子又舍我去,我怀焉所穷”[4]句,堪为一生幸运。竟陵皮日休一首《汴河怀古》诗写尽汴水气势:“万艘龙舸绿丝间,载到扬州尽不还。应是天教开汴水,一千余里地无山。”而“尽道隋亡为此河,至今千里赖通波。若无水殿龙舟事,共禹论功不较多”[5],则成为品评隋唐大运河功过的千古流传诗篇。

当然,隋唐大运河在为各类游历者带来极大便利的同时,还使得两岸民众更便于与各地的交往,从而获得更多的生存机遇。再加上自先秦两汉以来,汴水流经之地文风极盛,尤其受到读书人家的青睐,吸引了不少外来者定居于此,而汴河也慷慨地哺之以乳,育之以情,受惠者中最有代表性

① [唐]冯翊:《桂苑丛谈·崔张自称侠》,中华书局1985年版,第2页。

② [唐]张祜:《题濠州钟离寺》《隋堤怀古》,《张祜诗集校注》,巴蜀书社2007年版,第121,387页。

③ [唐]卢纶:《送魏广下第归扬州》,刘初棠校注:《卢纶诗集校注》,上海古籍出版社1989年版,第15页。

④ [唐]韩愈:《此日足可惜一首赠张籍》,钱仲联集释:《韩昌黎诗系年集释》,上海古籍出版社1994年版,第85页。

⑤ [唐]皮日休:《皮日休诗文选注》,上海古籍出版社1991年版,第139页。

的，当属新乐府诗歌的主要倡导者、著名诗人白居易。

白居易原籍山西太原，于大历七年（772）生于河南新郑，童年主要是在新郑县度过。德宗建中二年（781），时任彭城令的父亲白季庚坚守徐州有功，[①]受朝廷嘉奖，自彭城令拔擢本州别驾，家人随任迁至徐州。因当时徐州局势并不安定，白季庚便将家属安置在州城之南汴水河畔的符离（唐时隶属徐州，现隶属安徽宿州）埇桥，白居易时年12岁。埇桥是唐人经汴河来往两京和东南途中的重要一站，也是两京地区沟通东南的重要漕运与商旅通道，正所谓“东南漕自淮达诸汴，徐之埇桥为江淮计口”（《新唐书·张建封传》），“舳舻之会，运漕所历，防虞是资”[②]。所以，不仅白家在埇桥置办产业，安家落户，[③]徐泗濠节度使张建封同样选择落户符离。据相关学者研究，白居易一生曾8次回到符离，[④]并一直将符离作为故乡，全部诗作中以符离、汴水为背景写作的就有近50首。贞元二年（786）江淮乱起，他随父避难江南，作有《江南送北客因凭寄徐州兄弟书》诗，称：“故园望断欲何如？楚水吴山万里余。今日因君访兄弟，数行乡泪一封书。”《自余杭归宿淮口作》写道：“舟行明月下，夜泊清淮北。岂止吾一身，举家同燕息。……行行弄云水，步步近乡国。”《汴河路有感》叹息着：“三十年前路，孤舟任往还。绕身新眷属，举目旧乡关。事去惟留水，人非但见山。啼襟

---

① ［唐］白居易：《襄州别驾府君事状》：“公讳季庚……建中元年，授彭城县令。时徐州为东平所管。属本道节度使反。反之状，先以胜兵屯埇口，绝汴河运路，然后谋东窥江、淮。朝廷忧虞，计未有出。公与本州刺史李洧潜谋以徐州及埇口城归国，反拒东平。东平遣骁将信都崇敬、石隐金等，率劲卒二万攻徐州。徐州无兵，公收合吏民得千余人，与李洧坚守城池，亲当矢石，昼夜攻拒，凡四十二日，而诸道救兵方至。既而贼徒溃，运路通，首挫逆谋，不敢东顾。由是徐州一郡七邑及埇口等三城到于今讫不隶东平者，实李洧与公之力也。德宗嘉之，命公自朝散郎超授朝散大夫，自彭城令擢拜本州别驾，赐绯鱼袋，仍充徐泗观察判官。……贞元初，朝廷念公前功，加检校大理少卿，依前徐州别驾、当道团练判官，仍知州事。”见《白居易集笺校》卷四六，上海古籍出版社1988年版，第2836页。本章白居易诗文均出于此书，不再一一详注。

② ［唐］李吉甫：《元和郡县图志》卷九《河南道五·徐泗节度使·宿州》，中华书局1983年版，第228页。

③ 白居易在长庆四年赴洛途中所作《埇桥旧业》一诗称“别业埇城北，抛来二十春。改移新径路，变换旧村邻”，可见白氏家族在此有产业。

④ 蒋艳、李萧：《白居易徐州行迹考》，《徐州工程学院学报》2012年第5期。

与秋鬓，此日两成斑”《醉后走笔酬刘五主簿长句之赠兼简张大贾二十四先辈昆季》则深情地询问：“且倾斗酒慰羁愁，重话符离问旧游。北巷邻居几家去？东林旧院何人住？武里村花落复开，流沟山色应如故。”

正是在这片土地上，白居易与朋友们“衡门寂寞朝寻我，古寺萧条暮访君。朝来暮去多携手，穷巷贫居何所有。秋灯夜写联句诗，春雪朝倾暖寒酒。陴湖绿爱白鸥飞，濉水清怜红鲤肥。偶语闲攀芳树立，相扶醉踏落花归”（《醉后走笔酬刘五主簿长句之赠兼简张大贾二十四先辈昆季》）而符离乡土也以其独有的品性塑造着白居易。

这首先是文化的魅力。在中国历史上，符离本就是一个文脉悠久、人才辈出之地。先秦两汉时期，梁、宋就是中国哲学、经学、文学最为发达的区域，也是政治思想最为活跃的所在。时至隋唐，更因运河之利聚集了大批人才。且白居易家族定居此地之时，正是“少喜文章，能辩论，慷慨尚气”的徐泗濠节度使张建封治徐之际。张建封“躬于所事，一军大治。善容人过，至健黠亦未尝曲法假之。其言忠义感激，故下皆畏悦。性乐士，贤不肖游其门者礼必均，故其往如归。许孟容、韩愈皆奏署幕府，有文章传于时”（《新唐书·张建封传》）。在符离，白居易与张建封二子张仲素、张美退成为学伴，并结交一刘二贾，当地人称“符离五子”。若干年后，符离五子“五人十载九登科”[①]，其中固然有五人相携努力的因素，但如此之高的登科比例，也足以令人想到此时聚居符离人口的文化状况。

其次是有关社会政治经济方面的深刻影响。多年生活在汴水之滨，白居易所见所闻运河对于大唐王朝政治经济的重要作用，显非一般士子可以

① 白居易作于元和四年（809）的纪实长诗《醉后走笔酬刘五主簿长句之赠兼简张大贾二十四先辈昆季》称：“二贾二张与余弟……齐入文场同苦战，五人十载九登科。”又据光绪《宿州志》载：“张仲素，字绩之，符离人，善诗文，登贞元进士，为翰林学士从知武宁军，为司勋员外郎。与太原白居易、彭城刘禹锡相友善。”“张美退，符离人，与兄仲素同登贞元进士，元和元年对策，亦中翰林学士，棣萼联辉，时人荣之。”光绪《宿州志》卷一八《隐逸》载：“贾握中，符离人，与同县二张齐名，登贞元中进士，后隐陴湖不仕。”“贾沉犀，握中弟也，刻苦好学，与白乐天、刘袁刁并二张齐名，时称符离五子。遇独晚，登元和中进士。白乐天赠符离五子诗云：‘五人十载九登科。’盖谓此也。不乐仕进，兄弟同隐睢上。”

比拟。青年时代他就在为应制举所拟构的《策林》中撰有《议罢漕运可否》一文,阐述了运河漕运的重要性:

议者将欲罢漕运于江、淮,请和籴于关辅,以省其费,以便于人。臣愚以为救一时之弊则可也,若以为长久之法,则不知其可也。何者?方今自淮以南,逾年旱歉;自洛而西,仍岁丰稔。彼人困于艰食,此谷贱于伤农。困则难于发租,贱则易于乞籴。斯则不便于彼而无害于此矣。此臣所谓救一时之弊则可也。若举而为法,循以为常,臣虽至愚,知其不可。何者?夫都畿者,四方所凑也,万人所会也,六军所聚也。虽利称近蜀之饶,犹未能足其用;虽田有上腴之利,犹不得充其费。况可日削其谷,月朘其食乎?故国家岁漕东南之粟以给焉,时发中都之廪以赈焉,所以赡关中之人,均天下之食,而古今不易之制也。

此外,还有关于盐政的见解。《新唐书·穆宁传》记载:"上元初,(穆宁)为殿中侍御史,佐盐铁转运,住埇桥。"大历十四年(779),中唐著名理财官刘宴"自淮北置巡院十三,曰扬州、陈许、汴州、庐寿、白沙、淮西、甬桥、浙西、宋州、泗州、岭南、兖郓、郑滑,捕私盐者,奸盗为之衰息"(《新唐书·食货四》),埇桥盐铁巡院就在其中。正因为如此,白居易才得以近距离观察国家盐政混乱状况,并在《议盐法之弊》中作中肯分析:

臣以为隳薄之由,由乎院场太多,吏职太众故也。何者?今之主者,岁考其课利之多少而殿最焉,赏罚焉。院场既多,则各虑其商旅之不来也,故美其盐而多与焉。吏职既众,则各惧其课利之不优也,故慢其货而苟得焉。盐美则幸生,而无厌之商趋矣;货慢则滥作,而无用之物入矣。所以盐愈费而官愈耗,货愈虚而商愈饶,法虽行而奸缘,课虽存而利失。

作为久居汴水旁的"和籴之户",白居易对和籴之法更有切身感受。

和籴之法自汉代即有,原指官府出资向百姓公平购买粮食。中唐以后,和籴基本上是通过各府县按散户配人的方法强制进行,实际上等同强制性的赋税。《新唐书·食货三》记载:“宪宗即位之初,有司以岁丰熟,请畿内和籴。当时府县配户督限,有稽违则迫蹙鞭挞,甚于赋税,号为和籴,其实害民。”白居易在符离“曾为和籴之户,亲被迫蹙,实不堪命”(《论和籴状》),撰有《论和籴状》上疏皇帝,说明自己“备谙此事,深知此弊;臣若缄默,隐而不言,不唯上辜圣恩,实亦内负夙愿”。

所有这些,都可令人看到隋唐大运河对白居易内心世界的深刻影响。正因为有了如此经历,白居易才能成为强调诗歌社会责任的新乐府运动的中坚力量,才能创作出如《重赋》《观刈麦》《纳粟》《杜陵叟》等一系列极具底层关怀特色、忧国忧民精神的现实主义诗作,生动地描绘出百姓在重赋逼迫之下的生活惨状。无论是“织绢未成匹,缫丝未盈斤。里胥迫我纳,不许暂逡巡。岁暮天地闭,阴风生破村。夜深烟火尽,霰雪白纷纷。幼者形不蔽,老者体无温。悲喘与寒气,并入鼻中辛”(《重赋》),还是“有吏夜扣门,高声催纳粟。……扬簸净如珠,一车三十斛。犹忧纳不中,鞭责及僮仆”(《纳粟》),“典桑卖地纳官租,明年衣食将何如?剥我身上帛,夺我口中粟。虐人害物即豺狼,何必钩爪锯牙食人肉”(《杜陵叟》),甚至包括抨击盐业管理政策的《盐商妇》:“婿作盐商十五年,不属州县属天子。每年盐利入官时,少入官家多入私。官家利薄私家厚,盐铁尚书远不知。”均非无深入生活观察者可以言说。

第二节　山水情深:皖南风土对大唐作家的滋养

如上所述,大唐王朝是一个水陆交通空前便利、旅游人数空前众多的时代。皖南地区以其秀美的山水,如画的风光,对文学家产生了极大的吸引力,而其中尤为突出的,是为皖南留下150余首杰出诗作的李白。

余恕诚、朱文根先生曾在《李白与皖南》一文中介绍:

一、李白开元十三年(725)出峡,十四年乘船东下,至金陵、扬州,途经皖南沿江各地;二、天宝元年(742)秋,李白奉唐玄宗之诏入京,作《南陵别儿童入京》诗,证明此前李白已寓家南陵;三、天宝十二至十四载(753—755),在宣州特别是秋浦一带长期居留,有"我自入秋浦,三年北信疏"等诗句可证;四、天宝十五载(756),因安史之乱,李白南下至宣城,有《经乱离后将避地剡中留赠崔宣城》《猛虎行》("窜身南国避胡尘 …… 昨日方为宣城客")等诗可证;五、上元、宝应年间(760—762),李白因从永王璘遭流放遇赦放回后,至皖南依当涂县令李阳冰,卒葬青山。留有二孙女在当涂,说明去世后其家亦在皖南。①

仅从以上介绍我们已经可以看到,游于此、家于此、卒于此的皖南,在李白一生中的分量何其重要。

皖南诸地中,与李白相识最早的地方当属位于长江之滨的宣州。开元十三年至十四年(725—726)李白东下,出荆门,抵浔阳,游庐山,而后乘舟东行,经过今安徽省当涂县与和县交界处的天门山到达金陵。应当就是在这一年,诗人一首七绝《望天门山》,写尽天门之美、之险,也写出自己的满怀抱负,诗曰:

天门中断楚江开,碧水东流至此回。两岸青山相对出,孤帆一片日边来。

开元二十七年(739),漫游各地失意而归的李白再次路经当涂,写下《夜泊牛渚怀古》:"牛渚西江夜,青天无片云。登舟望秋月,空忆谢将军。余亦能高咏,斯人不可闻。明朝挂帆席,枫叶落纷纷。"

清江月夜,澄清无云;落叶无声,纷纷而下,诗人的失意、无奈皆蕴其中。此时此刻,李白与皖南不过是初次相遇,还没有时间细细地品味皖南

① 余恕诚、朱文根:《李白与皖南》,《江淮论坛》2012 年第 2 期。

风光的内蕴，接受皖南山水对心灵的陶冶。同样，在李白《横江词》六首中，我们读到的也是愁怨、无奈、焦躁、激愤，如：

猛风吹倒天门山，白浪高于瓦官阁。（《其一》）
横江欲渡风波恶，一水牵愁万里长。（《其二》）
白浪如山那可渡，狂风愁杀峭帆人。（《其三》）
浙江八月何如此，涛似连山喷雪来。（《其四》）
郎今欲渡缘何事，如此风波不可行。（《其五》）
惊波一起三山动，公无渡河归去来。（《其六》）

而《宣州谢朓楼饯别校书叔云》，则将这种凝聚着自信、失落与壮志难酬的心情化为千古佳句，诗曰：

弃我去者，昨日之日不可留；乱我心者，今日之日多烦忧。长风万里送秋雁，对此可以酣高楼。蓬莱文章建安骨，中间小谢又清发。俱怀逸兴壮思飞，欲上青天览明月。抽刀断水水更流，举杯消愁愁更愁。人生在世不称意，明朝散发弄扁舟。

当然，历史没有让这位伟大的诗人与皖南失去相知相惜的机会。天宝十二载（753）秋，经历了入都为宦的希望与失望的李白，真正居停皖南，深入乡村市镇，触摸皖南的心率脉动。此时此刻，他的心灵才与这一方山水有了真正的交融。

李白于皖南居停时间最久的，是位于长江南岸的宣州与池州。大唐极盛期的宣池之地，既拥有便利的交通、安宁的政局，更拥有上天赐予的青山秀水：九华山、青山、敬亭山各具风姿，清溪、秋浦河、青弋江满目清新。正所谓“缭以群山，带以洪流……名山胜川，为江南之甲”[1]，行走过大江南

---

① ［宋］王象之：《舆地纪胜》卷一九，浙江古籍出版社2012年版，第618页。

北、见识过众多名山大川的李白深深地为宣池一带的美丽风光所陶醉。宽阔的长江、幽静的清溪、深秀的敬亭、神奇的九华，都对他产生了非凡的吸引力，令他久久不舍离去。他不止一次地比较着此地风景与其他名胜的区别："泾川三百里，若耶羞见之。锦石照山壁，两边白鹭鸶。佳境千万曲，客行无歇时。"（《泾川送族弟錞》）"清溪胜桐庐，水木有佳色。山貌日高古，石容天倾侧。彩鸟昔未名，白猿初相识。"（《宣城清溪》）"清溪清我心，水色异诸水。借问新安江，见底何如此。人行明镜中，鸟度屏风里。"（《清溪行》）"清溪非陇水，翻作断肠流。"（《秋浦歌十七首》之二）"响入百泉去，听如三峡流。"（《与南陵常赞府游五松山》），他一次又一次地描绘着秋浦河沿岸白猿与飞鸟的可爱动人："山光摇积雪，猿影挂寒枝。"（《游秋浦白笴陂二首》之一）"千峰照积雪，万壑尽啼猿。"（《与周刚清溪玉镜潭宴别》）"秋浦猿夜愁，黄山堪白头。"（《秋浦歌十七首》之二）"秋浦多白猿，超腾若飞雪。牵引条上儿，饮弄水中月。"（《秋浦歌十七首》之五）"千千石楠树，万万女贞林。山山白鹭满，涧涧白猿吟。君莫向秋浦，猿声碎客心。"（《秋浦歌十七首》之十）"渌水净素月，月明白鹭飞。"（《秋浦歌十七首》之十三）"秋浦锦驼鸟，人间天上稀。山鸡羞渌水，不敢照毛衣。"（《秋浦歌十七首》之三）他以淡雅之笔写出江城之美："江城如画里，山晓望晴空。两水夹明镜，双桥落彩虹。人烟寒橘柚，秋色老梧桐。"（《秋登宣城谢朓北楼》）他用最艳丽的色彩描绘着铜官山冶炼的罕见夜景："炉火照天地，红星乱紫烟。赧郎明月夜，歌曲动寒川。"（《秋浦歌十七首》之十四）他远眺九华，激情四溢地写下令九华山名扬海内外的千古名句："昔在九江上，遥望九华峰。天河挂绿水，秀出九芙蓉。"（《望九华赠青阳韦仲堪》）"遥望九华峰，诚然是九华。苍颜耐风雪，奇态灿表霞。曜日凝成锦，凌霄增壁崖。"（《秀华亭》）并将九子山改名为"九华"①。

---

① 九华山汉称陵阳山，南梁称帻山，盛唐前称"九子山"。李白在《改九子山为九华山联句并序》中写道："青阳县南有九子山，山高数千丈，上有九峰如莲华。按图征名，无所依据。太史公南游，略而不书。事绝古老之口，复阙名贤之纪。虽灵仙往复，而赋咏罕闻。予乃削其旧号，加以九华之目。"

身处宣、池山水的宁静清幽中，历经政坛坎坷、世俗纷扰的李白，恣意地享受着来自大自然的慰藉。在这里，人生是静谧的，他可以“提携采铅客，结荷水边沐”（《宿鰕湖》），可以“时登大楼山，举手望仙真”（《古风》其四），可以低头观赏溪水中“石惊虎伏起，水状龙萦盘”（《下陵阳沿高溪三门六剌滩》）、“白波若卷雪，侧石不容舠”（《下泾县陵阳溪至涩滩》）的奇妙情状，抬头眺望“天借一明月，飞来碧云端”（《游秋浦白笴陂二首》之二）的夜景，静静地体味“秋浦田舍翁，采鱼水中宿。妻子张白鹇，结罝映深竹”（《秋浦歌十七首》之十六）、“郎听采菱女，一道夜歌归”（《秋浦歌十七首》之十三）的田家生活的静美安逸，以及“桃花潭水深千尺，不及汪伦送我情”（《赠汪伦》）的真挚友情。此时此地的李白，心物交融，化天地英灵之气于诗中，写出了完全不同于目空万物、豪放狂傲的《将进酒》《行路难》的诗作。这些诗作以宁静的心灵面对生活，于绵长的诗意中深藏着人生感悟：那是“担崖去落叶，席月开清樽”的安宁，是任凭山溪涤荡，“澄明洗心魂”的乐趣，是“此中得佳境，可以绝嚣喧”（《与周刚清溪玉镜潭宴别》）的悠长韵味，是“抱琴时弄月，取意任无弦”（《赠崔秋浦三首》）的淡然随性，是“相看两不厌，只有敬亭山”（《独坐敬亭山》），与大自然融为一体的心静如水。

可以说，正是宣池之地的山山水水，成就了李白心灵与诗作的另一种境界，另一种风格。

李白与皖南的又一重情缘，是与新安的相见。与宣、池比较，地处安徽、浙江、江西三省交界的新安，地理位置更加偏远。宣、池二州沿长江一带地势较为平缓，青弋江、秋浦河、宛溪向北直通长江，与位于中原地区的中央政府联系较为方便。而新安东北向西南，有黄山山脉横贯全境，天目山、白际山、五龙山海拔多在千米以上，再加上新安之水除北部少量入青弋江、南部奔赴鄱阳湖外，其余发源于万山之中的大小溪流东向奔往浙江，一路山高水急。直至清乾隆年间，著名诗人黄景仁的诗作还能令人想到新安地势的险要：“一滩复一滩，一滩高十丈。三百六十滩，新安在天上。”①

① ［清］黄景仁：《新安滩》，《两当轩集》，上海古籍出版社 1998 年版，第 229 页。

正因为如此,新安自古为一个独立的自然地理单元,长期远离政治、经济、文化中心。世所罕见的绝美景色,也仅有“浙江天目山,高一万八千丈,仅及黄山之麓。山有摩天戛日之势”(《汉书·郡国志》),“洞澈随清浅,皎镜无冬春。千仞写乔树,百丈见游鳞”[①]等少量记载。天宝年间,李白的造访使新安山水名扬天下,新安奇美的山水胜景,也成为再一次冲击诗人心胸的波涛,激发着诗人胸中固有的浪漫主义情思,为后人留下不可多得的华美诗章。这就是迄今能见到的中国历史上第一首完整的黄山诗——《送温处士归黄山白鹅峰旧居》,诗曰:

黄山四千仞,三十二莲峰。丹崖夹石柱,菡萏金芙蓉。伊昔升绝顶,俯窥天目松。仙人炼玉处,羽化留余踪。亦闻温伯雪,独往今相逢。采秀辞五岳,攀岩历万重。归休白鹅岭,渴饮丹沙井。凤吹我时来,云车尔当整。去去陵阳东,行行芳桂丛。回溪十六度,碧嶂尽晴空。他日还相访,乘桥蹑彩虹。

诗作开头“黄山四千仞,三十二莲峰。丹崖夹石柱,菡萏金芙蓉”,气势磅礴又色彩鲜明,将集八亿年地质史于一身、兼具雄伟与秀丽为一体的黄山高调推向读者面前。紧接着,诗人发挥出无与伦比的想象力,历数仙人炼玉之处、羽化升仙遗踪,为黄山披上一层神奇的轻纱。而“伊昔升绝顶,俯窥天目松……凤吹我时来,云车尔当整。去去陵阳东,行行芳桂丛。回溪十六度,碧嶂尽晴空。他日还相访,乘桥蹑彩虹”诸句,述“我”之行迹,乘风御云,足踏彩虹,行走芳桂丛中,俯瞰万千世界,可谓仙气满怀。如此,黄山之美再不独独为世俗之美,而是超凡脱俗、神风缭绕,何人能不向往?正因为如此,有评论家认为:

---

① [南朝齐]沈约:《新安江水至清浅深见底贻京邑同好》,《六朝诗选》,商务印书馆 2018 年版,第 222 页。

对黄山来说，这首诗的地位十分重要，是迄今能见到的第一首咏黄山的诗篇。它生动地描写了黄山的雄伟，群峰壁立，灵秀奇异。由于这首诗写于黄山易名不久，诗中“莲峰”“石柱”“芙蓉”“炼玉”“乘桥”等诗句和诗中的诸多想象均为后来诸峰命名开启了思路。[①]

当然，皖南山水对唐代诗人的滋养绝不仅仅是李白一人。中唐时期，著名诗人刘禹锡一曲《九华山歌》，写得荡气回肠，惊喜连连，成为他的代表作之一，诗曰：

奇峰一见惊魂魄，意想洪炉始开辟。疑是九龙夭矫欲攀天，忽逢霹雳一声化为石。不然何至今，悠悠亿万年，气势不死如腾仙。云含幽兮月添冷，日凝辉兮江漾影。结根不得要路津，迥秀长在无人境。轩皇封禅登云亭，大禹会计临东溟。乘樏不来广乐绝，独与猿鸟愁青荧。君不见敬亭之山黄索漠，兀如断岸无棱角。宣城谢守一首诗，遂使声名齐五岳。九华山，九华山，自是造化一尤物，焉能籍甚乎人间。[②]

大和四年(830)九月，诗人杜牧首次来到宣歙观察使治所宣州，即今安徽宣城，直至大和七年。开成二年(837)，杜牧入宣徽观察使崔郸幕下，任宣州团练判官，再抵宣州，为时近三年。会昌四年(844)九月，杜牧迁池州刺史，任职两年有余。随着时光的推移，杜牧越来越深刻地感受到宣州与六朝古都的精神联系：“六朝文物草连空，天淡云闲今古同。”(《题宣州开元寺水阁阁下宛溪夹溪居人》)[③]“南朝四百八十寺，多少楼台烟雨中。”(《江南春》)正因为如此，彼时出现在杜牧笔下的宣州，总带有一种来自历史深处的悲戚：“南朝谢朓城，东吴最深处。亡国去如鸿，遗寺藏烟坞。”

---

① 余恕诚、朱文根：《李白与皖南》，《江淮论坛》2012年2期。

② [唐]刘禹锡：《九华山》，《刘禹锡全集》，上海古籍出版社1999年版，第191页。

③ [唐]杜牧：《题宣州开元寺水阁阁下宛溪夹溪居人》，《杜牧诗集》，上海古籍出版社2015年版，第197页。本书所引杜牧诗文均出于此书，不再一一详注。

(《题宣州开元寺》)“鸟去鸟来山色里,人歌人哭水声中。”(《题宣州开元寺水阁阁下宛溪夹溪居人》)时值晚唐,国难深重,一己之身同样命运坎坷。42 岁才出任池州刺史的杜牧壮志难酬,心情郁郁:“萧萧山路穷秋雨,淅淅溪风一岸蒲。为问寒沙新到雁,来时还下杜陵无?”(《秋浦途中》)

但是,一旦真正与宣池山水朝夕相处,杜牧感觉到的是来自大自然的深情抚慰。这是“晚花红艳静,高树绿阴初。亭宇清无比,溪山画不如”(《春末题池州弄水亭》)的静好,是“小山浸石棱,撑舟入幽处。孤歌倚桂岩,晚酒眠松坞”(《题池州弄水亭》)的秀雅,是“溪山好画图,洞壑深闺闼”(《池州送孟迟先辈》)的神奇,也是诗人“停车坐爱枫林晚,霜叶红于二月花”(《山行》)的沉醉,是“每喜佳山在邑封”“解吟秀出九芙蓉”(《九华山》)的欣喜,也是“江涵秋影雁初飞,与客携壶上翠微。尘世难逢开口笑,菊花须插满头归”(《九日齐山登高》)的豁达洒脱,更有“何物赖君千遍洗,笔头尘土渐无痕”(《池州清溪》)的心结开释。

当然,这并非终极的“开释”,但肯定是秀美山水对诗人有效的心灵慰藉。

同样,元和十年(815)进士、一生努力于官场中的封敖来到九华山,闻猿鸣,望云霭,与僧众往还,亦深有所悟。

> 三年未到九华山,终日披图一室间。秋寺喜因晴后赏,灵峰看待足时还。猿从有性留僧坐,云霭无心伴客闲。胜事倘能销岁月,已弃名利不相关。①

与款待李白、杜牧、封敖等客游者不同,皖南还对来此避难的定居者哺之以乳,育之以情,并将其中有才华者培育成材,譬如饮皖南之水、食皖南之粟成长起来的杰出文学家、唐代古文运动的旗手韩愈。

安史之乱后,黄河中下游的大部分地区均已陷入战乱,血火之中的百

① [唐]封敖:《题西隐寺》,《全唐诗》卷四七九,中华书局 1960 年版,第 5454 页。

姓四散奔逃，寻求安身立命之所。安徽沿江江南一带气候温暖湿润，地势平坦，水系发达，土壤肥沃，极适合水稻、小麦等粮食作物的大规模种植，于是，大量北方居民南下，定居在长江南岸。他们填湖而造“圩田”，开山而得“畲田”，籍贯虽不在此，却在这片热土上生根、繁衍，成为“寄庄户”。再加上晋室南迁以后，江南学风习俗渐趋中原化，六朝文事盛于一时。唐人刘知幾就曾在《史通·内篇·言语》中说：“自咸、洛不守，龟鼎南迁，江左为礼乐之乡，金陵实图书之府。”①较之于巴蜀、荆襄等地，宣州地区文化优势显而易见，对士人有更大的吸引力。有唐一代，随着经济的发展，人口的增多，大量文士任职此地，进一步带动了宣州文化的发展，“寄庄户”中颇多中原衣冠士庶，十分注重家族子弟的文学教育，这就为宣州造就大唐文学的栋梁之才提供了更有利的条件，中唐时期相继磅礴于文坛的古文运动，因之与这块土地有了不可分割的血脉因缘。

韩愈（768—824）出生于长安，父亲去世后随兄嫂生活。建中之乱中随家人南下，寓家宣州当涂，19岁北上京城赴举。至于韩氏家族寓居当涂的原因，应与其地理条件密切相关。当涂地处长江下游水网地区，多河流、湖泊，其西紧紧依傍长江，形成与中原战乱隔绝的天然屏障，其东有丹阳湖，境内多为江水冲积而成的无主滩地，极适宜外地移民定居开发。此外，从这里乘船东北向直达江宁、扬州，与大运河相接，西南向不远处濡须水可通巢湖。再加上韩愈父辈多人任职左近②，因此对于韩氏家族来说，当涂是一个理想的落脚地。

复旦大学查屏球先生在《生存压力、家学传统与移民环境——韩愈寓居宣城修业考论》一文中说：

---

① ［唐］刘知幾：《史通·内篇·言语》，《史通》，上海古籍出版社2015年版，第139页。

② ［唐］李白：《武昌宰韩君去思颂碑》：“君自滁州铜鞮尉调补武昌令。……尚书右丞崔公禹，称之于朝。相国崔公涣，特奏授鄱阳令，兼摄数县。”“考睿素……成名四子……少卿，当涂县丞，感慨重诺，死节于义。……绅卿，尉高邮，才名振耀，幼负美誉。”

韩愈《祭十二郎文》言:“既又与汝就食江南,零丁孤苦,未尝一日相离也。……吾年十九,始来京城,其后四年,而归视汝。又四年,吾往河阳省坟墓,遇汝从嫂丧来葬。又二年,吾佐董丞相于汴州,汝来省吾,止一岁,请归取其孥。明年,丞相薨,吾去汴州,汝不果来。”可见,韩愈随郑夫人在宣城生活了四年,来到京城后,郑夫人带着韩老成等又生活了七年,郑夫人亡后,老成又领着家人生活三四年。仅由韩老成一家看,他在此已生活了十五年,再由《示爽》一诗看,从郑夫人领家人南下算起,韩家在宣城已生活了四十多年,若从韩少卿、韩会居家当涂时算起,其家在宣州经营已六七十年,家业规模必当可观。推想其家族在江南的发展,大致过程可能是这样的:肃宗时,韩愈父辈少卿、绅卿等在宣城任职期间购置别业,代宗前期韩会等在此经营生活,贞元后郑夫人回到江南操持,郑夫人之后韩愈侄辈韩老成等继续维持,故韩氏在宣城的产业是经过三代人经营积累而成的。[①]

查文还特别指出,“避地江南的生活方式、寄庄户的身份、与京城不同的地方文化导向以及这三者所产生的合力”,应为我们考察韩愈古文观念形成的重要因素。具体分析,其原因主要在于:

其一,韩愈修业备考是在宣城完成的,属于离开本籍的寄庄户。其时朝廷加强了对寄庄户的管理,寄庄户若无进士出身或出仕者,则不能享受原有士族的相关待遇,并需交纳赋税。唐武宗《加尊号后郊天赦文》称:“从今已后,江淮百姓,非前进士及登科有名闻者,纵因官罢职,居别州寄住,亦不称为衣冠户。其差科色役,并同当处百姓流例处分。”[②]乾符二年《南郊赦文》再次重申:“准会昌中敕,家有进士及第,方免差役,其余只庇

① 查屏球:《生存压力、家学传统与移民环境——韩愈寓居宣城修业考论》,《学术界》2016 年第 5 期。

② 唐武宗:《加尊号后郊天赦文》,《全唐文》卷七八,中华书局 1983 年版,第 819 页。

一身。”①这种境遇促使了韩愈在备考期间求仕之心益发强烈，因而发奋苦读。

其二，在远离京洛文化中心的江南修业备考，三岁而孤的韩愈主要是接受家族文化教育。其叔父韩云卿、异母长兄韩会，均为古文大家李华赏识，《新唐书·李华传》记有：“李华字遐叔，赵州赞皇人。……天宝十一载迁监察御史。……爱奖士类，名随以重。若独孤及、韩云卿、韩会、李纾、柳识、崔祐甫……后至执政显官。”韩愈“生七岁而读书，十三而能文”②，唐代宗大历十四年（779）韩会去世，韩愈12岁，如此算来有五六年时间韩愈当接受韩会的指导。据韩愈《考功员外卢君墓铭》称：

> 愈之宗兄故起居舍人君（即韩会，著者注），以道德文学伏一世。其友四人，其一范阳卢君东美。少未出仕，皆在江淮间，天下士大夫谓之“四夔”。……其子畅命其孙立曰：“乃祖德烈靡不闻，然其详而信者，宜莫若吾先人之友，先人之友无在者，起居又有季曰愈，能为古文，业其家；是必能道吾父事业，汝其往请铭焉。”

而韩愈记自己幼年读书，则是“始专专于讲习兮，非古训为无所用其心”（韩愈：《复志赋》），显然避免了流行文化的影响，一直保持着中原世族以儒学为中心的家族文化传统。

其三，安史之乱后，在南移世族的作用下，江南形成了兴复儒学的文化环境。大历九年至十二年（774—777），韩愈居当涂期间，正值唐代古文运动先驱人物独孤及转任常州刺史，另一位古文运动重要人物梁肃则陪伴左右，从独孤及学古文。虽然韩愈当时年幼（大约10岁），但由于韩会与梁肃是朋友，当涂与常州又相距不远，韩愈极有可能受到他们的影响，学习他们

---

① 唐僖宗：《乾符二年南郊赦》，［宋］宋敏求：《唐大诏令集》卷七二，商务印书馆1959年版，第402页。

② ［唐］韩愈：《与凤翔邢尚书书》，马其昶校注：《韩昌黎文集校注》，上海古籍出版社1986年版，第203页。本章韩愈诗文均出于此书，不再一一详注。

的文章。《旧唐书·韩愈传》有载：

> 大历、贞元之间，文字多尚古学，效扬雄、董仲舒之述作，而独孤及、梁肃最称渊奥，儒林推重。愈从其徒游，锐意钻仰，欲自振于一代。洎举进士，投文于公卿间，故相郑馀庆颇为之延誉，由是知名于时。寻登进士第。

值得注意的是，萧颖士、李华、独孤及、权德舆等古文运动的前导人物，均曾在江淮地区生活。其中萧颖士本为颍州汝阴（今安徽阜阳市）人，终官扬州功曹参军；李华于安史之乱后被贬为杭州司户参军，晚年隐居大别山南麓；独孤及曾任濠州、舒州、常州刺史；权德舆少居润州丹徒，曾任淮南黜陟使韩洄从事、杜佑淮南水陆运环卫掾曹、汴东水陆运盐铁祖庸使包佶从事。在长时间居住江淮的过程中，他们彼此之间多有交流，形成了潜在的学术群体，江南士子多与之交游，从之学文。因此，潜移默化之中，他们的思想主张、文章风格、治学方法必然要对江淮士人产生影响。

其四，韩愈居当涂期间，宣州几任地方官如孙会、皇甫政、刘赞都是崇儒之士，其中孙会是开元、天宝年间倡导古文之先驱孙逖之侄，任职期间"修懿文之烈，成变鲁之政"[①]，皇甫政为"故尚书左丞之子，文行兼茂，不忝前烈，雅度精识……重礼义，有古之遗范"[②]；刘赞则为"开元朝一代名儒"著名史学家刘知幾之孙，其父刘汇"博涉经史"，家族传统就是尊儒敬文。因此，韩愈青年时代才能四次得到地方政府的举荐，三次被推荐参加博学

① ［唐］梁肃：《贺苏常二孙使君邻郡诗序》，《全唐文》卷五一八，中华书局 1983 年版，第 5263 页。

② ［唐］崔祐甫：《广丧朋友议》，《全唐文》卷四〇九，中华书局 1983 年版，第 4188 页。

宏词制科考试①。须知这种考试被推荐的几率在当时是很低的。据《唐六典》记:“凡贡人,上州岁贡三人,中州二人,下州一人。若有茂才异等,亦不抑以常数。”②宣州是上州,岁贡三人,即便突破常数,总人数也只能有五六人,韩愈得到的机会足以说明他受重视的程度。

清人赵怀玉在《独孤宪公毗陵集序》中说:“退之起衰,卓越八代,泰山北斗,学者仰之,不知昌黎固出安定(梁肃)之门,安定实受洛阳(独孤及)之业。”如果说大历年间的古文运动,无论在文学思想、文体探索和作家培养诸方面,都为贞元年间的韩柳古文运动做了充分的准备,那么,在这中间,皖南地域文化的作用绝不可忽视。

第三节　奥区文兴:皖南本土作家的涌现

自两汉魏晋以来,中国人口数次南迁。时至唐代,独特的地理环境给予皖南经济文化快速发展的历史机遇,本土诗人随之涌现。

首先,正是由于有浩浩长江作为天然屏障,秦汉以来中国内陆大规模的战争,皖南均明显少于黄淮流域,因而也成为唐代移民心目中的安居之地。况且皖南宣城、池州一带,距离北方移民南下的必经之地和移民重要迁出区淮南仅一江之隔。河南、河北及关中大批人口或依靠当时的全国交通大动脉大运河自华北平原南下,直达长江北岸;或分别由汴水、汝水、颍水入淮,再由淮水南下抵江;选择陆路者,亦可自洛阳趋蔡州(今河南汝南)、寿春(今安徽寿县)、庐州(今合肥市),一路南下,进而渡江南行。正当渡江南下大道的宣州(治今宣城市)、池州(治今池州市),自然而然地成

---

① [唐]韩愈:《答崔立之书》言:“仆始年十六七时,未知人事,读圣人之书……及年二十时……因诣州县求举。有司好恶出于其心,四举而后有成,亦未即得仕。闻吏部有以博学宏词选者,人尤谓之才,且得美仕。就求其术,或出所试文,亦礼部之类也。私怪其故,然犹乐其名,因又诣州府求举,凡二试于吏部,一既得之,而又黜于中书。”

② [唐]李林甫:《三府都督都护州县官吏》,[日]广池千九郎,[日]内田智雄训点:《大唐六典》卷三〇,日本広池学园事业部1959年版,第525页上。

为移民的重要接收区。

此外,长江南岸支流秋浦河、青弋江、水阳江等,勾连起江南主要州、县,如黟县、石台、旌德、绩溪、泾县、宁国、宣城、南陵、芜湖等,有助于移民的进一步分流,而长江作为宣州、池州与吴越之间往来的水上交通要道,可保证宣、池二州既安全又不闭塞;进入皖南南部的移民,在万山之中借助新安江为出行之路。这条发源于歙州,汇集横江、练江、昌溪的河水,一路东向奔往浙江,虽然千折万转,但毕竟能够将歙州与浙东联系起来。对于迁徙中的士人来说,这一点尤为重要。

葛剑雄先生在论述移民与文化传播的关系时指出:

> 人口在空间的流动,实质上也就是他们所负载的文化在空间的流动。所以说,移民运动在本质上是一种文化的迁移。……移民的大量到来,除了能促进迁入地经济的发展外,也会推动迁入地文化水平的进步。移民中如果含有大批知识分子,更会直接引起迁入地学术文化水平的提高。另外,当其他区域的不同文化随人口迁移与本区域的文化发生碰撞时,往往引起社会思想的变迁。①

皖南移民恰恰包括大量知识分子。孙吴时期,皖南凭借天时地利,接纳了很多随孙氏政权南迁江左的中原士族,其中吕范、诸葛瑾先后被封为宛陵侯,蒋钦被封为宣城侯,周泰被封为陵阳侯,韩当被封为石城侯,徐琨被封为广德侯。西晋永嘉南渡,侨居宣城境内的谯郡桓氏,培养了桓嗣、桓玄两位文学家,带动了宣城文化的勃兴。南朝期间,诸多名家大族定居皖南,如杨氏、刘氏定居宣城,查氏定居泾县。中唐以后,北方长期战乱,士人再次纷纷南迁,正所谓"天下衣冠士庶,避地东吴,永嘉南迁,未盛于此"([唐]李白:《为宋中丞请都金陵表》),他们不仅为皖南带来中原先进的生

① 葛剑雄等:《简明中国移民史》,福建人民出版社1993年版,第586—587页。

产方式，更带来了中原高度发达的家族教育，带来了北方政治文化中心的社会关系资源，从而为南方文士走向政坛、文坛做好了准备。

其次，经历了南朝以来多年的建设，长江中下游地区的农业生产已有长足发展，唐代中后期随着经济重心的南移，宣歙二州渐成富庶之区。《汉书·地理志》所描绘的“火耕水耨，民食鱼稻……食物常足……而亡积聚……不忧冻饿，亦亡千金之家”的状况已成过往，张籍《江村行》记：“南塘水深芦笋齐，下田种稻不作畦。……江南热旱天气毒，雨中移秧颜色鲜。”①李濒《送许棠归泾县作尉》也写道：“绕郭看秧插，寻街听茧缫。”②都说明当时皖南已经拥有水稻移栽法。而杜荀鹤《献池州牧》中“分开野色收新麦，惊断莺声摘嫩桑”③，又说明此地已广泛种麦。《新唐书》记载的德政陂、大农陂、永丰陂、薛公堰④，以及嘉靖《池州府志》记载的芒鞋堰、翠微堤等唐代宣州水利工程，更展现了唐代皖南农业生产欣欣向荣的景象。

经过长期的积累与发展，唐天宝年间，宣州已成为全国人口第三大州⑤，唐人眼中的“舟车繁会之乡”“风土和柔之境”⑥，大和中的婺源、浮梁、祁门、德兴等县也“茶货实多，兵甲且众。甚殷户口，素是奥区”⑦，此时的皖南地区，俨然是“地理意义上的腹地，经济意义上的沃壤”⑧。

---

① ［唐］张籍：《江村行》，《全唐诗》卷三八二，中华书局1960年版，第4291—4292页。

② ［唐］李频：《送许棠归泾县作尉》，《全唐诗》卷五八八，中华书局1960年版，第6823页。

③ ［唐］杜荀鹤：《献池州牧》，《杜荀鹤文集》二卷，上海古籍出版社1994年版，第57页。本章所选杜荀鹤诗文均出于此书，不再一一详注。

④ 《新唐书·地理志》：“东十六里有德政陂，引渠溉田二百顷，大历二年观察使陈少游置。”“有大农陂，溉田千顷，元和四年，宁国令范某因废陂置，为石堰三百步，水所及者六十里。”“有永丰陂，在青弋江中，咸通五年置。”

⑤ 《新唐书·地理志》载：“宣州宣城郡，望。……户十二万一千二百四，口八十八万四千九百八十五。”人口仅次于都城长安(196万)、陪都洛阳(118.3万)。

⑥ ［唐］尉迟枢：《唐宣城都督府新安禅院记》，［明］汤宾尹辑：《宣城右集》，黄山书社2017年版，第75页。

⑦ ［唐］刘津：《婺源诸县都制置新城记》，《全唐文》卷八七一，中华书局1983年版，第9116页。

⑧ 胡阿祥：《先唐时代之宣城：江南奥壤，山水诗都》，《安徽史学》2016年第3期。

再次，据《新唐书·地理志》所载，贞观元年(627)，唐政府"因山川形便"，分全国为十道，皖南宣、歙二州隶属江南道。开元二十一年(733)，再分江南道为江南东道、江南西道和黔中道，宣州划归江南西道，歙州改隶江南东道。永泰元年(765)，析宣州之秋浦、青阳，饶州之至德，复置池州。乾元元年(758)设宣歙观察使，领宣、歙、池三州，共辖宣城、南陵、泾、当涂、溧阳、溧水、宁国、广德、太平、旌德、歙、黟、休宁、婺源、绩溪、祁门、秋浦、青阳、至德、石埭等20县，治所驻宣州。至此，皖南成为一个相对独立的经济与政治实体，真正做到了"土控吴兼越，州连歙与池。山河地襟带，军镇国藩维"([唐]白居易:《叙德书情四十韵上宣歙崔中丞》)。

正是在这样的基础上，皖南本土诗人逐渐现身，并于中晚唐文坛上显现出他们的实力。具体而言，有如下三个特点：

其一，在空间分布上，以宣州、池州为核心。

有研究者依据陈尚君所著《唐诗人占籍考》、陈贻焮主编《增订注释全唐诗》、周勋初主编《唐诗大辞典》、傅璇琮主编《唐才子传校笺》、周祖譔主编《中国文学家大辞典·唐五代卷》统计①，宣州、池州各拥有本土作家18人，其中宣州籍存诗二首或文一篇以上者，有梅远、舒雅、史凤、张惟俭、许棠、汪遵、正原、陈商、刘太真、刘长卿、罗立言，共存诗759首15句、文32篇。池州籍存诗二首或文一篇以上者，有武瓘、张乔、张蠙、顾云、胡楚宾、费冠卿、殷文圭、韦象、王季文、杜荀鹤、周繇、康骈，共存诗706首38句、文39篇。而歙州计有15人，存诗二首或文一篇以上者只有吴少微、程谏、汪华，共存诗18首、文24篇。

根据以上统计结果，可见宣、歙、池三州虽然文人数目相当，但创作实绩存在着很大差异。位于长江沿岸的宣州、池州交通便利，人口增长迅猛，经济文化得到快速发展。据《新唐书·地理志》记载，开元间宣州人口已达88万，在江南东、西各州中为第一；池州行政区划虽屡经变易，元和年间

① 罗芳芳、方胜:《唐五代皖南本土文人及其创作述论》,《安庆师范学院学报》2014年第1期。

亦有户一万七千五百九十一，乡三十四[1]。相比之下，居万山环绕中，川谷崎岖的歙州则出入不便，虽有新安江通往杭州，但距离唐代政治经济中心西安、洛阳毕竟遥远。因此，歙州无论在文人作品数量还是在质量上，都不及宣州和池州。

其二，在时间分布上，以晚唐为高峰。

文化自有一个累积的过程。初唐时期，皖南本土作家仅新安（歙县）吴少微在文坛上有一定影响，与富嘉谟一起，开创了唐代古文运动中最早出现的新式散文文体——"吴富体"，并在《全唐诗》中保留了《哭富嘉谟》《长门怨》《古意》等诗作 6 首。唐玄宗天宝年间，祖籍彭城、占籍宣州的刘氏兄弟太冲、太真先后登进士第，并在诗坛上留下足迹[2]。刘氏兄弟祖辈随晋室南渡，从小受到儒家正统教育，他们的成长，显示了中唐时期皖南士子的家族背景，而这种背景不可能在本土诗人中普及。随着时间的推移，皖南文化教育状况有了极大的改善，元和二年（807），池州费冠卿进士及第，这位为求一第、困守长安十年的诗人，以自己的成功宣示了来自贫寒之家的皖南本土作家的登场。40 余年后，以王季文（池州人，咸通初进士）、武瓘（池州人，咸通四年进士）、汪遵（宣州人，咸通七年进士）、许棠（宣州泾县人，咸通十二年进士）、张乔（池州秋浦人，咸通十二年进士）、周繇（池州人，咸通十三年进士）、康骈（池州青阳人，乾符四年进士）、杜荀鹤（池州石埭人，大顺二年进士）、张蠙（池州人，乾宁二年进士）、殷文圭（池州青阳人，乾宁五年进士）为代表的寒门进士集体亮相，以相当高的知名度，获得较为广泛的社会认同。特别是许棠、张乔、周繇、张蠙在名动一时的"咸通十哲"中占据四席，同时以"九华四俊"之名享誉诗坛，有 440 余首诗歌流传于世，将皖南本土诗人的艺术风采推送到大唐诗坛，而"篇章传海内"（杜荀鹤《投从叔补阙》）的"诗家之雄杰"（［唐］顾云：《杜荀鹤文集序》）杜荀鹤的作品，则令这一群体的创作登上一个足以骄人的艺术高峰。

---

① ［唐］李吉甫：《元和郡县图志》卷二八，中华书局 1983 年版，第 688 页。

② 《旧唐书》："太真尤长于诗句，每出一篇，人皆讽诵。"

其三，在内容上，多世纪末的哀音。

文学作品的创作内容取决于作家的生活。唐代皖南本土作家生活的时间、空间、自身条件，决定了他们文学作品创作内容的多穷困、多哀伤、多郁郁块垒。

与两汉时期驰骋文坛的皖北文学家不同，唐代皖南本土诗人大多出身贫寒，既少世家大族背景，亦少出入宫廷之便，更无叱咤风云之力。因此，他们改变人生的道路几乎只有通过科举考试走向仕途。但由于唐代科举考试重"行卷"，达官贵人的举荐举足轻重。没有家族背景的皖南本土诗人"干谒"无门，科举道路尤其坎坷艰辛。翻阅这些才华横溢的作家的诗文，满怀心酸频频可见。费冠卿在《久居京师感怀诗》中哀叹："茕独不为苦，求名始辛酸。上国无交亲，请谒多少难。"[①]杜荀鹤有句："闭门十年专笔砚，仰天无处认梯媒。"（杜荀鹤：《投江上崔尚书》）参加科考整整30年，50岁方进士及第的许棠一度濒于崩溃："天地虽云广，殊难寄此身。"[②]张蠙、张乔也无可奈何地叹息："十年九陌寒风夜，梦扫芦花絮客衣。"[③]"每到花时恨道穷，一生光景半成空。"[④]

此外，由于皖南本土诗人多崛起于晚唐时期。当是时，大唐王朝已辉煌不再，继之而来的，是连续不断的社会动乱。朝廷与藩镇及周边民族的矛盾愈演愈烈，人民赋税不断加重，乡村田园荒芜，政局岌岌可危，大中十三年（859）裘甫起义，咸通九年（868）庞勋起义，乾符元年（874）王仙芝起义……整个社会陷入一片萧条之中，就连曾经富庶安逸的皖南也不能幸免。乾符六年黄巢攻鄂州，且"转掠饶、信、池、宣、款、杭十五州"（《资治通鉴》卷二五三），广明元年（880）六月攻陷宣州。目睹此情此景，皖南本土

---

① ［唐］费冠卿：《久居京师感怀诗》，《全唐诗》卷四九五，中华书局1960年版，第5612页。

② ［唐］许棠：《陈情献江西李常侍五首》，《全唐诗》卷六〇三，中华书局1960年版，第6970页。

③ ［唐］张蠙：《叙怀》，《全唐诗》卷七〇二，中华书局1960年版，第8084页。

④ ［唐］张乔：《自诮》，《全唐诗》卷六三九，中华书局1960年版，第7329页。

诗人不能不在乡国乱离中发出绝望的哀吟。这是“十万汉军零落尽，独吹边曲向残阳”[①]的无奈，是“无门展微略，空上望西楼”的感伤[②]，是面对都城“夕阳唯照草，危堞不胜风”的悲戚[③]，是杜荀鹤在《山中寡妇》《乱后逢村叟》中抒发的愤怒，更是面对劫后家乡“闾里故人少，田园荒草深”“败苇迷荒径，寒蓑没坏舟”的无比痛惜[④]，以及“不是无家归不得，有家归去似无家”[⑤]的刻骨辛酸。

行走在报国无门、家国无望的穷途之中，皖南本土诗人多选择“万事不关心，终朝但苦吟。久贫惭负债，渐老爱山深。日月销天外，帆樯弃海阴。荣枯应已定，无复系浮沉”[⑥]的人生道路。与大唐盛世比较，他们的归隐之作，少清新而多悲戚，森森凉意扑面而来，不甘与无奈频现迭出。中唐时期的费冠卿已经看到“也知臣子合佐时，自古荣华谁可保”[⑦]，晚唐张乔感到的则是：“断石荒林外，孤坟晚照中。数溪分大野，九子立寒空。烟壁曾行处，青云路不通。”[⑧]而他的《山中冬夜》寒凉之气更甚：“寒叶风摇尽，空林鸟宿稀。涧冰妨鹿饮，山雪阻僧归。夜坐尘心定，长吟语力微。人间去多事，何处梦柴扉。”[⑨]屡经忧患，晚唐皖南诗人有了别一种人生感悟：“浮世浮名能几何，致身流落向天涯。少年心壮轻为客，一日病来思在家。山顶老猿啼古木，渡头新雁下平沙。不堪吟罢西风起，黄叶满庭寒日斜。”（杜荀鹤《秋日卧病》）生活在动乱年代，他们只愿获得身心的宁静：“不愁乱世

---

① ［唐］张乔：《河湟旧卒》，见《全唐诗》卷六三九，中华书局 1960 年版，第 7326 页。

② ［唐］张蠙：《塞下曲》，《全唐诗》卷七〇二，中华书局 1960 年版，第 8075 页。

③ ［唐］许棠：《过故洛城》，《全唐诗》卷六〇四，中华书局 1960 年版，第 6979 页。

④ ［唐］许棠：《冬杪归陵阳别业五首》，《全唐诗》卷六〇三，中华书局 1960 年版，第 6975 页。

⑤ ［唐］张乔：《游边感怀二首》其一，《全唐诗》卷六三九，中华书局 1960 年版，第 7325 页。

⑥ ［唐］许棠：《言怀》，《全唐诗》卷六〇四，中华书局 1960 年版，第 6990 页。

⑦ ［唐］费冠卿：《不赴拾遗召》，《全唐诗》卷四九五，中华书局 1960 年版，第 5611 页。

⑧ ［唐］张乔：《经九华山费征君故居》，《全唐诗》卷六三九，中华书局 1960 年版，第 7332 页。

⑨ ［唐］张乔：《山中冬夜》，《全唐诗》卷六三九，中华书局 1960 年版，第 7334 页。

兵相害，却喜寒山路入深。……患身是幻逢禅主，水洗皮肤语洗心。”（杜荀鹤《送僧赴黄山沐汤泉兼参禅宗长老》）并不得不归于寂寥、无望：“潭心烟雾破斜晖，殷殷雷声隔翠微……秋霁更谁同此望，远钟时见一僧归。”①

尽管在皖南本土诗人之作中也有“千虑净如水，一身似闲云”②“静夜玩明月，清朝饮碧泉。樵人歌垄上，谷鸟戏岩前。乐矣不知老，都忘甲子年”③式的清幽，但再也无法寻觅曾经回响在江淮大地上慷慨歌大风的壮志豪情。

① ［唐］周繇：《白石潭秋霁作》，《全唐诗》卷六三五，中华书局1960年版，第7292页。

② ［唐］江全铭：《还故居》，《全唐诗》外编，中华书局1982年版，第484页。

③ ［唐］许宣平：《庵壁题诗》，《全唐诗》卷八六〇，中华书局1960年版，第9719页。

第五章　风雅南迁的两宋诗文

对于安徽地域的宋代文学,陈友冰先生在《安徽文学史》第一卷中分析道:

两宋时期,安徽接近政治中心,易得风气之先。北宋定都汴京(今河南开封),安徽北部为京畿辅郡;南宋定都临安(今浙江杭州),且以建康(今江苏南京)为行都,与安徽的沿江、江南也很接近。宋室南渡,中原士大夫南下,使中原文化又有一次与吴越文化融合的机会,安徽受这种文化氛围的影响很深。因此,宋代的安徽文坛有三点值得注意:一是安徽的文人进入权力中心的增多,如吕夷简、吕公著、吕好问、王珪、吴潜、程元凤等人,都位至宰辅,他们既是政治家,又是文学家,他们的创作对安徽乃至全国皆有重要影响;二是安徽两淮地区的州郡,因距京畿接近,号称"便郡",朝中一些士大夫以薄罪受惩,即贬谪至此,如王禹偁、晏殊、欧阳修、苏轼等都在安徽做过州郡长官,他们的创作活动,不仅丰富了安徽的文学宝库,而且也培育了当地的文学新人;三是宋室南渡,宋金以淮河为界,安徽两淮地区处于战争前沿,历史上著名的战役如顺昌之战、柘皋之战、采石之战等都发生在这里,安徽人民饱受战争的苦难,也出现了许多慷慨悲歌的爱国诗人、词人和散文家,创作了大量反映民族矛盾、表现爱国主义的优秀作品。①

这一段论述很好地把握了安徽两宋诗文的地理特点。

北宋时期,安徽分属京东西路、京西北路、淮南东路、淮南西路、江南东

① 陈友冰:《安徽文学史》第一卷,安徽文艺出版社2013年版,第239页。

路。其中皖北一带因处“便郡”之位,得两京风气熏陶,再加上颍水、汴水之助,经济文化得以快速恢复发展,群星汇聚,文学创作再次展现出雄浑大气的格局。与此同时,经过前宋时期的多次移民,皖南一带已经进入经济文化的发达阶段,梅尧臣、郭祥正等有宋一代诗文名家相继出现,正如洪迈所记:“古者江南不能与中土等,宋受天命,然后七闽、二浙与江之东、西,冠带诗书,翕然大肆。人才之盛,遂甲于天下。”①

及至宋室南迁,宋金基本上以淮河、大散关一线为界对峙。淮河以北大片土地入金,皖北不复为“便郡”,从此失去毗邻京师的文化优越性。南宋初年(1128),为抵御金兵南下,东京守将杜充决开黄河堤防,黄河向南改道,夺占淮河河道入海;1194 年,黄河再一次决口,洪水一路南下,夺淮入海,发源豫东,中经皖北,独立入海的淮河失去入海通道,今日豫东、皖北、鲁西南等地的生态环境,都遭到严重破坏。同样是在南宋期间,高宗为防止金兵以舟船运兵进逼,下诏毁坏所管辖境内的汴渠水道,南北水运遂告断绝。

正当皖北与皖中均陷入战争的魔爪之时,与临安(今杭州)水陆交通更为便利的皖南,却进一步得天时地利。安徽南北文学的发展在此时出现巨大反转,南强而北弱成为定势,并延续数代之久。

第一节　河上歌吟:汴水文学的最后辉煌

北宋建立以后,其行政区划中的淮南东路是一个独特的存在。它由西北向东南延展,几乎囊括今日安徽亳州、宿州(砀山、萧县除外)、淮北、滁州大部分土地,连接起今江苏淮安、扬州,直达长江。极不规则的地图上,唯一明显的标志就是流经这片土地的隋唐大运河。显然,赵宋王朝如此划定淮南东路领地,一个重要目的就在于方便运河管理,而运河对于北宋政权的重要性,由此可见。

运河皖北段,名为汴河。作为连接黄河与长江的重要水路,它在隋唐两代已充分显示出沟通王朝东西南北经济文化的不可替代的重要作用。时至北宋,经历了数次大移民、已在历史演进中走向繁荣富庶的江浙地区,

---

① [宋]洪迈:《饶州风俗》,《容斋四笔》卷五,四部丛刊本。

越来越多地承担着为京都输送各类物资的重任，经过数次整修的汴河不折不扣地成为北宋交通大动脉中最重要的一部分，正如《宋史·河渠志》所说，汴水“横亘中国，首承大河，漕引江湖，利尽南海，半天下之财赋，并山泽之百货，悉由此路而进”。北宋建都开封的重要原因之一，“实就漕挽东南之利”①。宋太宗因此才会感叹：“东京养甲兵数十万，居人百万家，天下转漕，仰给在此一渠水。”（《宋史·河渠志·汴河上》）神宗朝参知政事张方平更强调说：

> 今日之势，国依兵而立，兵以食为命，食以漕运为本，漕运以河渠为主。国初浚河渠三道，通京城漕运。自后定立上供年额，汴河斛斗六百万石，广济河六十二万石，惠民河六十万石。广济河所运，止给太康、咸平、尉氏等县军粮而已。惟汴河所运，一色粳米，相兼小麦，此乃太仓畜积之实。今仰食于官廪者，不惟三军，至于京师士庶以亿万计，大半待饱于军稍之余，故国家于漕事至急至重。京，大也；师，众也。大众所聚，故谓之京师。有食，则京师可立；汴河废，则大众不可聚。汴河之于京师，乃是建国之本。②

自宋初开始，国家就十分注重汴河的治理。宋太祖曾下令在汴河两侧种树③，太宗曾亲临治河现场④，仁宗朝开始修建汴河木岸⑤，神宗皇祐三年

① ［宋］范祖禹：《上哲宗封还臣寮论浙西赈济事》，［宋］赵汝愚编：《宋朝诸臣奏议》下，上海古籍出版社1999年版，第1144页。

② ［宋］张方平：《上神宗论并废汴河》，［宋］赵汝愚编：《宋朝诸臣奏议》下，上海古籍出版社1999年版，第1397页。

③ 《宋史·河渠志·汴河上》：“太祖建隆二年春，导索水自旃然，与须水合入于汴。三年十月，诏：‘缘汴河州县长吏，常以春首课民夹岸植榆柳，以固堤防。’”

④ 《宋史·河渠志·汴河上》：“淳化二年六月，汴水决浚仪县。帝乘步辇出乾元门，宰相、枢密迎谒。……车驾入泥淖中，行百余步，从臣震恐。殿前都指挥使戴兴叩头恳请回驭，遂捧辇出泥淖中。诏兴督步卒数千塞之。日未旰，水势遂定。帝始就次，太官进膳。亲王近臣皆泥泞沾衣。”

⑤ 《宋史·本纪·仁宗四》载：仁宗嘉祐元年（1056），“自京至泗州置汴河木岸”。又《宋史·河渠志·汴河上》：嘉祐六年，“河自应天府抵泗州，直流湍驶无所阻。惟应天府上至汴口，或岸阔浅漫，宜限以六十步阔，于此则为木岸狭河，扼束水势，令深驶”。

(1051),朝廷更设立河渠司为专门治理机构,要求“汴河每年一开浚之”[①],以保证航运。大量货物、人流往来于汴河之上,囤积、集聚在汴河沿岸,北宋汴河在承担漕运重任的同时,也造就沿岸众多商品经济兴盛的城镇。这些城镇多商贾、多住民、多官员,也多文人,以往的历史、今日的繁华,往来不息的人生故事,时时触动着诗家的创作灵感,大量诗文诞生在汴河上,并以运河为媒介广泛传播,构成大唐以后汴河文学创作的又一度辉煌,也构成北宋安徽文学的一个重要组成部分。

北宋汴河诗为后世留下多彩的汴河影像,堪称一幅由文字写就的《清明上河图》。其间满满地充溢着时代自信,充溢着昂扬向上的精神。这里有往来不绝的舟船与行旅之人,有其美如画的水上风景。皖北汴河千舟竞渡,“粮道所由济,日逝千斯舟”[②],“贾客正来喧万井,夕阳初下舣千艘”[③],“往来不绝千竿伞,头尾相衔两岸船。安得楼高三万丈,与君直上看云烟”[④],“虎眼春波溢宕沟,万艘衔尾饷中州。控淮引海无穷利,枉是滔滔本浊流”[⑤];河边岸上,“雷雨初过草木新,汴堤杨柳绿阴匀。已看画舸逐流水,不惜长条折与人。淮境秋传蟹螯美,郡斋凉爱蚁醅醇……”[⑥]登高远望,只见“渺渺孤城白水环,舳舻人语夕霏间。林梢一抹清如画,应是淮流转处山”[⑦]。

---

① [宋]孙逢吉:《职官分纪》“河渠司”条称:“国朝皇祐三年三司请置河渠一司,专提举黄汴等河堤功料事,九月诏三司河渠司,汴河每年一开浚之……嘉祐三年诏置都水监罢三司河渠司。”中华书局1988年版,第304页。

② [宋]金君卿:《汴渠》,傅璇琮等主编:《全宋诗》,北京大学出版社1991年版,第4915页。

③ [宋]李昭玘:《过盱眙宿慈氏寺》,《四库全书珍本初集·乐静集》卷三,商务印书馆影印本。

④ [宋]毕仲游:《过泗州赠同行》,《西郃集》卷二〇,中华书局1985年版,第312页。

⑤ [宋]宋庠:《汴渠春望漕舟数十里》,《元宪集》卷一五,中华书局1985年版,第156页。

⑥ [宋]梅尧臣:《送陆子履学士通判宿州》,《梅尧臣集编年校注》,上海古籍出版社2006年版,第964页。本章梅尧臣诗文均出于此书,不再一一详注。

⑦ [宋]秦观:《泗州东城远望》,见程千帆、沈祖棻选注:《古诗今选》,陕西师范大学出版总社2019年版,第787页。

而在吕本中笔下，这画卷色彩更加丰富，其诗曰：

宿州古城城北隅，雨罢晴开如画图。杂花乱蕊未须道，白杏一枝天下无。香风袅袅入短袖，明月萧萧随蹇驴。二年不复见此乐，清江万顷正愁予。①

就连汴河之中引自黄河、隐含着断流危机的滚滚浊流，也被心情大好的旅者看作一道风景："黄流浑浑来沙际，佳气葱葱近日边。"②不过，最能全面勾画汴河漕运之忙碌、汴水对于北宋江山之利的作品，还是梅尧臣的《汴之水三章送淮南提刑李舍人》，其诗曰：

汴之水，分于河，黄流浊浊激春波。昨日初观水东下，千人走喜兮万人歌。歌谓何？大船来兮小船过。百货将集玉都那，君则扬舲兮以纠刑科。

汴之水，入于泗，黄流清淮为一致。上牵下橹日夜来，千人同济兮万人利。利何谓？国之漕，商之货，实所寄。

我送行舟，于水之次。春风吹两旗，君作天王使。罟客自求鱼，清江莫相避。

作为北宋交通大动脉，汴河两岸还集中了众多值得关注的新鲜事物。宋代的汴河不仅仅是国家航运的生命线，还体现着这一历史时期中国科学技术的发展。为保证汴河正常通航，当局于汴河上修筑水闸，"蓄水备浅涸"，观放闸也成为一道汴河风景。苏舜钦形象地描写了这一情景：

---

① ［宋］吕本中：《有怀宿州城北因作诗寄才仲》，《东莱诗词集·诗集》卷四，黄山书社2014年版，第49页。

② ［宋］曾巩：《酬王徽之汴中见赠》，余冠英等主编：《唐宋八大家全集》，国际文化出版公司1998年版，第2054页。

沉沉沧淮口,植木限众流。启闭固有时,出纳千万舟。眷予怀抱昏,羁别相牵钩。观此巨派注,颇觉滞闷瘳。喧豗怒霆起,始骇久不收。既前目眩转,足缩不敢留。朔雪下喷薄,散为白雾浮。上悬赤油幕,旁断缥玉旒。恐激地轴转,人有鱼鳖忧。惊嗟势力壮,孰谓此物柔。吾思作至监,实以处上游。又欲接之口,沃荡胸中愁。俄然渐枯涸,哮尔空泥沟。停滀既因人,开泄岂自由。立间见底里,咄哉为尔羞。①

还有利用水力带动的石磨。它起源于晋代,却在宋代利用汴河水得到大发展。北宋诗人郭祥正曾写过《水磨》诗,赞美它的机巧,其诗曰:

盘石琢深齿,贯轮激清陂。运动无昼夜,柄任谁与持。霹雳驾飞雪,盛夏移冬威。功成给众食,势转随圆机。翻思兵家言,千仞俯可窥。又想对明月,大壑投珠玑。睥睨巧匠手,不使差毫厘。牛驴免穿领,童仆逃胼胝。利用固已博,况吟岂虚辞。愿将水磨篇,荐之调鼎司。②

当然,北宋汴河最大的功绩之一,是推进了中国的"城市革命"。当时朝野之中也有反对汴河漕运的声音,认为是汴河漕运破坏了东南经济,如:

此河百余年,此舟日往复。自从有河来,宜积万千屋。如何尚虚乏,仅若填空谷。岁或数未登,飞传日逼促。嗷嗷众兵食,已忧不相属。东南虽奠安,亦宜少储蓄。奈何尽取之,曾不留斗斛。③

---

① [宋]苏舜钦:《观放闸》,见《苏舜钦集》,中华书局1962年版,第52页。

② [宋]郭祥正:《水磨》,傅璇琮等主编:《全宋诗》,北京大学出版社1998年版,第8834页。

③ [宋]郑獬:《汴河曲》,《郧溪集》,载《丛书集成续编》第101册,上海书店出版社1994年版,第496页。

他们甚至呼吁“吾欲塞汴水，吾欲坏官舟……天下无移粟，一州食一州”[①]。但这种反对商品流通、反对新经济形态崛起的观点很快被历史湮没。梅尧臣指出“设无通舟航，百货当陆驰。人间牛骡驴，定应无完皮”（《汴渠》）。黄庶《汴河》诗更直接吟出大多数北宋官民对汴河的热爱，诗曰：

汴都峨峨在平地，宋恃其德为金汤。先帝始初有深意，不使子孙生怠荒。万艘北来食京师，汴水遂作东南吭。甲兵百万以为命，千里天下之腑肠。人心爱惜此流水，不啻布帛与稻粱……[②]

持续发展的汴河经济影响着人们的生活方式及消费习惯，沿岸百姓的日常生活发生了很多改变，市场、贸易从都市来到更多的普通百姓中。再加上北宋“承平百余年，人户安堵”，隋唐以来随运河而兴的许多城镇出现“城小人多，散在城外”的“草市”。楼钥《北行日录》曾记载虹县“市井在城外”[③]的现象，北宋诗人张耒笔下即出现了汴河之滨的各种“野市”“酒市”“村市”，如：

淮上春风万鼓鼙，落帆舟泊岸边矶。喧喧野市残阳里，沽酒携鱼客散归。（《绝句三首》其一）

荒陂浮雁啄寒水，古木老乌啼夕阳。酒市喧呼人醉饱，丛祠歌舞岁丰穰。（《汴上书事》）

船头日出炊烟起，买鱼携菜来就市。渔人水恶不出门，萧条野市无鸡豚。（《周沙阻风》）

节物即自好，客心何落然。早寒清野市，夜雨湿江天。（《雨中五

---

① ［宋］石介：《汴渠》，《徂徕石先生文集》，中华书局 1984 年版，第 11 页。

② ［宋］黄庶：《汴河》，《伐檀集》，九江师专古籍整理研究室 1987 年，第 2 页。

③ ［宋］楼钥：《北行日录》，中华书局 1991 年版，第 8 页。

首》其二)

东家馈黍西舍迎,连臂踏歌村市晚。妇骑夫荷儿扶翁,月出桥南归路远。(《田家三首》其一)①

此时,汴水沿岸城郭之外的草市已经能够一直延续到傍晚。如司马光《和之美舟行杂诗八首·舟中夜坐》其二写道:"汀沙落席帆,岸柳萦单舸。小市远微茫,簇水初灯火。"②

"草市""野市"继续发展,自然升级为新兴的经济型城镇。因此,汴河沿岸诸多城市快速发展,成为"万马千艘要路津"。当代学者李孝聪指出:

截止于北宋末年,汴河沿岸的州府县城共有14座,镇11座,除开封、雍丘(今杞县)、应天府(今商丘县)、虹县(今泗县)四城起源较早,汉代就已经筑城,其余皆随通济渠——汴河开通而出现。③

这14座州府县城是开封、陈留、雍丘、襄邑、宁陵、宋州、夏邑、永城、宿州、亳州、灵璧、泗州、虹县、泗洪。一个十分典型的例子是北宋灵璧县的建立。《文学遗产》曾刊登李贵《灵璧兴替:北宋文学中的小县镇与大时代》一文,阐述了汴河边零壁小镇的兴起,文曰:

零壁镇所从属的虹县有汴河、淮河及广济渠流经,交通便利,位置重要,零壁镇的地位也随之确立……今之历史地理学家推测,汴河开通以后,宿州和虹县相距过远,往来船只须在中途停靠过夜,停泊地点

① [宋]张耒:《张耒集》,中华书局1990年版,第482—483页、450页、224页、331页、226页。

② [宋]司马光:《和之美舟行杂诗八首·舟中夜坐(其二)》,傅璇琮等主编:《全宋诗》,北京大学出版社1998年版,第6019页。

③ 李孝聪:《唐宋运河城市城址选择与城市形态的研究》,《环境变迁研究》第4辑,北京古籍出版社1993年版,第295—339页。

选择在位置适中、又是运河两岸唯一有石质山丘的南麓，即今天灵璧县城所在的位置。该地逐渐出现为过往船客服务的店家，有桥相连，取名零壁。

得益于独特便利的地理优势，这个运河边上的小镇日渐繁盛。熙宁十年（1077），零壁一镇的商税岁额就高达2156贯632文，比它所从属的虹县2042贯894文还要高；盐额也达到1588贯747文……元祐七年（1092），苏轼上《乞罢宿州修城状》，反对将零壁镇升级为县，披露了零壁镇的官吏配置众多而强大。由于零壁镇地处交通要道，商业经济繁荣，朝廷为了加强控制，不仅派遣初级命官出任该镇镇官，而且从虹县抽调县尉和弓箭手，加强武装力量，零壁镇的繁盛景象于此可见。①

徽宗政和七年（1117），零壁正式改名为“灵璧”，升级为县。日渐繁荣的汴河重地，自然吸引了越来越多的文坛大家到此驻足，诸如欧阳修、苏轼、黄庭坚、宋祁、贺铸等。而其中位于汴河之滨的私家园林张园（又名兰皋园），更是留下许多名家诗篇。在北宋诸家诗文中，此园“华堂厦屋，有吴蜀之巧”②，“飞梁荫菡萏，攒栋跨崔嵬”③，被人赞为“定非铜雀榭，似是雨花岩”④，足可见其亭台楼榭，古色古香，亦隐隐透出灵璧城的繁华。

灵璧尚且如此，泗州、宿州等沿汴河城池更不必说，街巷之中，一派熙熙攘攘。梅尧臣描述汴河重要转运基地泗州城，如：

官舻客艑满淮汴，车驰马骤无闲时……朱侯下车百职举，亦治宴

① 李贵：《灵璧兴替：宋代文学中的小县镇与大时代》，《文学遗产》2018年第6期。

② ［宋］苏轼：《灵璧张氏园亭记》，见《苏轼文集》，中华书局1986年版，第368页。

③ ［宋］贺铸：《游灵璧兰皋园》，《庆湖遗老诗集》卷三，宜秋馆校刊《宋人集》乙编，第8a页。

④ ［宋］刘跂：《题张氏园亭两首》，《学易集》卷三，中华书局1985年版，第20页。载《四库全书》1121册，第550—551页。

豆频游嬉。[1]

而在苏轼笔下,此城之夜更是美不胜收,如:

飞鸿落照,相将归去,淡娟娟、玉宇清闲。何人无事,宴坐空山。望长桥上,灯火乱,使君还。[2]

另一汴河重镇宿州城的上元佳节进入苏轼视野,堪称满目炫彩,如:

千骑试春游。小雨如酥落便收。能使江东归老客。迟留。白酒无声滑泻油。 飞火乱星球。浅黛横波翠欲流。不似白云乡外冷,温柔。此去淮南第一州。[3]

当然,随着北宋统治集团腐败的加剧,运河之上亦有忧国忧民诗人的血泪控诉,失意文人与官员的落寞。宣城诗人周紫芝写于政和七年(1117)的《隋渠行》,毫不留情地揭露了"花石纲"给百姓带来的痛苦,诗曰:

黄榆落尽河水冰,隋渠两岸无人行。雪花漫天大如掌,北风吹马南人惊。县官藏冰避炎热,健儿凿冰手流血。安得身随花石官,当路谁人敢呵喝。黄流千里冻彻底,舳舻相仍冻衔尾。天公便合回阳和,

① [宋]梅尧臣:《泗州郡圃四照堂》,《梅尧臣集编年校注》,上海古籍出版社2006年版,第852页。

② [宋]苏轼:《行香子·北望平川》,[清]朱孝臧编年;龙榆生校笺:《东坡乐府笺》卷二,上海古籍出版社2016年版,第222页。

③ [宋]苏轼:《南乡子·千骑试春游》,[清]朱孝臧编年,龙榆生校笺:《东坡乐府笺》卷二,上海古籍出版社2016年版,第235页。

桃花水暖流春波。望春楼上天颜喜，齐声争唱纥那歌。[①]

就总体而言，北宋的汴河诗作，满满地充溢着时代自信，充溢着昂扬向上的精神。与唐代同类型诗作相比，北宋年间人们更直接地感受到的，是汴河对于国计民生的重要作用。面对汴河上往来穿梭的船只，不断涌现的新鲜事物，相继兴起、走向繁荣的大小城镇，诗人们的歌吟较多地表现为对于运河两岸大好风光和经济高速发展的赞美。

但是，非常遗憾，这竟是汴河诗歌最后的辉煌。由于汴水来自黄河，泥沙淤积严重，早在北宋时期行船已经多有艰险，著名史学家刘攽曾有《汴上二首》记载了实况，诗曰：

浑黄下湍流，地势东南泻。潜石激阴怒，烈风镇相假。客行何艰哉，极力无可者。永路未遽央，扁舟安得舍。端思九衢尘，快意坚车马。

客从江湖来，风水畏难测。行行汳渠上，牵挽意不适。惊湍卷前湾，怒浪潜乱石。至柔动必刚，况使相推激。随波叹异心，枉道复退尺。顾思挂高帆，勇往逾箭射。行险何足忧，万事亦天力。[②]

及至“靖康之变”，赵宋政权南迁，汴河很快被泥沙淤积。自此以后，经过五百年沧桑之变的黄金水道彻底湮废，而随之渐渐消失的，还有曾活跃在汴河往来船只中的歌吟。

第二节　天时地利：文星荟萃的颍州诗坛

北宋时期的皖北大地上，京西北路之颍州（今阜阳、太和、颍上、阜南、

① ［宋］周紫芝：《隋渠行》，《太仓稊米集》，载《四库全书》第1141册，上海古籍出版社1987年版，第9页。

② ［宋］刘攽：《汴上二首》，见《彭城集》卷四，商务印书馆1937年版，第38页。

利辛、临泉、界首及河南省的沈丘县),吸引着众多文人学士的目光。

这主要在于颍州占据了“河通而地胜”的地理位置。位于淮北大平原上的这块土地,“襟带长淮,东连三吴,南引荆汝,其水洄曲,其地平舒,梁宋吴楚之冲,齐鲁汴洛之道,淮南内屏,东南枢辖”①。“为舟车四达之区,无冈垄盘结之势”,“川原平旷,土壤饶沃”②,早在唐代已为上州。由于淮、颍、汝、淝诸水流经其地,湖泊陂塘比比而在,唐宋时期,这里不仅广泛种植小麦、水稻、粟、大豆等粮食作物,而且种植多种经济作物,是令人羡艳的鱼米之乡。苏辙曾在《崔公度知颍州》一文中写道:“汝阴土沃民伙,有鱼稻之饶。”③刘攽《陆子履知颍州》云:“稻白鱼肥颍水清,重湖光彩动层城。”④欧阳修在《与吴正肃公长文书》之十三中更是赞叹:“昨过颍尾,盖十五六年不到矣,而风气之变,物产益佳,巨蟹鲜虾,肥鱼香稻,不异江湖之富。”⑤

由于颍州交通之利,北宋时期自然而然地成为枢纽重地,北宋朝廷定都汴京,京城物资大量仰仗东南沿海与江淮产粮区的供给,而处于江淮与汴京之间的颍州,无论是陆路还是水路均极便利,正所谓“江泛五程无险岸,马行千里尽平川”⑥,自然而然地成为汴京通向东南沿海及江淮中途站,也是仕宦商贾往来于京城的交通要道。《元和郡县图志》记载,颍州“西取陈州路至上都一千八百二十里。西至东都九百六十里”⑦,《太平寰宇记·河南道·颍州》称,颍州“北至东京六百五十里。西至西京九百二十里”⑧,且其间全为一马平川。至于颍州拥有的水上交通,对于赵宋王朝

---

① 王秋生校注:《正德颍州志·嘉靖颍州志校注》卷一,黄山书社2017年版,第4页。

② 《大清一统志》卷八九,上海古籍出版社2008年影印版。

③ [宋]苏辙:《崔公度知颍州》,《栾城集》卷三〇,上海古籍出版社2009年版,第641页。

④ [宋]刘攽:《彭城集》,丛书集成初编本,中华书局1985年版,第180页。

⑤ [宋]欧阳修:《与吴正肃公长文》之十三,《欧阳永叔全集》第10集《欧阳永叔书简》卷二,大东书局版,第33页。

⑥ [宋]毕仲游:《颍州道中有感》,《西台集》,中州古籍出版社2005年版,第328页。

⑦ [唐]李吉甫:《元和郡县图志》卷七《河南道·颍州》,中华书局1983年版,第188页。

⑧ [宋]乐史:《太平寰宇记》卷一一《河南道·颍州》,金陵书局2000年影印本。

更为紧要。颍水为淮水最大的支流,拥有沙、汝、茨、涅等众多支流,它北接黄河,南通淮水,并连接惠民河直达汴京,为北宋水上交通干线的重要组成部分。《宋会要·方域》记载惠民河"贯京师,南历陈、颍,达寿春,以通淮右,舟楫相继,商贾毕至,都下利之",承载着来自陈、颍、许、蔡、光、寿六州的重要运输任务。《宋史·食货志》记载,太平兴国六年(981),在朝廷对全国漕粮确定的年运量标准中:"汴河岁运江淮粳米三百万石,豆百万石;黄河粟五十万石,豆三十万石;惠民河粟四十万石,豆二十万石;广济河粟十二万石,凡五百五十五石。"另据《册府元龟》载:"(宪宗元和)十一年十二月,始置淮颍水运使。扬子等诸院米,自淮阴溯流寿州西四十里入颍口。又溯流至颍州沈丘界五百里,至于陈州项城。又溯流五百里,入于溵河,又三百里,输于堰城。得米五十万石,附之以茭一千五百万束,计其功,省汴运七万六千贯。"[①]由此可见,惠民—颍水通道对于北宋漕运来说,不但与汴水同样不可或缺,而且走淮颍水路相对汴水运道路程更短,水况更稳定,不似汴水或常常淤积,或"干无泥"[②],减少了许多沿途损耗。

正因为如此,地处由淮入颍咽喉位置的颍州,其经济、战略地位在北宋备受重视。与此相呼应的,则是文化的繁荣。"地濒淮、颍,厥土良沃,水泉鱼稻之美甲于近甸"的地理风貌,"由京师舟行东南五百里"即可到达的"近郡"位置,使得京内官员"言卜居者莫不先之,故自庆历以来贤士大夫往往经营其处,以为闲燕之地"[③],众多因微罪被贬的高官出京任职,颍州往往也是首选。

例如:淳化三年(992),北宋初年重臣毕世安"以疾请外,改右谏议大夫,知颍州"(《宋史·列传四十》);咸平二年(999),张茂直"淳至寡言,晚

① [宋]王钦若等:《册府元龟》第6册,卷四九八,《邦计部·漕运》,中华书局1960年版,第5971页。

② [宋]欧阳修:《寄圣俞》诗中有句:"汴水六月干无泥。"《欧阳修诗文集校笺·居士集》卷五,上海古籍出版社2009年版,第136页。

③ [宋]苏颂:《少府监致仕王君墓志铭》,《苏魏公文集》卷六一,中华书局1988年版,第935页。

年多疾，才思梗涩不称职。改秘书少监，出知颍州”（《宋史・列传五十五》）；大中祥符初，“纸币之父”张咏“中岁疡生脑，颇妨巾栉，求知颍州”（《宋史・列传五十二》）；天圣初，著名藏书家、曾任北宋枢密副使的周起“以疾请知颍州”（《宋史・列传四十七》）；天圣二年（1024）刘筠“数以疾告，进尚书礼部侍郎、枢密直学士、知颍州”（《宋史・列传六十四》）；明道二年（1033）夏竦“罢为礼部尚书、知襄州，改颍州”（《宋史・列传四十二》）；景祐四年（1037）蔡齐罢参知政事，“以户部侍郎归班，寻出知颍州”（《宋史・列传四十五》）；庆历四年（1044）晏殊罢相，以工部尚书知颍州（《宋史・列传七十》）；皇祐元年（1049），唐宋八大家之一欧阳修自请赴颍州为守；皇祐三年前，孙祖德“以疾得颍州”（《宋史・列传五十八》）；皇祐四年，范仲淹“会病甚，请颍州，未至而卒”（《宋史・列传七十三》）；嘉祐六年（1061），被欧阳修称为“才可适时，识能虑远。圭璋粹美，是为邦国之珍；文学纯深，当备朝廷之用[①]”的苏颂出知颍州（《宋史・列传九十九》）；大中祥符与熙宁年间，吕公著两至颍州任职，初为颍州通判，再“以请罢新法出颍州”（《宋史・列传九十五》）；元丰三年（1080），又一位唐宋八大家成员曾巩向皇帝呈上《乞出知颍州状》，未得允许[②]；元祐五年（1090），北宋后期名臣、著作家陆佃写下《乞颍州第一劄子》《第二劄子》《第三劄子》[③]，终于求得知颍州的机会（《宋史・列传一百〇二》）；元祐六年（1091），苏轼以龙图阁学士的身份知颍州（《宋史・列传九十七》）；建中靖国元年（1101），苏门四学士之一张耒知颍州（《宋史・列传二百〇三》）；徽宗年间，婉约词之集大成者周邦彦知顺昌府（颍州）（《宋史・列传二百〇三》）……

此外，颍州西湖之美亦吸引着众多来访、暂居乃至定居的著名文人。

---

① 颜中其：《苏颂年谱》，北方妇女儿童出版社1993年版，第77页。

② 郭英德：《唐宋八大家散文总集（修订版）》，河北人民出版社2013年版，第3161页。

③ ［宋］陆佃：《陶山集》卷四，《四库全书》第1117册，上海古籍出版社1987年版，第87页。

颍州西湖的存在得益于特殊的地理环境和气候条件。由于此地恰处汝水、西溪、东溪、三清河、白龙沟、小汝水、焦陂等诸水交汇处,地势低洼,湿地连绵,天水相接,一望无涯,周边气候湿润,阴阳和谐,因此被称为"利湖"。明代正德《颍州志·山川》载:西湖"长十里,广三里,水深莫测,广袤相齐"。周康王时期胡子国国君妫髡在西湖南岸高地筑建胡城,并于西湖东岸建女郎台;东汉建武元年(25),汝阴王刘信以胡城为王府,修葺胡城及西湖上其他建筑;唐代大顺二年(891),颍王李禔续修西湖为高朋胜侣的宴集场所。唐代诗人许浑在《颍州从事西湖亭宴饯》一诗中,描绘了当时的颍州西湖,诗曰:

西湖清宴不知回,一曲离歌酒一杯。城带夕阳闻鼓角,寺临秋水见楼台。兰堂客散蝉犹噪,桂楫人稀鸟自来。独想征车过巩洛,此中霜菊绕潭开。①

时至北宋,颍州西湖进入最繁盛的年代。蔡齐知颍,于湖东南岸修建文庙建筑群;工部尚书晏殊来到颍州,于西湖之滨再建清颍亭、清涟阁。五年后,欧阳修来到颍州,柳已成荫,于是建"双柳亭"以为纪念,并"筑陂堰以通西湖,引湖水以灌溉民田,建书院以教民之子弟"②,修建宜远、飞盖、望佳三桥,并作《三桥诗》以示纪念;吕公著知颍期间,建"会老堂"于西湖书院旁;陆佃"以欧阳修守颍有遗爱,为建祠宇"(《宋史·列传一百〇二》)……此时的颍州西湖,不仅有"绿水逶迤""十顷波平""芳草长堤""百卉争妍",更有"兰桡画舸悠悠去""水阔风高扬管弦",看不尽"前后红幢绿盖随""画船撑入花深处",听不尽"隐隐笙歌处处随"③。欧阳修还将

---

① [唐]许浑:《颍州从事西湖亭宴饯》,《全唐诗》卷五三五,中华书局1960年版,第6105—6106页。

② 王秋生校注:《正德颍州志·嘉靖颍州志校注》卷四,黄山书社2017年版,第69页。

③ [宋]欧阳修:《采桑子》十首,《欧阳修全集》下,中国书店1994年版,第1055—1056页。

扬州与颍州相比，吟诗称“菡萏香清画舸浮，使君宁复忆扬州？都将二十四桥月，换得西湖十顷秋”①；苏东坡以颍州西湖与杭州西湖相提并论，有句为“大千起灭一尘里，未觉杭颍谁雌雄”②；就连南宋著名诗人杨万里也说“三处西湖一色秋，钱塘颍水更罗浮”③。

此时此地的颍州，对以欧阳修为代表的北宋作家的滋养，乃至于对北宋文学的滋养，皆可称深入肺腑。

就作家个体而言，欧阳修可称代表。走出政治纷争不断的京城，投入“民淳讼简而物产美，土厚水甘而风气和”④的颍州怀抱，欧阳修在颍有诗作60余首，词作20余首，几乎处处可见摆脱“十载荣华”“一生忧患”之后得以“归来”“得身”的愉悦⑤。这愉悦不仅表现在诗词中对于颍州风光的赞美，也表现为诗词体式的创新。以《采桑子》十首为例，作家突破成规，大胆使用来自民间曲子的“联章体”，为宋词创作引入了一种新形式。这组《采桑子》开头各为“轻舟短棹西湖好”“春深雨过西湖好”“画船载酒西湖好”“群芳过后西湖好”“何人解赏西湖好”“清明上巳西湖好”“荷花开后西湖好”“天容水色西湖好”“残霞夕照西湖好”“平生为爱西湖好”，于反复咏叹中描绘了西湖大好风景，淋漓尽致地表达了写作者发自内心的对颍州的深爱。因此，有文学史家评价道：

> 颍州的明山秀水，特别是可与杭州西湖媲美的颍州西湖，使欧阳

---

① ［宋］欧阳修：《西湖戏作示同游者》，《欧阳修诗文集校笺·居士集》卷一二，上海古籍出版社2009年版，第352页。

② ［宋］苏轼：《轼在颍州，与赵德麟同治西湖，未成，改扬州。三月十六日，湖成，德麟有诗见怀，次其韵》，《苏轼全集》上，中国文史出版社1999年版，第299页。

③ ［宋］杨万里：《南海集·惠州丰湖亦名西湖》之二，《诚斋集》卷一八，《四库全书》第1160册，上海古籍出版社1987年版，第192页。

④ ［宋］欧阳修：《思颍诗后序》，《欧阳修诗文集校笺·居士集》卷四四，上海古籍出版社2009年版，第1117页。

⑤ ［宋］欧阳修：《再至汝阴三绝》：“十载荣华贪国宠，一生忧患损天真。颍人莫怪归来晚，新向君前乞得身。”《欧阳修诗文集校笺·居士集》卷一四，上海古籍出版社2009年版，第444页。

修长期被压抑的情怀得以舒展;颍州淳朴的民风和土肥水甘的丰厚物产,更使被官场攻讦和人事倾轧弄得身心憔悴的诗人得以释怀和修补。诗人在此自称"六一居士",一壶酒、一卷书,优游于青山绿水之间,徜徉于田头麦垅和农家小院。此时的诗作,秀雅清纯,似乎沾溉了颍州山水的灵秀,格调从容、轻快愉悦,也是诗人了此夙愿后情感的表征。[①]

此外,颍州还为欧阳修晚年写作《六一诗话》提供了一个安静、优裕的环境。《六一诗话》是欧阳修"退居汝阴而集"[②]之作,系我国最早的诗话,反映了作家晚年对于诗歌创作中某些重要问题的深入思考。其中诸如"人穷而诗后工"[③],写诗必须"意新语工,得前人所未道者",必须"能状难写之景,如在目前,含不尽之意,见于言外"[④]等观点,在中国诗歌史上影响深远。

就群体而论,便郡之利、美景之存,为颍水之滨文星聚会创造了最好的条件,更何况还有先后居此的晏殊、欧阳修、苏轼等文坛泰斗。由于他们都喜好荐贤纳士,宴集交游,亲朋好友、弟子门生来访者众多,迎来送往之际颇多酬唱,逐渐形成独具特色的颍州文学创作,被文学史家称为"庆历新政失败、诗文革新队伍星散之后的一次重组活动"[⑤]。

这是一场又一场由不同领袖主持且持续多年的诗词聚会。据文献记载:"晏元献守汝阴,梅圣俞自都下特往见之,剧谈古今作诗体制。圣俞将行,公置酒颍水河上……圣俞既引舟,遂作五侧体寄公。"[⑥]"欧阳公居颍,

① 陈友冰:《安徽文学史》第一卷,安徽文艺出版社2013年版,第485页。

② [宋]欧阳修:《六一诗话序》,《六一诗话》,人民文学出版社1962年版。

③ [宋]欧阳修:《梅圣俞诗集序》,《欧阳修诗文集校笺·居士集》卷四二,上海古籍出版社2009年版,第1093页。

④ [宋]欧阳修:《六一诗话》,人民文学出版社1962年版,第9页。

⑤ 陈友冰:《安徽文学史》第一卷,安徽文艺出版社2013年版,第479页。

⑥ 张伯伟编校:《稀见本宋人诗话四种·明钞本西清诗话》卷上,江苏古籍出版社2002年版,第191—192页。

日与正献公及刘敞原甫、魏广晋道、焦千之伯强、王回深甫、徐无逸从道，七人会于聚星堂分题赋诗。”①“皇祐中，欧阳修为州，刘敞、王回在郡，日与之游，闻常秩居里巷，有节行，间与之宴集。”②“欧公居颍上，申公吕晦叔作太守，聚星堂燕集，赋诗分韵……诗编成一集，流行于世，当时四方能文之士及馆阁诸公，皆以不与此会为恨。”③东坡云，在颍时，“陈无己、赵德麟辈适亦守官于彼，而欧阳叔弼与季默亦久闲居，日相唱和”④，后集为《汝阴唱和集》；熙宁五年(1072)，赵槩访欧阳修于颍，“时翰林吕学士公著方牧颍，职兼侍读及龙图，特置酒于堂宴二公”⑤……

大家云集的诗词酬唱自然要有新意、有难度，“禁体物语”诗歌体式应运而生。所谓“禁体物语”，是一种遵守特定禁例写作的诗。它限定某些字不能入诗，或者是限定某些字必须入诗。皇祐二年(1050)欧阳修“守汝阴日，因小雪会饮聚星堂赋诗，不得用玉、月、梨、梅、练、絮、白、舞、鹅、鹤等字，欧公所云‘脱遗前言笑尘杂，搜索高寒窥冥漠’者也”⑥。虽然之前已有人尝试此类诗歌创作，但欧阳修于颍州首次明确提出了这一概念，可称文学史上一次重要事件。嘉祐四年(1059)冬，苏轼有《江上值雪效欧阳体，限不以盐玉鹤鹭絮蝶飞舞之类为比，仍不使皓白洁素等字，次韵子由》诗，元祐六年(1091)苏轼知颍，又效仿欧阳修作《聚星堂雪并引》，称：

元祐六年十一月一日，祷雨张龙公，得小雪，与客会饮聚星堂。忽忆欧阳文忠公作守时，雪中约客赋诗，禁体物语，于艰难中特出奇丽。尔来四十余年，莫有继者。仆以老门生继公后，虽不足追配先生，而宾

---

① [宋]吕希哲：《吕氏杂记》卷下，《文渊阁四库全书》第863册，台北商务印书馆1986年版，第226页。

② [宋]李焘：《续资治通鉴长编》卷二二二，中华书局1980年版，第4638页。

③ [宋]朱弁：《风月堂诗话》卷上，中华书局1991年版，第3—4页。

④ [宋]王直方语，转引自[宋]阮阅：《诗话总龟前集·讽喻门》，人民文学出版社1987年版，第12页。

⑤ [宋]王辟之：《渑水燕谈录》卷四，上海古籍出版社2012年版，第35页。

⑥ [清]赵翼：《禁体诗》，见《陔余丛考》卷二三，商务印书馆1957年版，第472页。

客之美，殆不减当时，公之二子，又适在郡，故辄举前令，各赋一篇。[①]

从表面上看，禁体物语诗只是“雪中约客赋诗”的酒令，“其中却暗含着排除体物诗中随处可见的陈词滥调的革新思路”[②]。

第三节　秀出于林：宣州本土文学的崛起

有研究者指出，中国历史上存在三个类似气象学“锋面”特征的战争密集带，中部以秦岭淮河为轴线的南北分界线锋面，就是其中之一。中国古代历史上曾多次在此形成南北对峙局面，各种政治力量在此交会，战争多发。因此，淮河穿过的江苏、安徽两省成为中国腹地兵疫灾害最集中的省份[③]。自唐末黄巢之乱开始，直到960年赵匡胤建宋，包括皖北在内的整个中原地区，战乱频频，民无生机。

《旧唐书·本纪第二十》还记载龙纪元年黄巢之乱平定后的情景，如：

西至金、商、陕、虢，南极荆、襄，东过淮甸，北侵徐、兖、汴、郑，幅员数十州。五六年间，民无耕织，千室之邑，不存一二，岁既凶荒，皆脍人而食，丧乱之酷，未之前闻。

五代十国之际，中国北方大地上，后梁、后唐、后晋、后汉、后周走马灯一般立国、亡国，依然战乱不绝。开运元年，“天下饿死者数十万人，诏逐处长吏瘗之”（《旧五代史》卷八二）；契丹灭后晋之后，“乃纵胡骑四出剽掠，谓之‘打草谷’。丁壮毙于锋刃，老弱委于沟壑”[④]；开运三年“时河南、河北大饥，殍殕甚众，沂、密、兖、郓寇盗群起，所在屯聚，剽劫县邑，吏不能禁”

① ［宋］苏轼：《聚星堂雪并引》，《苏轼诗集》卷三四，中华书局1982年版，第1813页。
② 周裕锴：《白战体与禁体物语》，《古典文学知识》2010年第3期。
③ 龚胜生等：《中国历史时期兵疫灾害的时空变迁研究》，《灾害学》2019年第1期。
④ ［宋］叶隆礼：《契丹国志》，上海古籍出版社1985年版，第36页。

(《旧五代史》卷八四)。“自夏初至是,河南、河北诸州郡饿死者数万人,群盗蜂起”(《旧五代史》卷八四)……几十年的战乱中,“民馁死者数十万口,流亡不可胜数”(《资治通鉴》卷二八三)。

在几十年的征战、劫掠之中,皖北大地横尸千里,惨不忍睹,江淮之间的社会安定也不复存在。

> 朱全忠连年攻时溥,徐、泗、濠三州民不得耕获,兖、郓、河东兵救之,皆无功,复值水灾,人死者什六七……先是,扬州富庶甲天下,时人称扬一、益二,及经秦、毕、孙、杨兵火之余,江、淮之间,东西千里扫地尽矣。(《资治通鉴》卷二五九)

相比之下,以长江为屏障的江南地区,因社会相对安定,北方人口大批迁入,经济实力大大提升。据吴松弟先生测算,淮南区在太平兴国五年、元丰元年与崇宁元年的平均人口密度为 3.5,10.1 和 10.5,江南区的平均人口密度依次为 4.6,15.4 和 16.5[①]。

作为江南区域的重要组成部分,宣州依长江而连吴越,自古战略地位就十分重要:地处东南丘陵与长江中下游平原的过渡地带,宣州地势东南高西北低,北部平原海拔一般在 50 米以下,中部丘陵一般为 50—500 米,南部山区一般为 800—1800 米,素称“阻以重山,缘以大江”,“川流漫衍,峦岫蜿蜒,江左奥区也”[②]。此地既有交通之利,又有农耕与多种经济作物产出之便,更兼风景秀美,因此开发较早。据《鄂君启节》记载,至少在公元前 323 年之前,楚国已在宣州城中设置水关,驻有税官[③]。公元前 109 年,西汉武帝于宣州设立地方一级政府(相当今省)丹阳郡,疆域包括今皖

---

① 吴松弟:《中国人口史》(第三卷),复旦大学出版社 2005 年版,第 518—528 页。

② [清]洪亮吉、凌廷堪撰,宣城市地方志办公室整理:《宁国府志》上,黄山书社 2007 年版,第 55 页。

③ 《鄂君启节》铭文记载:“逾江,庚彭蠡,庚松阳,入浍江,庚爰陵。”此“爰陵”即古宣城。

南、苏南、浙北5.7万多平方公里。时至北宋,毗邻两浙路的宣州更成为令人羡慕的富庶之地。嘉祐三年(1058)王安国途经宣州,所见“邑屋之众,丹漆之丽,环数万家于山水之旁”①,熙宁四年(1071)卢革作《修牙城公宇记》,谓宣州“凡生齿舆赋之数,实夥他郡,为州之望,亚江宁府,而于一道自为盛疆”②。苏辙也说:“宣城大藩,亦东南之要。”③

经济的繁盛自然会带动文化的发展,更何况宣州与中原移民中的儒学世家有割不断的血缘联系。据《后汉书·李忠传》载,建武六年(30)任职丹阳郡(治宛陵,今宣城市)的太守李忠“以丹阳越俗不好学,嫁娶礼义,衰于中国,乃为起学校,习礼容”,传播中原文明。数年间,丹阳郡好学成风,不少人通晓儒学,并被提拔担任地方官吏或僚属,李忠也获得政绩“天下第一”的赞誉。此后,经过自东晋与南朝数代经营,宣州越发富庶繁荣,加之南朝文化巨子范晔、江淹、谢朓相继来此主政,文化氛围愈加浓厚。曾大兴指出:

> 唐代以来,发达的水陆交通、安定的社会环境、富庶的经济生活以及壮丽的自然山水,为文化人的成长和文化交流提供了优越的条件。唐王朝重量级的文人名流几乎都与宣城结渊,他们或游学、或寓居、或为官、或避难宣城,“才人名士遥相望”,汇聚了不同地域的优秀文化。开元十四年(726),裴耀卿任宣州刺史,“率父老子弟行乡饮于学,命歌《南陔》《白华》《华黍》《由庚》等篇,凡所谓学,莫详其地”。④

据《安徽通史·隋唐五代卷》载,唐代安徽各州进士39人,其中宣州8

---

① [宋]王安国:《池轩记》,[明]汤宾尹辑:《宣城右集》,黄山书社2017年版,第112页。

② [宋]卢革:《修牙城公宇记》,[明]汤宾尹辑:《宣城右集》,黄山书社2017年版,第87页。

③ [宋]苏辙:《林希知宣州敕》,[明]汤宾尹辑:《宣城右集》,黄山书社2017年版,第119页。

④ 陆再奇:《宣文化与徽文化之比较(上)》,2015年3月2日《宣城日报》。

人;唐及五代安徽状元 3 名,其中宣州 2 名(旌德县 1 名,宣城县 1 名)。广州大学曾大兴教授依据谭正壁《中国文学家大辞典》考证,隋唐五代全国 844 名文学家,有籍贯可考者 726 人,安徽 24 人,其中宣州 15 人①。可见,宣州战乱时可为藏身避难的上佳选择,安居时可享耕读之乐,自然而然地成为历代南渡之时中原与江淮文人家族的安居目标。

迨及两宋,宣州读书讲学之风遍及民间,正所谓"私念宣大郡,民业于儒十五"②,士民即便"于兵火抢攘之际,学者讲诵不辍"③。在此基础上,众多文化大家不断涌现,文化实力得以彰显。例如:舒雅(约 939—1009),旌德人,南唐显德六年(959)状元,入宋后校订《文苑英华》《史记》《论语正义》《七经疏义》等,并编辑《西昆酬唱集》。其弟舒雄,宋端拱二年(989)榜眼,官至礼部尚书;李含章(? —?)宣城人,太平兴国五年(980)进士,授屯田都官员外郎,累迁太常少卿,著有《仙都集五卷》,其子李孝先著有《柯山集》十卷,孝先曾孙李兼(? —1208),博学工诗,杨万里推许之,尝编《宣城总集》二十八卷,著有《雪岩集》;梅询(964—1041),宣城人,端拱二年(989)进士,其侄梅尧臣(1102—?),世人称宛陵先生,与欧阳修并称"欧梅",《宋史·梅尧臣传》称"宋兴,以诗名家为世所传如尧臣者,盖少也",所作的近万首诗歌中,流传至今 2800 多首,被誉为宋诗"开山鼻祖";施元长(? —?),宣城人,天圣五年(1027)进士及第,咸淳四年(1268),其孙施岩求、施福求同榜进士;何大圭(1101—?),广德人,北宋政和八年(1118)进士,试礼部第一,为两宋之际著名词人;吴伟(? —?),泾县人,绍兴十二年(1142)进士,廷对万余言,论述精辟,十八年后,其子吴时选为绍兴庚辰进士;周紫芝(1082—1155),宣城人,绍兴十二年(1142)进士,以其诗词卓著成就,于文坛上独树一帜,《四库全书总目提要》云:"其诗在南宋之初,

---

① 曾大兴:《中国历代文学家之地理分布》,商务印书馆 2013 年版,第 146—147 页。

② [宋]张孝祥:《宣州新建御书阁记》,《于湖居士集》卷一三,上海古籍出版社 2009 年版,第 130 页。

③ [宋]吕本中:《宣州新学记》,[明]汤宾尹辑:《宣城右集》,黄山书社 2017 年版,第 150 页。

特为杰出，无豫章生硬之弊，亦无江湖末派酸馅之习。”①其代表作《竹坡词》三卷自为一格，备受后世推崇；陈天麟（1116—1177），宣城人，绍兴十八年（1148）进士，辛弃疾好友，著述丰厚；吴柔胜（1154—1224），宁国人，与其子吴渊（1190—1257）、吴潜（1195—1262）分别于淳熙八年（1181）、嘉定七年（1214）、嘉定十年（1217）进士及第，且吴潜进士第一，父子三人同为朝廷台阁重臣，吴渊、吴潜兄弟先后拜相，其中吴潜词作尤佳，《四库全书总目提要》评价其词为“激昂凄劲，兼而有之，在南宋不失为佳手”②，《全宋词》收录256首，宝祐四年（1256），吴潜子吴璞、吴琳同榜进士……

前有谢朓、李白之导引，现有“大州”“富州”为经济支柱，更兼日益坚实的文化底蕴为发展根基，两宋时期的宣城文学彻底改变了依靠外籍作家彰显声名的局面。因此，宣城本土文化研究者才会不无自豪地向世人介绍：

> 两宋及其后，宣城文化世家大族开始显现，在诗、词、文、赋、书画、戏曲、宗教、散文、笔记小说、传奇故事等领域尽显风采。③
>
> 北宋，宣城诗歌文化引领诗坛，文化世家开始崛起。宣城本土大诗人梅尧臣，世人称其宛陵先生，少即能诗，与欧阳修并称“欧梅”，为诗主张写实，其“宛陵体”诗风，欧阳修的评价可概括为“深远古淡”……人称宋诗“开山祖师”，所作的近万首诗歌中，流传至今2800多首。南宋，吴潜、周紫芝等人诗歌独树一帜。周紫芝的《竹坡诗话》，以考证见长。“少能文，尝赋学士诗”的李兼，首编宣城第一部诗文总集——《宣城总集》。欧阳修、晏殊、范仲淹、叶清臣、沈括、苏轼、苏辙、黄庭坚、宋祁、张耒、吕本中、李弥逊、范成大、杨万里、张孝祥、文

---

① ［清］纪昀总纂：《四库全书总目提要》卷一五八，河北人民出版社2000年版，第4088页。

② ［清］纪昀总纂：《四库全书总目提要》卷一六三，河北人民出版社2000年版，第4178页。

③ 陆再奇：《宣城文化在皖江地区文化中地位变化之研究（中）》，《宣城历史文化研究》第908期。

天祥等，或为官或游学或客居宣城，寻幽访胜，感时抒怀，在宣城留下了大量精美的诗篇。他们与宣城本土诗人交游酬唱，助推了宣城诗歌文化的繁荣。[①]

南宋时期，李兼编辑《宣城总集》二十八卷，专以宣城一地为界，收集千余年来历代宣城诗歌千余首，赋颂杂文二百篇，分为二十三门、二十八卷，吴潜为之作序；元代宣州本土作家汪泽民、张师愚编《宛陵群英集》，专录上自宋初、下迄元代宣州诗作，得诗一千三百九十三首，分古今体，订为二十八卷；明代梅鼎祚再辑《宛雅》十卷，"甄录唐代二人，宋代九人，元代五十八人，明代洪武至正德二十二人，总计九十一位作者，六百四十六首诗作"[②]；清初蔡蓁春、施闰章接续编注《续宛雅》八卷，汇集明嘉靖至崇祯末宣城诗歌；此后施念曾、张汝霖复将遗漏作品汇编为《宛雅三编》二十四卷。自两宋以至元明清，宣州梅氏、吴氏、贡氏、施氏、沈氏等家族文学创作代代相传，在中国地域文学史上写就了辉煌的一页。

第四节　山情水意：宣州文学的清淑淡远

俗话说，一方水土养一方人。在两宋之际的宣州这一地域文学场内，本土作家的文学创作自然而然地具有与宣州地理相关的特色。

这首先表现为宣州山水与地理位置孕育的清淑淡远之风。

宣城三面皆山，唯北为水，正所谓"襟长江而带大河，挺奇峰而出秀巘，故其灵异之气往往钟于人而发于文章"[③]。此地山水之胜，曾令谢朓、李白等无数远来的诗人久久流连，陶醉不已，留下传诵千古的诗章，评之为"如

① 陆再奇：《宣文化类别代表人物及成就简述（一）》，《宣城历史文化研究》第428期。

② 彭君华：《宛雅全编整理说明》，[明]梅鼎祚等辑：《宛雅全编》，黄山书社2018年版。

③ [清]穆彰阿：《潘氏科名草序》，[清]潘芝轩辑：《潘氏科名草》，清光绪三年燕翼堂刊本。

秋山清晓，霏蓝翕黛之中，时有爽气”①，“清新中逸气遄飞”②。而自幼及长、年年月月浸润在如此山光水色中的宣城诗人，则将遍地清奇化入身心，成就了他们与青山绿水相谐的审美意趣，构筑了宣州诗作清淡秀雅的风格，这就是宋元之际宣州诗人张师愚在《宛陵群英集》原序中概括的“清丽典雅”③，也是清代宣州学者施闰章所说的“清淑之气”④。不过此中之“清”，不同于他乡诗人负手相望秀山丽水、心无所系又终有隔膜的清静；此中之“淡”，亦非仅仅是离别繁华都市后的隐居、出世，淡然相对。这是生于斯、长于斯，对身边一切景物都习见常闻、亲切熟悉的宣城诗人，面对家乡一石一木、一情一景，发自肺腑的拳拳爱意。一旦将此情意付诸笔下，他们的作品自然而然地清如家乡的淙淙山泉，深如宣州的重重大山，淡如天上的云来云往。

例如，北宋初年宣城诗人李含章之《出典宣城三首》有句：

> 五马幸归乡国路，百城初认钓鱼船。余霞绮阁方池上，宿霭人家叠嶂前。（之一）
>
> 芦花未白蓼初红，绿水澄蓝是处通。景色不须今日别，烟光仍与昔时同。马嘶晓月思闲厩，帆挂秋光足便风。（之二）⑤

诗人出知乡郡，喜出望外，但对于家乡景色的描绘，全无刻意之处，沿路可见的“余霞”“叠嶂”“芦花”“红蓼”“绿水”“烟光”皆为常见，组合一

---

① ［清］田雯：《古欢堂杂著》，见郭绍虞等：《清诗话续编》上，上海古籍出版社1983年版，第697页。

② ［清］方廷珪：《昭明文选集成》卷二五，仿范轩藏版。

③ ［元］张师愚：《宛陵群英集序》，《影印文渊阁四库全书》第1366册，北京出版社2012年版，第957页。

④ ［清］施闰章：《书带园集序》：“吾宣城于江上称岩邑，其山巉以秀，水甘以清，草木扶疏而沃若。其清淑之气所郁积，必有异能之士道德文章之美卓然见于天下。”见《施愚山集》（1），黄山书社2014年版，第119页。

⑤ ［宋］李含章：《出典宣城三首》，《全宋诗》卷五五，北京大学出版社1991年版，第600页。

处，却于平淡之中满蕴着浓浓乡情。

再如北宋宣州代表诗人梅尧臣。欧阳修《六一诗话》称其诗作“以闲远古淡为意”①，陈善《扪虱新话》认为：“梅诗乃务为清切闲淡之语。”②今人钱钟书也说：“梅诗于浑朴中时出苕秀。”③细读梅尧臣写作的大量有关宣州的诗篇，可见诗人从不刻意寻找宣州山水的绝佳处，只是平平常常地描述“溅溅涧水浅，苒苒菖蒲稠。菖蒲花已晚，菖蒲茸尚柔。灵根采九节，试共野僧求。逡巡能致之，衰疾无甚忧”（《游隐静山》）④，“新晴宜野望，最爱是山前。远近花兼竹，高低水拍田”（《野望》），“短短蒲耳齐似剪，平平沙石净于筛”（《东溪》），然而“我本山水乡，看山常不足”（《检覆叶县鲁山田李晋卿饯于首山寺留别》）的陶然意趣，“野凫眠岸有闲意，老树着花无丑枝”（《东溪》）的乡土自豪，“人家在何许，云外一声鸡”（《鲁山山行》）的喜不自禁，均已显现无遗。作者心中那份对于乡土的亲切自然，也尽在“寒沙曲渚杳不辨，素鸥翔鹭空中还”“蔓草不识名，步侧时得牵”（《与二弟过溪至广教兰若》）中自然抒发。此中固然可能有诗人“学唐人平淡处”⑤的美学追求，但其观察事物的独特视角、诗歌写作的素材选取，特别是贯注其中的绵绵情思，绝非一个“学”字可以解释。

生活在两宋之交的宣州周紫芝，诗词被人评为“清新伟丽，自成一家”，“其诗清丽典雅……在山谷、后山派中亦为小宗矣”⑥。他的作品描述家乡风景时，同样于清雅中包孕着亲切、自然，如：

池面过小雨，树腰生夕阳。云分一山翠，风与数荷香。素月自有

---

① [宋]欧阳修：《六一诗话》，人民文学出版社1962年版，第6页。

② [宋]陈善：《扪虱新话》，上海书店出版社1990年版，第80页。

③ 钱钟书：《谈艺录》补订本，中华书局1984年版，第167页。

④ [宋]梅尧臣：《游隐静山》，《梅尧臣集编年校注》，上海古籍出版社2006年版，第742页。本章梅尧臣诗文均出于此书，不再一一详注。

⑤ [宋]严羽著，郭绍虞校释：《沧浪诗话校释》，人民文学出版社1983年版，第26页。

⑥ [宋]唐文若：《太仓稊米集序》，[宋]陈天麟：《太仓稊米集序》，[宋]周紫芝：《太仓稊米集》，载《四库全书》第1141册，上海古籍出版社1987年版，第3页。

约，绿瓜初可尝。鸬鹚莫飞去，留此伴新凉。(《雨过》)

日日湖边鹭，频来我不嗔。故山无百里，客舍遂三春。红落含桃过，青垂小杏新。光阴花委地，飘泊燕依人。(《客舍》)

鸟声时向静中闻，尽日阴晴漫不分。庭下落花如落絮，眼前春思似春云。(《春晚绝句二首》)①

黄昏楼阁乱栖鸦。天末淡微霞。风里一池杨柳，月边满树梨花。②

水傍边，山尽处。唤取云来，共我山头住。……趁霜晴，闲独步。那里烟村，有个梅花树。小径斜穿来又去……③

随着赵宋朝廷的日渐没落，南宋文坛国仇家恨郁积日深，宣城作家诗词中的愁闷、愤激之气也愈来越浓，但即便如此，回首家山，他们的诗词中依然有清新之风徐徐注入。以吴潜为例，这位忧国忧民的诗词作家继承了苏、辛一派的豪放之风，诗词作品多慷慨激昂之气，但只要笔触家乡，则必清新淡然，因为这是宣州山水给他的永远的记忆。他向朋友款款诉说“家在敬亭东，老桧苍枫”④，“回首家园，竹多屋，水还多竹。那更是，千峰凝翠，一溪凝绿”⑤。他一而再、再而三地在看似淡然的笔墨中，凝聚了浓浓的思乡之情：“我家碧云畔，中有最高亭。阅世已头白，看山犹眼青。谁能环北辙，那更徙南溟。”⑥“若说故园景，何止可消忧。买邻谁欲来住，须把万金酬。屋外泓澄是水，水外阴森是竹，风月尽兜收。柳径荷漪畔，灯火系

① ［宋］周紫芝：《雨过》《客舍》《春晚绝句二首》，《太仓稊米集》，载《四库全书》第1141册，上海古籍出版社1987年版，第70页、136页、82页。本节所引周紫芝诗文除特别标注者外，均出于此书，不再一一详注。

② ［宋］周紫芝：《朝中措》，《全宋词》2，中华书局1965年版，第882页。

③ ［宋］周紫芝：《苏幕遮》，《全宋词》2，中华书局1965年版，第891页。

④ ［宋］吴潜：《浪淘沙·和吴梦窗席上赠别》，《吴潜全集》上，安徽大学出版社2020年版，第130页。

⑤ ［宋］吴潜：《满江红·和刘右司长翁俾寿之词》，《吴潜全集》上，安徽大学出版社2020年版，第170页。

⑥ ［宋］吴潜：《和刘右司震孙见寄六绝一律》，《吴潜全集》上，安徽大学出版社2020年版，第51页。

渔舟。”①“水深水浅高低涧，春淡春浓远近山。乡思猛随苍鸟去，客心暂与白云闲。”②

值得注意的是，宣州诗词之作中这一脉清淑之韵传之久远，一直延续到元、明、清，影响了几代人的文学创作。如元代汪泽民的《东郊》：

荇叶田田紫，芹芽寸寸黄。川平散鹅鸭，草短见牛羊。宇宙心犹壮，丘园迹未忘。长年懒是癖，何日醉为乡。③

汪珍的《西溪》：

黄叶三叉路，清溪十里村。苍藤悬古木，流水带荒原。岁晚牛羊瘦，天寒鸟雀喧。居人恋风土，耕凿长儿孙。④

贡奎的《朝发宣城》：

夜宿宛溪月，朝行姑水云。征帆一叶小，古渡二洲分。索景诗难尽，浇愁酒半醺。吴江天日冷，枫落正纷纷。⑤

抑或是明代梅清的《山家即事》：

---

① [宋]吴潜：《水调歌头》，《吴潜全集》上，安徽大学出版社2020年版，第208页。

② [宋]吴潜：《劭农翠山赋唐律二首》，《吴潜全集》上，安徽大学出版社2020年版，第34—35页。

③ [元]汪泽民：《东郊》，《宛陵群英集》卷六，载《四库全书》第1366册，上海古籍出版社1987年版，第1013页。

④ [元]汪珍：《西溪》，《宛陵群英集》卷五，载《四库全书》第1366册，上海古籍出版社1987年版，第1009页。

⑤ [元]贡奎：《朝发宣城》，《元代别集丛刊·贡奎集》卷四，吉林文史出版社2010年版，第86页。

幽居虽不远，却在水云隈。屐怕春泥滑，樽从石屋开。听残终夜雨，落尽一池梅。好是耽岑寂，新诗傍枕来。[1]

以及清代施闰章的"清词丽句，迭见层出"[2]，梅文鼎的"清真静远"[3]，心中都有宣州山水播下的生命种子，都有这颗种子萌发的葱茏绿意。

此外，宣州本土诗人还推出了影响深远的"禽言诗"。

禽言诗的出现，与宣城自然环境有密切关系。宣城自古多山多鸟，杜鹃、鸡鸿、鹌鸽、秧鸡、快活鸟、提壶鸟、婆饼焦、竹鸡等种类众多，当地百姓将鸟类叫声与本土方言结合起来，赋予"禽言"以人类现实生活意义。长期生活于宣州乡间的梅尧臣对禽鸟有着深深的感情，他曾在《和欧阳永叔啼鸟十八韵》中写道：

南方穷山多野鸟，百种巧口乘春鸣。深林参天不见日，满壑呼啸谁识名。但依音响得其字，因与尔雅殊形声。我昔曾有禽言诗，粗究一二啼号情。苦竹冈头泥滑滑，君时最赏趣向精。余篇亦各有思致，恨未与尽众鸟评。君今山郡日无事，静听鸟语如交争。提壶相与来劝饮，戴胜亦助能劝耕。我念此鸟颇有益，如欲使君勤以行。劝耕幸且强职事，劝饮亦冀无独醒。杜鹃蜀魂哭归去，小人怀土慎勿听。城头春鸠自谓拙，鹊巢辄处安得平。高窠乔木美毛羽，哢吭叶底无如莺。口中调簧定何益，下啄蚯蚓孰曰清？自余多类不足数，一一推本烦神灵。我居中土别无鸟，老鸦鸲鹆方纵横。教雏叫噪日群集，岂有劝酒花下倾。愿君切莫厌啼鸟，啼鸟于君无所营。

---

① ［明］梅清：《天延阁后集》卷一一，《清代诗文集汇编》(85)，上海古籍出版社2010年版，第480页。

② ［清］王士禛在《摘句图》序中说："予读施愚山侍续五言诗，受其温柔敦厚，一唱三叹，有风人之旨，其章法之妙，如天衣无缝……至于清词丽句，迭见层出。"《池北偶谈》卷一三，中华书局1982年版，第303页。

③ ［清］施闰章：《梅定九诗序》，《施愚山集·文集》卷七，黄山书社2014年版，第139页。

由于方言与生活习惯的不同，中国不同地域的人们对于禽鸟的啼声也有不同的解释，正如明人包汝楫《南中纪闻》所说：

方语随地易声，即鸣禽亦然。吴中播谷鸟鸣必四声，俗所云“各家播禾”是也。至杭郡又讹为“扎山看火”，盖此鸟蚕月盛鸣，杭民育蚕就茧，必炽火蚕山下，故讹指为“扎山看火”耳，其实“播谷”声无异也。至楚地湖北，播谷鸟鸣止二声，辨之仅似“播谷”两字，与吴中绝不同矣。举一播谷，可见他鸟尽然，特其鸣声大略相类，人不暇致详耳。①

陆以湉也在《冷庐杂识》卷六“禽言”条说：

黄霁青观察《禽言诗引》，谓江南春夏之交，有鸟绕村飞鸣，其音若“家家看火”，又若“割麦插禾”，江以北则曰“淮上好过”，山左人名之曰“短募把锄”，常山道中又称之曰“沙糖麦裹”，实同一鸟也。……《本草释名》又有“阿公阿婆”“脱却布裤”等音。陈造《布谷吟》序，谓“人以布谷为催耕，其声曰‘脱了泼绔’，淮农传其言云‘郭嫂打婆’，浙人解云‘一百八个’者，以意测之”云云。吾乡蚕事方兴，闻此鸟之声，以为“扎山看火”，迨蚕事毕，则以为“家家好过”，盖不待易地，而其音且因时变易矣。②

梅尧臣根据宣州方言与宣州人民的生活习惯理解禽鸟的叫声，并借此抒发自我对现实生活的感受，成就了中国诗坛上别具一格的禽言诗。其中《禽言四首》鸟语、人言浑然一体，诗句明白流畅、妙趣横生，如：

---

① ［明］包汝楫：《南中纪闻》，中华书局1985年版，第15页。

② ［清］陆以湉：《禽言》，见《冷庐杂识》卷六，上海古籍出版社2012年版，第219页。

不如归去,春山云暮。万木兮参天,蜀天兮何处。人言有翼可归飞,安用空啼向高树?(子规)

提壶芦,沽美酒。风为宾,树为友。山花撩乱目前开,劝尔今朝千万寿。(提壶)

婆饼焦,儿不食。尔父向何之,尔母山头化为石。山头化石可奈何,遂作微禽啼不息。(山鸟)

泥滑滑,苦竹冈。雨萧萧,马上郎。马啼凌兢雨又急,此鸟为君应断肠。(竹鸡)

另一首《提壶鸟》,描写了诗人在绿树成荫的山路上与禽鸟的亲切交流,抒发的是作者胸中的郁郁之气,诗曰:

山路暗松筱,幽禽语前后。上言劝提壶,下言劝酤酒。但取醒复醉,莫问升与斗。人生朝菌荣,绿发可无负。

而在《和永叔六篇·啼鸟》中,梅尧臣则曲折委婉地借禽鸟之鸣传达了对朋友的劝讽,诗曰:

提胡芦,提胡芦,尔莫劝翁沽美酒。公多金钱赐醇酎,名声压时为不朽。百舌子,百舌子,春泥方滑滑。泥虽滑滑辇道平,莫学竹鸡言易发。深宫许尔来报春,便是好鸟同其群。清声啭入君王耳,安用穿丛苦避人。桃李无言何所益,毕竟有谢须纷纷,莫以荣华长不歇,人间已见翟公门。安不忘危谁可贵,贵时能忆困时闻。

不过,宣城本土作家的禽言诗中影响最大的,还是"愤世嫉邪意,寄在草木虫"(梅尧臣《答韩三子华韩五持国韩六玉汝见赠述诗》),将趣味盎然的禽言诗与中国传统儒家诗教相结合的作品。

诚如本书第三章第五节所述,整个六朝时期,远离战火烽烟的宣州依凭山水环护、临近京畿的优越地理环境，借助南迁士族的智力、财力，社会经济迅速走向繁荣，中原汉族正统文化也在此得以保存、传承、发扬光大。此外，由于宣州直到宋末也未能直接联通隋唐大运河，这就使它不能如运河沿线一样，获得商品经济的飞速发展，居民仍以传统农耕方式生活，与两宋时期商品经济高度发达的汴京、洛阳、临安等都市有了较大差别，士族也更多地保留了汉唐以来的传统文学观念，并以此代代相传。明末清初儒学大家戴名世因此在《梅文常稿序》中说：

> 吾江南文学礼义之邦，推宣城为最。其士大夫多崇礼让，敦实行，以清风高节砥砺末俗，而士人读书为文章，不肯雷同诡随，以趋时俗之所好。①

自梅尧臣始，宋代宣城本土诗人一直以儒家思想为安身立命的根本。康定元年(1040)，梅尧臣作《依韵和李君读余注孙子》，直接宣称："我世本儒术，所谈圣人篇，圣篇辟乎道，信谓天地根。"可见"上感于上、下化于下"的唐代新乐府诗作，对梅尧臣影响深远。在《答韩三子华韩五持国韩六玉汝见赠述诗》中，他也明确表述了自己对儒家传统风雅诗观的认同："自下而磨上，是之谓国风；雅章及颂篇，刺美亦道同。"主张诗歌创作必须"因事有所激，应物以兴通"。他曾宣称自己"不书儿女书，不作风月诗"(《寄滁州欧阳永叔》)，写作了新旧题乐府多首，诸如《猛虎行》《野田行》《哀王孙》《行路难》《长歌行》《田家语》《蚕女》《织妇》《邺中行》《朝天行》《汝坟贫女》等，抨击时弊，表现民生疾苦，名动一时。宋末学者刘克庄曾高度评价梅尧臣诗歌，认为："本朝诗惟宛陵为开山祖师。宛陵出，然后桑濮之哇淫稍息，风雅之气脉复续，其功不在欧、尹下。"②若干年后，宣州另一代表

---

① [清]戴名世：《梅文常稿序》，《南山集》卷九，《四库禁毁书丛刊》补编第82册，第583页。

② [宋]刘克庄：《后村诗话前集》卷二，《四库全书》第1481册，上海古籍出版社1987年版，第316页。

作家周紫芝再次强调诗歌应有“规箴训诲之意”。在《古今诸家乐府序》中，周紫芝论及前代乐府诗歌，极赞唐乐府，对于“变为淫言，流为亵语”的齐梁乐府极为鄙视，认为这些作品“大抵以艳丽之词更相祖述，至使父子兄弟不可同席而闻，无复有补于世教”。

如此，立足于儒家传统诗教，宣州本土两位代表诗人均赋予禽言诗以状写民生、讽喻时政的丰富内涵，使之影响深远，终成中国诗坛上特色独具的一种诗体。

例如，梅尧臣的《闻禽》《啼禽》直接面对民生疾苦，诗曰：

禽鸣脱破裤，定无新易故。此语莫相讥，善贫知有素。（《闻禽》）

盆茧未成丝，破裤劝可脱。安知增羞颜，赤胫衣短褐。（《啼禽》）

两首诗都不过短短四句，农人的艰难却宛若眼前。

生活在北宋后期的周紫芝更多地感受到国家的内忧外患，亲眼看到大量的军费开销变为普通农户的沉重负担，在《五禽言·婆饼焦》中，他忧思重重地写道：

云穰穰，麦穗黄，婆饼欲焦新麦香。今年麦熟不敢尝，斗载车量倾造仓，化作三军马上粮。

诗作首先描绘了一幅美丽的乡间丰收景象，但接下来是一个大大的逆转——“今年麦熟不敢尝”——丰收的粮食斗载车量，都要化作三军马上粮。接下来农民的生活会怎样？不需明言，作者的满怀忧思已经跃然纸上。

与此类似的还有《五禽言》中的《提壶卢》《思归乐》《布谷》：

提壶卢，树头劝酒声相呼。劝人沽酒无处沽。太岁何年当在酉，敲门问浆还得酒。田中禾穗处处黄，瓮头新绿家家有。（《提壶卢》）

山花冥冥山欲雨，杜鹃声酸客无语。客欲去山边，贼营夜鸣鼓。谁言杜宇归去乐？归来处处无城郭！春日暖，春云薄，飞来日落还未落，春山相呼亦不恶。(《思归乐》)

田中水涓涓，布谷催种田。贼今在邑农在山。但愿今年贼去早，春田处处无荒草。农夫呼妇出山来，深种春秧答飞鸟。(《布谷》)

鸟鸣劝酒，但在现实生活中，人们根本不知酒在何处，只能盼望着太岁在酉，"田中禾穗处处黄，瓮头新绿家家有"；"春日暖，春云薄"，杜鹃鸟声声啼叫"不如归去"，但社会动荡，盗贼横行，游子"归来处处无城郭"；"田中水涓涓，布谷催种田"，怎奈"贼今在邑农在山"，又如何完成耕种大事？"但愿今年贼去早，春田处处无荒草"句，更可令人想到贼人盘踞城郭不是偶然，春田无荒草也只能是一个美好的愿望。

自梅尧臣开创禽言诗以后，宋、元、明、清多位诗人纷纷效仿。其中不乏苏轼、黄庭坚等诗坛大腕。但钱钟书认为，宋代禽言诗以周紫芝之作为最佳[①]。

论及宣州文学，清代学者施闰章曾在他的《书带园集序》一文中，描述了家乡诗坛数百年间的流变，文曰：

吾宣城于江上称岩邑，其山巉以秀，水甘以清，草木扶疏而沃若，其清淑之气所郁积，必有异能之士，道德文章之美，卓然见于天下。而所谓道德者多隐君子；以其文章见者，至宋始有梅昌言、圣俞，元有贡仲章、泰甫父子十数辈。最著者圣俞，以诗名。去圣俞五百余年，裔孙为禹金先生，文词赡给，雅善博综。其群从季豹、子马、勉叔诸人，为王元美所亟称。后禹金闻孙复有朗三，盖庶几与禹金相望者。[②]

① 钱钟书：《宋诗选注》，生活·读书·新知三联书店2002年版，第241页。

② [清]施闰章：《书带园集序》，《施愚山集·文集》卷六，黄山书社2014年版，第119页。

崛起于两宋，导引时代风流；凝聚天地之灵气，绵延数百年之久。此可谓宣州文学对中华文坛的绝大贡献。

第五节　山中花开：徽州文学的光华初绽

宋代也是皖南大山中徽州文学的快速发展时期。

徽州的地理环境，可用一句“万山回环，郡称四塞”①予以概括。前人曾说“郡之境多山，山多涧谷，水贯其间，脉络如织，断崖绝壑，间出道间”②，诚为不虚。立足徽州，但见四望皆山，不仅有黄山横贯其中，更有天目山、白际山、大鄣山、五龙山等四面环抱，多座山峰高度超过海拔 1400 米，陡峭的山峰之间，关口重重。明清之际学术大家顾炎武《天下郡国利病书》详细地描述了此州地理特色，文曰：

> 徽之为郡，在山岭川谷崎岖之中。东有大鄣之固，西有浙岭之塞，南有江滩之险，北有黄山之厄。即山为城，因溪为隍，三面距江。自睦至歙，皆鸟道萦纡，两旁峭壁，仅通单车。方腊之乱，两崖驻兵，下瞰平路，虽浮蝣可数，贼亦不敢犯焉。水之东入浙江者三百六十滩，水之西入鄱阳者亦三百六十滩，石之林立，势之斗下。③

因此，新安自古就是一个独立的自然地理单元，长期远离黄河流域的传统社会，远离国家政治、经济、文化中心，晚清歙县著名学者许承尧曾说：

---

① ［明］徐中行：《新都小溪项氏族谱序》，《桂溪项氏族谱》，清嘉庆十六年木活字本。

② ［宋］吴儆：《相公桥记》，《竹洲集》卷一一，载《四库全书》第 1142 册，上海古籍出版社 1987 年版，第 258 页。

③ ［清］顾炎武：《天下郡国利病书》，《顾炎武全集》，上海古籍出版社 2012 年版，第 1012 页。

吾歙在唐时，人尚视为畏途，卢仝所谓"千灾百怪天南道，猩猩鹦鹉皆人言"也。①

但如此地理形势，恰恰符合东汉以后历次社会动乱中中原士族的选择需求。与世隔绝的徽州正如同他们在血火人间苦苦寻觅的桃花源，被崇山峻岭四面环绕的一个个小盆地可以保存面临灭顶之灾的世家大族。《祁门县志氏族考》一书卷首即指出，动乱年代，进入徽境的中原士大夫"入山唯恐不深，各就所居，自成村落，一姓相传至千百年而不易，非故为畛域，盖山川形势使然"②。

这些南迁士族不仅为徽州带来了先进的农耕技术，而且带来了先进的商业理念和制作技艺，一个个村落在建设中展现生机，徽州经济也在移民进入后得到快速发展。据文献记载，唐代徽州茶叶已行销各地。晚唐咸通三年(862)，歙州司马张途著《祁门县新修阊门溪记》一书，写道：

邑之编籍民五千四百余户，邑山多而田少，水清而地沃。山且植茗，高下无遗土，千里之内业于茶者七八矣。……每年二三月，赍银缗缯素求市，将货他郡者，摩肩接迹而至。③

晚唐杨晔所著《膳夫经手录》也说：

歙州、婺州、祁门、婺源方茶，置制精好，不杂木叶，自梁、宋、幽、并间，人人皆尚之。赋税所入，商贾所赍，数千里不绝于道路。④

---

① 许承尧:《黄山唐志满禅师塔》,《歙事闲谭》卷一,黄山书社2001年版,第29页。

② 胡光钊:《祁门县志氏族考》卷首,1944年刊本。

③ [唐]张途:《祁门县新修阊门溪记》,《全唐文新编》卷八〇二,吉林文史出版社2000年版,第9760页。

④ [唐]杨晔:《膳夫经手录》,《续修四库全书》第1115册,上海古籍出版社1996年版,第525页。

时至南唐，国家政治经济中心与徽州之间的地理距离大大缩短，徽人凭借先进的农业与手工业技艺、机敏的商业头脑，特别是大山中丰富的各类资源，大力发展茶叶、蚕桑、制墨、造纸、制砚、烧瓷、冶矿等多种经济，取得十分可观的成就。有学者称：

南唐是江南地区社会发展的黄金时期之一，徽州堪称南唐的经济特区，地位犹为特殊，是徽商发展链条上的一个十分重要的环节。在五代十国时期的封建经济格局之内，南迁大族及其后代们，最大限度地发挥着主观能动性，创造出了最大的经济效益，在皖南社会乃至我国古代经济的发展进程中，写下了独具特色的一章。[①]

伴随着贸易的发展，徽州陆路、水路交通也得到大力开发。《祁门县新修阊门溪记》生动地描述了其中一个案例，文曰：

（阊门溪）水自迭幛积石而下，通于鄱阳，合于大江。其济人利物，不为不至矣。其奔流激注，巨石硉矹，腾沸汹涌，瀺灂圆折，凡六七十里。舟航胜载不计轻重，篙工楫师不计勇弱，其或济者，若星驰矢逝；脱或蹉跌，必溺湾旋中，俄顷没迹矣。

然而，此溪虽然凶险，却是茶农生计所系，“百姓或乘负，或肩荷，或小辙而陆也。如此，纵有多市，将泛大川，必先以轻舟寡载，就其巨艎……”元和初，县令动员各方力量改造阊门溪，终使商旅竞至，“籍户由是为之泰”。55 年后阊门溪再次修整，“不独贾客巨艘，居民业舟，往复无阻”，“六乡之人业于茗者，专勤是谋，衣食之源，不虑不忧”[②]。

经过长期努力，徽州境内众多河流成为通往境外的交通要道，其中新

---

① 何剑明：《南唐时期安徽区域经济发展论要》，《扬州大学学报》2005 年第 1 期。

② ［唐］张途：《祁门县新修阊门溪记》，《全唐文新编》卷八〇二，吉林文史出版社 2000 年版，第 9760 页。

安江（古称浙江）可达杭州，并在此连通大运河、青阳江、青弋江、秋浦河，汇入长江水道，阊江流入江西浮梁，可达景德镇，与西向而行的婺水同流入鄱阳湖。与此同时，多条陆路也相继开通，联系徽州与浙江的重要纽带、著名的徽杭古道雏形即在南宋宝祐五年（1257）修成①。如此，封闭的徽州获得了与四方沟通的机遇，同时也获得与时代文明同步对话的可能性。随着一批批中原士族先后南迁进入徽境，徽州民风民俗也不断发生变易，北宋歙人罗愿说：

黄巢之乱，中原衣冠避地保于此，后或去或留，俗益向文雅。宋兴则名臣辈出。②

晚清歙县著名学者许承尧著《歙事闲谭》亦载评：

武劲之风，盛于梁、陈、隋间，如程忠壮、汪越国，皆以捍卫乡里显。若文艺则振兴于唐宋，如吴少微、舒雅诸前哲悉著望一时，而元、明以来，英贤辈出，则彬彬然称“东南邹鲁”矣。③

当代学者程民生在《宋代地域文化》一书提及徽州时更明确指出：

唐季之乱，四方豪杰与京都士族，往往避地江湖……南唐政权在当时诸国中，以文化昌盛著称，主要得益于北方南下的士大夫。他们的学识及身份，在当地具有很大的影响力。其后代继承家学，定居下

① 徽杭古道中段施茶亭附近摩崖石刻曰：“圣宋宝祐丁巳六月旦日，大石门胡八十府属讳润，捐金用工开辟，凿去巉岩，甃成阶级，以便往来，永无危险。至中秋前五日毕工，聊记岁月云耳。”

② ［宋］罗愿：《新安志·风俗》，《新安志整理与研究》，黄山书社2008年版，第16页。

③ 许承尧：《歙风俗礼教考》，《歙事闲谭》卷一八，黄山书社2001年版，第602页。

来，直接改变了当地人口的文化结构。[①]

在中原移民的倡导下，徽州文风日盛。正如元代赵汸所说：“自井邑田野，以至于远山深谷民居之处，莫不有学有师，有书史之藏。”[②]许多家族都十分重视子弟求学，《歙西岩镇百忍程氏本宗信谱·族约篇》记载：

宗族之大，子孙贤也；子孙之贤，能读书也。能读书则能识字，匪特可以取科第，耀祖宗，即使未仕，亦能达世故，通事体，而挺立于乡邦，以亢厥宗矣。先孝长公尝为文示后人曰：“吾之子若孙，须学问，须修谱牒，比见位高金多者，至疏族以陵，吾不愿汝曹为也。三世不学问，不仕宦，不修谱，即流为小人。”呜呼！前人明训如此，凡我族属宁惜以一经教子。[③]

生活在两宋之交的徽州文学家汪藻在《朝散郎致仕胡君咸墓志铭》中描述了北宋歙人胡咸的教子方略，如：

君少刻意于学，自六经、司马迁、班固、范晔、陈寿史书，皆手钞成诵。……方是时，士集京师，岁以千计。君颖然出其间，为之领袖。一旦如有不乐者，谢病归，召诸子出其书授之。不数年，其子舜陟、舜举踵相蹑取高第，而舜陟遂登法从典大州，隐然为天子名臣。……绩溪固多士，如君父子得名称章绂而归者无几，而公又慈祥恺弟，有以“宜之长老”称焉。[④]

① 程民生：《宋代地域文化》，安徽文艺出版社 2017 年版，第 325—326 页。

② ［元］赵汸：《商山书院学田记》，《东山存稿》卷四，载《四库全书》第 1221 册，上海古籍出版社 1987 年版，第 287 页。

③ ［明］程弘宾纂修：《歙西岩镇百忍程氏本宗信谱》卷一一，《族约篇》第九，万历十八年刻本。

④ ［宋］汪龙溪：《朝散郎致仕胡君咸墓志铭》，［明］程敏政：《新安文献志》卷九一，黄山书社 2004 年版，第 2251 页。

朱熹之父朱松如是记载熹祖父的教子言行,如:

公少务学科,举既废,不复事进取。既冠而孤。他日岁时子姓为寿,举先训戒饬诸子,谆谆以忠孝和友为本,且曰:“吾家业儒,积德五世后,当有显者。当勉励谨饬,以无坠先世之业。”①

自南唐开始,徽州文化教育开始进入快速发展期。据廖腾煃《海阳纪略·瞻云书院序》记载:“郡邑之有书院,自南唐始也。”②两宋期间,徽州书院进一步发展,据安徽大学徽学研究中心赵华富先生统计,宋代徽州书院仅见于史籍记载者就有:景德四年(1007)建立的绩溪桂枝书院;天禧年间(1017—1021)建立的婺源龙川书院;崇宁年间(1102—1106)建立的休宁秀山书院;政和年间(1111—1117)建立的绩溪乐山书院;南宋绍兴年间(1131—1162)建立的休宁西山书院;淳熙年间(1174—1189)建立的绩溪槐溪书院;淳祐五年(1245)建立的歙县紫阳书院,宋理宗御书院名。此外,建于两宋年间的徽州书院还有歙县秘阁书院、西畴书院、易安书院,婺源万山书院,绩溪东麓书院,休宁翠岩书院、翰林书院、横绿书院、剑潭书院等等③。

此外,徽州各地还有官办县学。譬如,创办于宋神宗熙宁年间(1068—1077)的婺源县学,“邑之子弟从之学者,率常百有余人”④,南宋初年的休宁县县学,“户内人满率坐户外,后至或以无地莫能听”。为满足子弟求学之需,居民集资重建县学,凡50楹,并购买书籍千余卷,县尉亲自授课,“日日来与诸生讲说”。该县原来参加乡试的不超过50人,此后猛增10多倍,

① [明]朱松:《先君森行状》,转引自[明]程敏政:《新安文献志》卷六三,黄山书社2004年版,第1528页。

② [清]廖腾煃:《瞻云书院序》,《海阳纪略》,清康熙浴云楼刻本。

③ 赵华富:《徽州宗族研究》,安徽大学出版社2016年版,第394—397页。

④ [宋]孙觉:《婺源县建学记》,《全宋文》卷一五八五。上海辞书出版社2006年版,第31页。

经常超过 800 人,屡有优秀学生中第①。

发达的教育直接推进了徽州的科举。据统计,整个唐朝安徽仅产生进士 41 名,其中宣、池二州 24 名,徽州仅 5 名②。另,北宋安徽进士总数 544 人,南宋达 1019 人(《重修安徽通志·选举表》),而其中北宋徽州共有进士 247 名,南宋 536 名,共计 783 名③。可见,两宋时期徽州科举人才已经超过全省之半。

文化的兴盛自然带动文学创作的发展。初唐时期,徽州本土作家吴少微已在全国文坛产生重大影响,他与富嘉谟一起开创了唐代古文运动中最早出现的新式散文文体——“吴富体”。时至南唐北宋,徽州文学创作开始快速发展:南唐入宋时期,仅《全宋诗》就收录徽州作家查元方(休宁)、黄台(歙县)、吕文仲(歙县)、谢泌(歙县)等 4 人;北宋更有张秉(歙县)、查道(休宁)、俞献可(歙县)、曹汝弼(休宁)、方仲荀(歙县)、聂致尧(歙县)、聂致孙(歙县)、聂宗卿(歙县)、聂冠卿(歙县)、魏瓘(婺源)、孙抗(黟县)、丘濬(黟县)、许俞(黟县)、俞希孟(歙县)、俞希旦(歙县)、王汝舟(婺源)、陈亨龙(祁门)、洪搏(婺源)、宁道者(婺源)、孙迪(黟县)、释道宁(歙县)、张顺之(婺源)、黄葆光(黟县)、胡伸(婺源)、程迈(黟县)、汪伯彦(祁门)、凌唐佐(休宁)、胡侃(婺源)、王舜举(祁门)、胡汝明(黟县)、黄伯修(祁门)、胡舜陟(绩溪)、程嘉量(休宁)、朱弁(婺源)、方开之(婺源)、汪襄(绩溪)、汪勃(黟县)、王建(婺源)、王莹(祁门)等 39 人作品入选。南宋定都临安后,身处万山之中的徽州迎来了自我发展的绝好时机,凭借新安江水运及徽行陆路的开通,徽人可直下钱塘,越来越多的学子走出大山,开阔眼界,谋求前程,挥洒才华,徽州文学也得以登上一个新台阶,并逐渐展现出自身的独特风韵。

翟屯建主编《徽州文化史》称:

---

① [宋]洪适:《盘州文集·休宁县校官碑》,转引自程民生:《宋代地域文化史》,安徽文艺出版社 2017 年版,第 161 页。

② 简梅青:《唐代安徽的教育与科举述论》,《阜阳师范学院学报》2007 年第 4 期。

③ 李琳琦:《徽州教育》,安徽人民出版社 2005 年版,第 27 页。

单从《宋诗纪事》《宋诗纪事补遗》《宋诗纪事续补》《全宋诗》等统计，整个宋代徽州籍诗人多达118人，其中歙县35人，休宁35人，婺源30人，黟县8人，绩溪7人，祁门3人，这些诗人大部分都是出自南宋，形成了一支蔚为壮观的文学创作队伍，把徽州文学推向新的发展高度，显示了可喜的成就。

……徽州籍文学家在数量上以前所未有的速度增长，随之而来出现了一个前所未有的收获期。首先在诗歌理论、文论上出现了代表性成就，如胡仔的《苕溪渔隐丛话》，朱熹的诗论和文论等；其次在诗歌和散文创作上出现了长足的发展，如吴儆的《钱塘观潮记》、朱熹的诗歌和散文创作、方岳的诗歌创作等。①

陈友冰所著《安徽文学史》第一卷也论述了徽州汪藻、朱松、朱熹、王炎、方岳、程垣、汪莘、程珌、吴锡畴、吴龙翰、汪梦斗、胡次焱、朱弁等人的文学成就。徽州学者吴兆民在《徽州文学的历史地位》中指出：

在《中国文学大词典》中共载有安徽作家322人，其中徽州作家103人，占安徽作家总数的近三分之一，成了安徽作家队伍中的一个最强大的群体。徽州作家在安徽作家中不同时代所占比例的总体情况是：东汉1人，徽州无；三国15人，徽州无；晋16人，徽州无；南朝10人，徽州无；唐代16人，其中徽州2人，占13%；宋代42人，其中徽州23人，占55%……②

尽管各家统计数字稍有差异，但毋庸置疑的是，万山丛中，宋代徽州文学如一颗初绽光华的新星，正在冉冉升起。

---

① 翟屯建主编：《徽州文化史·先秦至元代卷》，安徽人民出版社2015年版，第202—203页。

② 吴兆民：《徽州文学的历史地位》，《黄山学院学报》2005年第4期。

第六节　理学之光：徽州文学的独特风姿

两宋徽州文学的创作特色，与万山之中的地理环境密切相关。与外籍作家满怀欣喜地描绘徽州山光水色之作不同，重重大山之中生存的艰难，才是徽州本籍人最关注的问题。据顾炎武《天下郡国利病书》记载：

(徽)郡之地隘，斗绝在其中。厥土骍刚而不化。高水湍悍，少潴畜，地寡泽而易枯，十日不雨，则仰天而呼，一骤雨过，山涨暴出，其粪壤之苗，又荡然空矣。大山之所落，多垦为田，迭累而上，指至十余级，不盈一亩。快牛利剡，不得田其间，刀耕火种，其勤用地利矣……岁收堇不给半饷，多仰取山谷，甚至采薇葛而食……①

艰苦的自然条件，锤炼出徽州人坚忍、务实的性格特征，正如梁启超在《近代学风之地理的分布》中所说：

皖南——今芜湖道，旧徽池、宁国、广德、太平诸州府，群山所环，民风朴惇而廉劲，其学风坚实条理而长于断制。②

沉重的生活压力迫使徽人无论是务农、经商还是治学，必以“务实”为上。因此，在两宋徽人诗词中很难见到李白诗作那般飞腾的想象、磅礴的气势，更多的是面对生活的种种思虑。再加上南迁以后的中原家族，居处多为山中盆地，而盆地大小俱各有限，各家族极具自我保护意识。因此，聚族而居的徽州家族“绝无一杂姓掺入者，其风最为近古”③，他们以读经习

① [清]顾炎武：《天下郡国利病书》，《顾炎武全集》，上海古籍出版社2012年版，第1014页。

② 梁启超：《近代学风之地理的分布》，《梁启超全集》，北京出版社1999年版，第4268页。

③ [清]赵吉士：《故老杂记》，《寄园寄所寄》卷一一，黄山书社2008年版，第872页。

古为家族子弟学习之要，十分有利于中原诗书之家儒学思想的代代相传。

有学者指出：

> 迁入徽州的大族，多来自汉文化发生和成熟较早的中原地区，因此其传统文化的底蕴较之徽州本土居民，要深厚得多。他们大多有诗书传家的家风和诵读经书的传统。入徽后，在他们的倡导和影响下，徽州出现了读经的风气。而这种风气的出现，乃是新安理学得以兴盛的又一重要因素。
>
> 据有关谱牒和文献记载，注重读经，这在迁徽大族中是比较普遍的现象。如婺源考水明经胡氏、歙县呈坎的罗氏、休宁陈村之陈氏、婺源朱氏、歙县程氏、祁门倪氏等，均有读经的传统。正是在这些大族的引导下，徽州的读经之风甚盛，出现了“虽十室之村，不废诵读”的醇厚风尚，众多学者由研习六经而入理学门户，成为新安理学学派中的一员。①

靖康之后的家国之难，更促使徽州学人以读经明道、安定天下为己任，以家国兴盛为人生目标，并因而构成新安理学得以蓬勃生长的丰厚土壤。据明代程敏政《新安文献志》、程曈《新安学系录》和清初赵吉士《寄园寄所寄》及徽州方志记载，南宋150年间，新安涌现了一大批杰出的理学家，他们以朱熹为泰山北斗，鼓吹理学，传授朱子学说，奠定了具有地域特色的新安理学的基础。正如元代学者赵汸所说：“朱子之学虽行天下，而讲之熟、说之详、守之固，则惟新安之士为然。”②

伴随理学之大兴，南宋徽州诸多诗词作家作品都表现出鲜明的理学之风。就文学理念而言，以朱熹为代表的“文道合一论”，成为绝对的核心。一方面，他将“文”视作一种弘“道”的工具，作为表达对宇宙、社会、人生、

---

① 安徽大学：《徽州文化十讲·新安理学与徽派朴学》，安徽大学出版社2015年版，第129页。

② ［元］赵汸：《商山书院学田记》，《东山存稿》卷四，载《四库全书》第1221册，上海古籍出版社1987年版，第287页。

自然的理性思考的载体，并因此竭力反对科举以诗赋取士。他描出：

所以必罢诗赋者，空言本非所以教人，不足以得士。而诗赋又空言之尤者，其无益于设教取士章章明矣。①

但另一方面，他也认为道与文两者同为一体，只是一为根本，一为枝叶，但没有枝叶，只有根本，道是长不成参天大树的。他说：

道者，文之根本；文者，道之枝叶。唯其根本乎道，所以发之于文，皆道也。三代圣贤之文，皆从此心写出，文便是道。②

从“道本文末”这一基点出发，南宋徽州诗词十分讲究“理”的阐述，很多作品以言理为中心，但文学价值不高。如婺源王炎（1138—1218）、休宁詹初（1231 年前后）、休宁汪莘（1155—1227）之作，具体如下：

宦途多远游，王事无宁居。人生亦何求，意足即有余。候雁到衡阳，不肯更南去。达人识其几，青云首回顾。不受宠辱惊，进退皆裕如。平生金石心，此诗岂欺予。田园归去来，千载渊明语。妙句当并传，来哲定深许。（王炎《和王右司回雁峰韵》）

身外成亏万事，人间宠辱百年。丝毫不挂念虑，一榻清风昼眠。（王炎《和马宜州卜居七首·足堂》）

未暖柳梢绿，已暖花梢红。胸次有天和，本与春意同。士戒溺于欲，物忌居其雄。西山有理窟，一室惟清风。（王炎《和赵行之三首》其一）

焚香清坐对韦编，妙处悬知不可传。三画分明寄玄旨，谁将修绠

① ［宋］朱熹：《学校贡举私议》，《朱子全书》第 23 册，上海古籍出版社、安徽教育出版社 2002 年版，第 3358 页。

② ［宋］朱熹：《论文（上）》，《朱子语类》卷一三九，崇文书局 2018 年版，第 2521 页。

汲深泉。(王炎《即事六绝》其一)①

生生天地心,吾人秉其真。虚灵无一物,纯然惟元仁。如何彼放失,物欲共沉沦。客感乃为主,本主翳埃尘。鉴此去物欲,而求我真纯。求之真即见,端然还在身。只恐物与欲,乘间复来侵。念兹心益奋,日夜终惟寅。戒惧与谨独,式用存吾神。于焉生生意,始与天地伦。(詹初《求心斋》)

人心如谷种,生生本无时。虽然有生意,培养贵自知。不耘诚为昧,揠苗良可悲。戒病复有事,苗秀实可期。(詹初《心如谷种》)

理本无象,气为有形。气为理载,理以气秉。匪理气粗,匪气理冥。气以理神,理以气弘。二者相须,其道分明。(詹初《理气》)②

青天夫何长,白日又何促。吹却几株花,成此一村绿。不嫌春已晚,春晚爱不足。谁能描晚春,隐然在心曲。我心如明镜,万象相映烛。我心如虚空,万物自磨触。斜阳红欲滴,远水光可掬。中有太古人,歌声出金玉。(汪莘《春怀》其三)③

当然,这种枯燥无味的理学诗只是宋代徽州本土诗作中的一部分。生在江南山中美极之地,徽州诗人们俯仰皆见奇峰峻岭、林木郁郁、清溪淙淙,居处路旁随手撷来,枝枝叶叶俱现清奇。因此,尽管背负生活重压,尽管有理学思想指导言行,但他们只要沉入生活,诗词中的清新秀美就于吟咏间自然显现,诸如“野田春水碧于镜,人影渡傍鸥不惊”④“纤纤花入麦,

① [宋]王炎:《双溪类稿》,《四库全书》第1155册,上海古籍出版社1987年版,第462页、463页、457页、477页。

② [宋]詹初:《寒松阁集》,《四库全书》第1179册,上海古籍出版社1987年版,第14页、15页、16页。

③ [宋]汪莘:《方壶存稿》,《四库全书》第1178册,上海古籍出版社1987年版,第126页。

④ [宋]汪藻:《春日》,《宋诗纪事》卷三六,上海古籍出版社2013年版,第932页。

漫漫雨黄梅。泥径无人度，风帘为燕开”①“漠漠余香着草花，森森柔绿长桑麻。池塘水满蛙成市，门巷春深燕作家”②“夕阳孤倚立溪头，三两渔舟溯碧流。惊起一行新宿雁，斜飞又过别汀洲”③之类佳句频现迭出。当它们与作家的理学追求合而为一时，即成就了此期徽州本土作品中既富理学思想，又具清新秀美风韵，于平淡中蕴含清奇的诗词之作。

例如朱熹两首传之久远的小诗，诗曰：

半亩方塘一鉴开，天光云影共徘徊。问渠那得清如许？为有源头活水来。（《观书有感》）

胜日寻芳泗水滨，无边光景一时新。等闲识得东风面，万紫千红总是春。（《春日》）④

前一首乍看只是写景，文字轻松，毫无滞累，但一旦与题目联系起来，即可明了这是作者借自然景观阐明性理之作。后一首从字面意思上来看，是游春观感，但泗水原是孔子弦歌讲诵、传道授业之地，且朱熹一生未能抵此。细细品来，朱熹潜心理学，心仪孔圣之意，就在这神游寻芳，“等闲识得东风面，万紫千红总是春”的期待中显现。

再如汪莘之《沁园春·忆黄山》：

三十六峰，三十六溪，长锁清秋。对孤峰绝顶，云烟竞秀，悬崖峭壁，瀑布争流。洞里桃花，仙家芝草，雪后春正取次游。亲曾见，是龙

① ［宋］朱松：《雨二绝句》之二，《韦斋集》卷四，载《四库全书》第1133册，上海古籍出版社1987年版，第478页。

② ［宋］方岳：《农谣五首》之五，《秋崖集》，载《四库全书》第1182册，上海古籍出版社1987年版，第147页。

③ ［宋］吴锡畴：《冬日》之二，《兰皋集》，载《四库全书》第1186册，上海古籍出版社1987年版，第732页。

④ ［宋］朱熹：《观书有感》《春日》，缪钺：《宋诗鉴赏辞典》，上海辞书出版社2015年版，第1201页、1197—1198页。

> 潭白昼，海涌潮头。　当年黄帝浮丘，有玉枕玉床还在不。向天都月夜，遥闻凤管，翠微霜晓，仰盼龙楼。砂穴长红，丹炉已冷，安得灵方闻早修。谁知此，问原头白鹿，水畔青牛。①

这首词实写山水，虚写神话，既写出了黄山景色的大气磅礴、秀美异常，又写出长留在三十六峰、三十六溪间的奇妙神话，以及作者“遥闻凤管”“仰盼龙楼”，欲问人生至理的愿望。但往昔已矣，眼前只见“砂穴长红，丹炉已冷”，作家唯留“安得灵方闻早修”的怅惘之情。如此，绝美的景色、飞腾的想象、见性求道之心三者结合，终使得整首词跌宕起伏，情思绵绵，发人深省。难怪后人称在宋词中写黄山的作品不是很多，而写得好的更是凤毛麟角，只有汪莘这首《沁园春·忆黄山》，不可多得②。

此外，朱松的《和人游仙峰庵其三》、詹初的《春日》、吴锡畴的《听雨》、方岳的《贺新凉》等，亦为将感悟宇宙人生之道寓于景物描写中的佳作，如：

> 脚底千峰翠浪奔，云端挂此一豪身。山河了了穷千界，物我纷纷共一尘。浪趁下方追日步，恨非本色住庵人。他年八极浮游遍，来读新诗迹未陈。③
>
> 白云冉冉度南园，绿柳明花处处然。云物无心心自适，优游无我我忘年。④

---

① [宋]汪莘：《沁园春·忆黄山》，《全宋词》‘4’，中华书局 1965 年版，第 3230 页。

② 朝晖主编：《玉枕风流　中国古代诗文中的玉枕》，桂林：广西师范大学出版社 2016 年版，第 172 页；又见王德先主编：《宋词鉴赏大典》第 3 卷，吉林大学出版社 2009 年版，第 164 页。

③ [宋]朱松：《和人游仙峰庵》其三，《韦斋集》卷四，载《四库全书》第 1133 册，上海古籍出版社 1987 年版，第 467 页。

④ [宋]詹初：《春日》，《寒松阁集》，载《四库全书》第 1179 册，上海古籍出版社 1987 年版，第 14 页。

细细檐花雨，青灯耿客魂。轻烟腾柏子，流水响桐孙。日月双车毂，乾坤一酒樽。蚁柯分已定，人自苦追奔。[1]

天意然乎否。待相携、风烟五亩，招邀迂叟。屋上青山花木野，尽可两朋三友。笑老子、只堪棋酒。似恁疏顽何为者，向人前、不解高叉手。宁学圃，种菘韭。　春猿秋鹤皆依旧。怪吾今，鬓已成丝，胆还如斗。谁与庐山麾之去，尔辈何留之有。黯离绪、暮江搔首。非我督邮犹束带，这一归、更落渊明后。君试问，长亭柳。[2]

也许就整体而言，两宋时期徽州本土诗词的创作风采独具，虽然难称光华四射，但其中蕴含的那种探究精神实为难得。这种精神被运用于文学研究，其价值尤为可贵。《安徽文学史》提到朱熹的文学研究时，曾有如此评价：

其《诗集传》《楚辞集注》《韩文考异》都是影响深远的文学研究专著。《诗集传》中对“诗序”的怀疑和否定，对《诗经》中“淫诗”的解读，对“赋比兴”的理解和诠释等都具有开创性的意义。更为重要的是，尽管朱熹是位经学家，但从朱熹开始，《诗经》研究在很大程度上改从文学角度，这在诗经研究史上是划时代的。在《楚辞集注》中，朱熹不同于旧注只注意训诂名物，而从现实政治出发，发明屈原“忠君爱国之诚心”。对屈赋文意的诠释，比兴手法的运用，《楚辞集注》也给了更为合理的诠释和说明，从而成为《楚辞》的最权威注本。《韩文考异》的价值也溢出校雠学的范畴，其中对韩文的创作年代、真伪皆有详细的考证，对其写作意图、思想倾向进行诠释，而且往往独辟蹊径，破除了过去许多误读。《韩文考异》中还包含朱熹对韩愈的谱系、族里

---

① ［宋］吴锡畴：《听雨》，《兰皋集》，载《四库全书》第1186册，上海古籍出版社1987年版，第725页。

② ［宋］方岳：《贺新凉》，《全宋词》(4)，中华书局1965年版，第4022页。

等专题研究,具有很高的学术价值。①

不仅仅是朱熹,南宋时期绩溪胡仔创作的《苕溪渔隐丛话》,可称此期徽州文学研究的一部代表作。有学者从中国诗歌批评史的角度指出了这部作品诞生的意义:

诗话作为一种诗歌批评形式……它的出现,是中国古代诗歌繁荣发展的必然要求,也是诗歌创作与诗学批评相互作用而在宋代特定的历史文化背景下所催生的一种新的诗学批评样式……单个的诗话别集在理论批评视角上虽因不尽相同而各有所长,但一部诗话别集的批评观终究不能反映出整个诗歌发展的历史和现状。所以在专门性、系统性、理论性的诗话批评著作产生以前,已需要从整体上对一定时期诗话本身的批评状况加以总结和反思,以便使它能更趋客观、公正、合理,更具理论性和系统性。这无论对诗歌创作还是诗学批评本身的健康发展,都具有重要的指导意义。②

胡仔穷尽二十几年心血创作的《苕溪渔隐丛话》,正是这样一部具有专门性、理论性和系统性的诗歌研究专著。它采撷各家诗话之长,搜集自国风、汉、魏、六朝以至南渡之初近百位诗家名作的诗文评资料,包括诗歌创作内容、艺术技巧、格律运用及掌故等等,以时间为序、以人物为纲编排成前后二集,“能成家者列其名,琐闻轶句则或附录之,或类聚之”,著者不仅在独特的排列中显示自家诗学主张,而且还在600多则按语中以“苕溪渔隐曰”的方式直接阐明观点,形成一种线索清晰的选录、编排、评说方式。此外,更值得注意的是,《苕溪渔隐丛话》打破了以往诗话“多录杂事,颇近小说”“惟采摭旧文,无所考证”的惯例,“论文考义者居多,去取较为谨

① 陈友冰:《安徽文学史》第一卷,安徽文艺出版社2013年版,第365页。

② 殷海卫:《苕溪渔隐丛话研究》,陕西师范大学2006年博士论文。

严”,“多附辨证之语,尤足以资参订”。这种明确的批评意识、严肃的考据精神,使得此书被后世“诸家援据,多所取资”①,与南宋魏庆之的《诗人玉屑》并称为宋代诗话双璧。

此后,在《苕溪渔隐丛话》的启发下,又有生活于宋元之际、深受理学思想影响的歙县方回编著的《瀛奎律髓》。全书几乎囊括了唐宋两朝重要诗人的重要律诗作品,总计选入380位诗人的诗作2992首,集评点、摘句、诗格、诗话、论诗诗等诸种批评形式于一身,在中国诗学批评史上居于重要地位。清代藏书家、学者吴之振认为:

> 聚六七百年之诗于一门一类间,以观其意境之日拓,理趣之日生,所谓出而不匮,变而益新者,昭然于尺幅之间,则是编为独得已。若其学术之正,则不惑于金溪,而崇信考亭;其诠释之善,则不滥于饾饤,而疏瀹隐僻;其论世则考其时地,逆其志意,使作者之心,千载犹见;其评诗则标点眼目,辨别体制,使风雅之轨,后学可寻。斯固诗林之指南,而艺圃之《侯鲭》也。②

于此,我们已经可以显而易见地看到徽州学者得自这片山水的严谨执着精神与求实切理的风格,体会到徽州文学研究自此开始即表现出的“博征其材,约守其例,悉以心得为凭……莫不先立科条,使纲举目张,同条共贯”③的独特魅力。

---

① [清]纪昀总纂:《四库全书总目提要》卷一九五,河北人民出版社2000年版,第5384—5385页。

② [清]吴之振:《瀛奎律髓序》,《瀛奎律髓汇评》附录一,上海古籍出版社2005年版,第1813页。

③ 刘师培:《近代汉学变迁论》,《刘师培 清儒得失论》,吉林出版社2017年版,第242页。

第六章　重在中南的明清文学

明清两代，安徽文学彻底完成了重心南移。

元代末年，淮北大地水、旱、蝗灾害频发，尤其是黄河长期夺淮入海，使皖北原本良好的水系遭到严重破坏。据吴海涛先生统计，从 1297 至 1356 的 59 年中，黄河决溢南泛达 22 次之多，再加上旱灾与蝗灾，皖北饥民死亡枕藉，甚至达到“人相食”的地步[①]。至正十一年（1351）五月，砀山人韩山童与界首人刘福通等聚众 3000 余人，于颍州颍上县发动起义，号称红巾军，先后占领亳州、颍州等地，由此揭开了元末农民大起义的序幕。至正十二年（1352），定远人郭子兴集结数千人取得濠州，“故荆汉、许汝、山东、丰沛及两淮红军皆起应之。颍上者推杜遵道为首，陷成皋，据仓粟，聚集亡命，从者数十万，陷汝宁、光、息、信阳”[②]。

农民起义加速了元朝的灭亡，但也给皖北社会带来了巨大的破坏，战争与灾荒的双重叠加，导致皖北人口急剧减少，据旧志记载：

> 大明昌运，汝、颍兵兴，民之从龙者席卷而行。及天下大定，故家旧人寥寥，村落十余年间遗民稍复。又为黄河荡析。至是百年，河徙患息，流民归聚，牛齿虽日滋，而图籍不复古矣。[③]

① 吴海涛：《淮北的盛衰——成因的历史考察》，社会科学文献出版社，2005 年版，第 183 页。

② ［明］权衡：《庚申外史》，中华书局 1985 年版，第 14 页。

③ 王秋生校注：《正德颍州志·嘉靖颍州志校注》，黄山书社 2017 年版，第 45—46 页。

其中太和县“自元末韩林儿乱后，死亡殆尽，其存者户不过二百”[①]。

1368年，朱元璋统一全国，建立明帝国，洪武初年，定都应天府（今南京），并以家乡凤阳为陪都，安徽因此成为国家政治的腹心之地。但是，有明一代，皖北地区自然灾害依然频发，277年中，203年有水旱灾，其中水灾149年次，旱灾115年次[②]。灾荒中的皖北民众贫困不堪，心力交瘁，农耕方式粗放，经济基础遭到严重破坏，流民四徙，生计不存，遑论文化？因此，尽管明代统治者采取了很多措施推进皖北地区文化发展，诸如减免部分地区的赋税，迁徙江南富户和文人落户凤阳，科举取士予以优先等等，但有明一代，皖北与皖中、皖南相比，文化发展依然悬殊。

仅就书院来说，据李琳琦先生统计，明代地域广阔、拥有1202349人口的凤阳府，仅建有书院15所，分别是凤阳县的西山书院、独山书院，怀远县的西山书院、文昌书院、真儒书院，定远县的青云书院，灵璧县的正学书院，天长县的始兴书院、同人书院，盱眙县的敬一书院，寿州的循理书院、安丰书院、涌泉书院、淮肥书院、淮南书院[③]；而人口不及凤阳府半数（566984）的徽州府，书院则达49所，仅歙县一县即11所。进一步考察，在“郡邑无二百年耆旧之家，除缙绅巨室外，民间俱不立祠堂，不置宗谱”[④]的凤阳府，除天长“同人书院”外，其余创办者皆为州县官员，民间参与办学的积极性可想而知。与此形成鲜明对比的是，徽州书院大部分为邑人所办，目的在于为宗族子弟求学服务，以提高宗族政治文化地位。正如光绪《绩溪东关冯氏宗谱》卷上《冯氏家训十条》所言：

一族之中，文教大兴，便是兴旺气象。古来经济文章无不从读书

---

① 吴承志纂修；邓建设点校：民国《太和县志》卷七，黄山书社2014年版，第301—302页。

② 陈业新：《明清时期皖北地区逃荒风习的形成研究》，《安徽史学》2019年第5期。

③ 李琳琦：《明清徽州所建书院一览表》，《徽商与明清徽州教育》表四，湖北教育出版社2003年版。

④ ［明］王士性：《广志绎》卷三，中华书局1981年版，第43页。

中出。草野有英才，即以储异日从政服官之选，其足以为前人光、遗后人休者。[①]

与书院密切相关的是科举。有明一代，共开科 89 榜，安徽进士总数达到 1354 名。其中徽州府名列第一，拥有进士 410 名；凤阳府第二，为 199 名；安庆府第三，为 177 名；池州府第七，为 76 名。但就人口而论，池州府人口总数为 84851，进士人口密度为百万中占 895.68，居全省第一；徽州府进士人口密度为百万中占 723.17，居全省第二；凤阳府拥有全省最多的人口，进士人口密度百万中占 165.51，位居全省第九，仅高于广德州。因明代人口统计并不切实，所以另一种计算方法是按照属地面积排序，如此地域面积仅 13880 平方公里的徽州位居全省第一，而拥有超过徽州三倍土地（40808平方公里）的凤阳府只能居于全省之末[②]，当然，这一统计还忽略了明代凤阳府考生享有的政治优待。若以县来计算，差异更为明显：皖南歙县有进士 180 名，婺源 92 名，宣城 64 名，休宁 62 名，祁门 46 名，泾县 43 名；皖中桐城 84 名，合肥 49 名，怀宁 48 名；皖北只有颍州达到 27 名[③]。难怪明代《七修类稿》作者郎瑛会说：

太祖龙飞之地，今方圆数丈，不生草木，而凤阳一府亦少人物，岂非山川秀气皆已钟于前耶！[④]

基于此，明代安徽作家分布也出现了南强北弱的明显差异。曾大兴依

① 《绩溪东关冯氏宗谱》，清光绪二十三年木活字本。

② 张晓纪：《明清时期安徽人才地理分布研究》，《中国优秀硕士学位论文全文数据库·哲学与人文科学辑》2011 年第 S1 期，第 36 页。

③ 张晓纪：《明清时期安徽人才地理分布研究》，《中国优秀硕士学位论文全文数据库·哲学与人文科学辑》2011 年第 S1 期，第 34 页。

④ ［明］郎瑛：《国事类·不生人物》，《七修类稿》卷七，上海书店出版社 2009 年版，第 70 页。

据谭正璧编《中国文学家大辞典》统计，明代安徽作家共77人①，其中庐州府3人，安庆府5人，滁州府3人，太平府4人，宁国府6人，凤阳府7人，徽州府49人。需要说明的是，皖北各县中只有亳州与凤阳有作家入载，而凤阳4人中朱橚、朱有燉、朱权皆为朱元璋子孙。

进入清代，顺治二年（1645）清政府改南直隶为江南省，置左、右布政使司。康熙六年（1667）江南分省，改江南左布政使司为安徽布政使司，辖安庆、徽州、宁国、池州、太平、庐州、凤阳七府，另设滁州、和州、广德三直隶州。至此，安徽正式作为一个独立区域单元出现在历史舞台。《安徽文学史》曾描述道：

> 清代的安徽，是一个政治风云激荡、思想领域活跃、文坛群星闪耀的地域，无论是坚守民族气节的遗民，还是改良变革的先驱，也不论天文历算的名家，还是文坛领袖、京剧鼻祖，安徽皆为天下先。②

但这并非安徽省的整体状况。自清初直至清末，皖北地区文化发展状况都在下降，科举进士总数由明代199人下降为146人，降幅为26.6%；皖中则因地理、政治等多种因素迅速崛起，进士总数由明代393人增至560人，增幅为42.5%，皖南虽由明代762人减至602人，但仍居全省之首③。以科举为代表的地域文化与文学发展虽不完全同步，却密切相关。现实情况也正是如此：据不完全统计，清王朝定都北京以后的267年间，皖北泗州、颍州、凤阳各有作家1人；皖中滁州4人，和州1人，庐州6人，安庆40人，其中桐城一县即有36人；皖南太平1人，徽州32人，其中歙县一地有15人④。由此可见，以桐城为代表的皖中作家群、以徽州为核心的皖南作

---

① 曾大兴：《中国历代文学家之地理分布》，商务印书馆2013年版，第339—342页。

② 陈友冰、刘良政：《安徽文学史》第二卷，安徽文艺出版社2013年版，第155页。

③ 张晓纪：《明清时期安徽人才地理分布研究》，《中国优秀硕士学位论文全文数据库·哲学与人文科学辑》2011年第S1期，第38—40页。

④ 曾大兴：《中国历代文学家之地理分布》，商务印书馆2013年版，第413—417页。

家群表现突出，而皖北始终是寂寂一片。正如清代学者沈大成所说：

夫子删十五国风之诗，大抵大河以北，而吴楚不与焉。是北有诗，而南无诗矣。逮汉魏六朝以迄宋元，宗工大家，南北尝中分。是南与北俱有诗矣！遗山以后，秦、晋、嵩、雒之间阙焉无闻，是诗日趋于南，而北几无诗矣。①

第一节　商助文茂：徽州文学的昌盛之路

明清徽州文学的发展，与徽商的兴起关系密切。如前所述，风景如画的徽州从地理学角度来看，十分不宜于农耕的发展。正所谓：

新都故为瘠土，岩谷数倍土田，无陂池泽薮之饶，惟水庸为猾揞，即力田终岁，赢得几何？②

因此，徽人吴自法在《徽商便览·缘起》中说：

吾徽居万山环绕中，川谷崎岖，峰峦掩映，山多而地少。遇山川平衍处，人民即聚族而居之。以人口孳乳故，徽地所产之食料，不足供徽地所居之人口，于是经商事业以起。③

自魏晋至唐宋，多次北人南迁为徽州带来先进的农耕技术、先进的思想文化，同时也为徽州土地带来沉重的人口负担。据道光年间所修《徽州

① [清]沈大成：《高密宫守坡诗集序》，《学福斋集》卷四，《续修四库全书》第1428册，上海古籍出版社，第54页。

② [明]汪道昆：《新都太守济南高公奏最序》，《太函集》卷七，黄山书社2004年版，第146页。

③ 吴自法：《徽商便览·缘起》，民国八年铅印本。

府志》记载,“唐歙州……元和户一万六千七百五十四,管六县”①,时至宋代,罗愿《新安志》记载徽州“国朝天禧中,主户十二万一千一百五,口十八万三千五百二十八;客户六千九十八,口八千七百六十四”②。又《明史》卷四〇记载,徽州“洪武二十六年编户一十二万五千五百四十八,口五十九万二千三百六十四。弘治四年,户七千二百五十一,口六万五千八百六十一。万历六年,户一十一万八千九百四十三,口五十六万六千九百四十八”。尽管这些统计数字未必完全准确,但徽州人口激增的状况无可置疑。可惜的是,人口增长的同时,可耕田的数量无可增加,徽州人为了生存只得外出经商。正如康熙《休宁县志》所载:

邑中土不给食,大都以货值为恒产。因地有无以通贸易,视时丰歉以计屈伸。居贾则息微。于是走吴、越、楚、蜀、闽、粤、燕、齐之郊,甚则逖而边陲,险而海岛,足迹几遍宇内。近者岁一视家,远者不能以三四岁计。彼岂不知有父母家室之乐者?亦其势使然也。③

顾炎武在《天下郡国利病书》中阐述得更为详尽,文曰:

徽郡保界山谷,土田依原麓,田瘠确,所产至薄,独宜菽麦、红虾籼,不宜稻粱。壮夫健牛,田不过数亩,粪壅缛栉,视他郡农力过倍,而所入不当其半。又田皆仰高水,故丰年甚少,大都计一岁所入,不能支什之一。小民多执技艺,或贩负就食他郡者常十九。转他郡粟给老幼,自桐江,自饶河,自宣、池者,舰相接,肩相摩也。田少而值昂,又生齿日益,庐舍坟墓不毛之地日多。山峭水激,滨河被冲啮者,即废为沙

① 道光《徽州府志·食货志·赋役·户口》,清道光七年刻本。

② [宋]罗愿:《新安志·户口》,《新安志整理与研究》,黄山书社2008年版,第25页。

③ 康熙《休宁县志·风俗》,清康熙三十二年刻本。

碛，不复成田。以故中家而下，皆无田可业，徽人多商贾，盖其势然也。①

由于宗族与地方凝聚力的强大，徽州人外出经商，往往携亲带友，互助互利。明末徽州文士金声介绍了家乡这一特点，他说：

夫两邑（歙、休两县）人以业贾故，挈其亲戚知交而与共事，以故一家得业，不独一家食焉而已。其大者能活千家百家，下亦至数十家、数家。且其人亦皆终岁客居于外，而家居者亦无几焉。②

凭借着吃苦耐劳的“徽骆驼”精神，依仗乡邦成员的一致努力，再加上重文重教之乡培育的机敏头脑，徽商的崛起很快成为一个引人瞩目的现象。据万历年间《歙志·货殖》记载：

今之所谓都会者，则大之而为两京，江、浙、闽、广诸省；次之而苏、松、淮、扬诸府；临清、济宁诸州；仪真、芜湖诸县；瓜州、景德诸镇……故邑之贾，岂惟如上所称大都会皆有之。即山陬海壖、孤村僻壤，亦不无吾邑之人，但云大贾则必据都会耳。

又据康熙《徽州府志》记载：

徽之富民尽家于维扬、苏松、淮安、芜湖、杭湖诸郡，以及江西之南昌、湖广之汉口。远如北京，亦复挈其家属而去。③

---

① ［清］顾炎武：《天下郡国利病书》，《顾炎武全集》，上海古籍出版社 2012 年版，第 1024 页。

② ［清］金声：《与歙令君书》，《金太史集》卷四，清道光二十八年袁江节署求是斋刊本。

③ 康熙《徽州府志·风俗》，清康熙三十八年刻本。

在《徽商与明清文学》一书中，朱万曙先生也对明清徽商的成就做了如下描述：

> 徽商经营的地方遍及全国各地。在湖北的汉口，明清以来就是徽商的经营据点，各行各业都掌握在徽商的手中，盐、米、木材、药材、典当、棉花无不经营。明代末年，徽商叶文机在汉口开设叶开泰药店，经过数代经营，最终发展成为全国的四大药店之一。徽商在汉口人数多，势力大，除了经商外各种辅助的事业也得到发展。康熙时，他们修建了规模甚大的会馆，名曰“新安书院”；雍正时，他们又修建了“新安码头”，专门供徽商船只停泊；为了鼓励子弟们读书学习，他们又在码头附近修建了一座“奎星楼”。徽商在这里买地建房，比屋而居，于是有了“新安街”“新安巷”“徽州街”等地名。[①]

然而，徽商并不以此为荣。在高度重视儒学的徽州老家，人们视读书成儒为人生第一选择。

> 新都三贾一儒，要之文献国也。夫贾为厚利，儒为名高。夫人毕事儒不效，则弛儒而张贾；既侧身飨其利矣，及为子孙计，宁弛贾而张儒。一弛一张，迭相为用，不万钟则千驷，犹之转毂相巡，岂其单厚计然乎哉，择术审矣。[②]

正是“为子孙计”，促使富裕起来的徽商很快成为徽州文化教育的主力军。他们设立塾学，广请名师，以培养宗族子弟；兴办义学，不仅免去束

---

① 朱万曙：《徽商与明清文学》，人民文学出版社 2014 年版，第 23 页。

② ［明］汪道昆：《海阳处士金仲翁配戴氏合葬墓志铭》，《太函集》卷五二，黄山书社 2004 年版，第 1099 页。

脩，还为孤寒子弟提供膏火之费①；捐助县学、书院，资助参加科举考试的学子路费、试卷费用。休宁县黎阳汪氏家族规定，凡是读书的子弟，一年给一两银子的灯油钱；子弟能够到县学学习，给贺银二两；科举应试者，给试卷费用一两；能够考中举人、进士，可以在祠堂前插上旗子，在祠堂里挂匾额，考中举人，给予做旗匾的银子五两；考中进士的，给做旗匾的银子十两②。

当然，徽商还有更多的行为直接或间接地推进了徽州文学的发展。

其一，出于对文学的向往、爱好，以及对市场敏锐的感知力，徽商中的很多人积极整理刊刻文学著作。徽学研究专家朱万曙在《徽商与明清文学》中说：

> 徽商刊刻文学作品，表现为两种情形：一是富有而具备很高文化素养的商人的刊刻。他们出资刊刻文学作品的目的不是为了赢利，而是为了保存文学遗产，或者出于尊敬文学家的动机。例如清代扬州“二马”兄弟刊刻了包括王士祯《感旧集》、汪士慎《巢林集》在内的同时代作家的作品，乃至不惜千金刊刻朱彝尊的《经义考》。二是以刻书为商途，刻书成为他们获取利润的新的商业领地。他们刻书的目的就是赢利，但他们善于把握书籍市场需要，从而在客观上推动了文学传播。③

朱万曙列举了汪灿、汪宗尼父子刊刻洪迈的《万首唐人绝句》百一卷、高棅的《唐诗品汇》和《唐诗拾遗》百卷；程荣刻《汉魏丛书》三十五种二百

---

① 康熙《徽州府志·人物志·尚义传》：明歙县呈坎人罗元孙“尝构屋数十楹、买田百亩以设义塾，以惠贫宗”；道光《安徽通志·义行》：明休宁商山人吴继良“尝构义屋数百楹、买义田百亩建明善书院、设义塾”。弘治《徽州府志·学校》：明歙县人汪光晃“设义馆以教无力延师者”。

② 《汪氏渊源录·汪氏黎阳家范·给助条款》，见赵华富：《徽州宗族研究》，安徽大学出版社 2016 年版，第 446 页。

③ 朱万曙：《徽商与明清文学》，人民文学出版社 2014 年版，第 78 页。

五十一卷,并《嵇中散集》《阮嗣宗集》及王世贞《新刻增补艺苑卮言》;汪士贤省吾堂编刻《汉魏名家集》;潘是仁编刊《宋元四十三家集》;玩虎轩刊刻《北西厢记》《琵琶记》《新镌红拂记》《会珍记》;尊生馆刊刻《剪灯新话》《剪灯余话》及三十六种元杂剧;环翠堂刊刻多种戏曲与当代散曲名家之作;胡文焕刊刻《群音类选》四十六卷;黄嘉惠刊刻《董解元西厢记》……由于数字极为庞大,徽商的文学刊刻实在是一个难以统计的文学传播实绩①,这些刊刻的书籍自然首先流传到徽州城乡。

其二,亦商亦儒且财力丰厚的徽商积极参与和举办各种文事聚会,结交文坛领袖,此类实例可见于多种文献记载。在浓浓的乡土与宗族情结作用下,他们经常将都市中的各类文学信息带回到徽州,从而使徽州本土子弟得到文学熏陶,推动徽州诗文创作与全国文学潮流融为一体。

例如明末清初徽商汪汝谦,歙县丛睦坊人。因经商移居杭州,在西湖建造画舫,延揽文士,交接名流,与董其昌、陈继儒、王思任、茅暎、李渔、钱谦益等明末清初著名文学家交谊深厚,"故有湖山主人之目"②,去世后有文坛大家钱谦益为撰墓志铭。又如歙县盐商江春对扬州文会的组织,与会者包括"钱司寇陈群、曹学士仁虎、蒋编修士铨、金寿门农、陈授衣章、郑板桥燮、黄北垞裕、戴东原震、沈学士大成、江云溪立、吴杉亭烺、金棕亭兆燕"③,皆为当时文坛知名人士。再如《扬州画舫录》所记载扬州诗文之会,文曰:

> 扬州诗文之会,以马氏小玲珑山馆、程氏筱园及郑氏休园为最盛。

---

① 朱万曙:《徽商与明清文学》,人民文学出版社2014年版,第79—82页。

② 《丛睦汪氏遗书》卷一所刊传记称:"(汪汝谦)自歙县丛睦迁杭州,遂家钱塘,居缸儿巷,延纳名流,文采照映,董尚书其昌以陈大邛推之。制画舫于西湖,曰不系园,曰随喜龛,其小者曰团瓢,曰观叶,曰雨丝风片。又建白苏阁,葺湖心、放鹤二亭及甘园、水仙、王庙,四方名流至此,必选伎征歌,连宵达旦,即席分韵,墨汁淋漓。或缓急相投,立为排解,故有湖山主人之目。"光绪刊本。

③ [清]阮元:《江鹤亭橙里二公合传》,[清]江春《随月读书楼诗集》附录,清嘉庆九年康山草堂刻本。

至会期，于园中各设一案，上置笔二，墨一，端砚一，水注一，笺纸四，诗韵一，茶壶一，碗一，果盒、茶食盒各一。诗成即发刻，三日内尚可改易重刻，出日遍送城中矣。①

此处提到的马氏小玲珑山馆，为祁门盐商马氏兄弟藏书楼之一，程氏筱园为歙县盐商岑山渡程氏之园，郑氏休园为歙县盐商郑侠如所建扬州名园，徽商与当年中国文坛交往之密切，于此可证。

明弘治、正德之际，以李梦阳为代表的"前七子"主张"文必秦汉，诗必盛唐"，在全国产生了很大影响。徽商中的文学爱好者为直接得到文坛领袖的教诲，专程登门求师。歙县商人郑作经商河南时曾拜到李梦阳门下，"论诗较射，过从无虚日"②；另一位歙县商人程诰寓居大梁时也曾"策杖游华山，从李献吉游，酬和于繁吹两台之间"③，返乡后即倡言李梦阳之文学主张，为徽州诗歌创作注入新的活力。出身于徽州商贾之家的王寅也曾"驰一骑，谒献吉大梁"，由于"献吉留关中不至"，王寅在大梁整整等待了一月。回去后"独攻古文词"，并与郡中少年共结诗社④。此外，徽州商贾作家中与李梦阳有文学交往的还有佘育。佘育少年时期即"商梁宋间"，李梦阳为其所作《潜虬山人记》载：

山人商宋、梁时，犹学宋人诗。会李子客梁，谓之曰："宋无诗。"山人于是遂弃宋而学唐。已问唐所无，曰："唐无赋哉。"问汉，曰："无骚哉。"山人于是则又究心赋骚于唐汉之上。

山人尝以其诗视李子。李子曰："夫诗有七难：格古、调逸、气舒、

---

① ［清］李斗：《诗文之会》，《扬州画舫录》卷八，中华书局1960年版，第180页。

② ［清］钱谦益：《方山子郑作》，《列朝诗集小传》丙集，上海古籍出版社2008年版，第322页。

③ ［清］钱谦益：《程山人诰》，《列朝诗集小传》丙集，上海古籍出版社2008年版，第321页。

④ ［明］汪道昆：《王仲房传》，《太函集》卷二八，黄山书社2004年版，第607页。

> 句浑、音圆、思冲、情以发之。七者备而后诗昌也，然非色弗神。宋人遗兹矣，故曰无诗。"山人曰："仆不佞，然窃尝闻君子绪言矣。《三百篇》，色商彝周敦乎？苔渍古润矣。汉魏佩玉冠冕乎？六朝落花丰草乎？初唐，色如朱甍而绣闼，盛者苍然野眺乎？中，微阳古松乎？晚，幽岩积雪乎？"李子曰："夫周道如砥，其直如矢。谁能出不由户，何莫由斯道也。山人之诗其昌矣！"①

另一个突出的例证是汪氏"不疏园"的建设与管理。不疏园位于歙县郑村西溪，由徽商汪泰安(1699—1761)于乾隆初斥巨资建造。园内藏书丰富，很快成为诸多文学家驻足交流之地，也成为皖派朴学的发祥地和学术研究中心。清乾隆年间文坛名流郑虎文、刘大櫆、汪中、朱筠、黄景仁都曾居留不疏园，黄景仁有诗《题汪松溪遗集并所著诗学汝为(实夫之父)》《秋日读书不疏园赠主人汪实夫》，专赠不疏园主人汪梧凤与其子汪实夫②。乾隆十七年(1752)，朴学大师江永始应聘讲学不疏园，七年中完成多部重要著作，培育了著名的皖派朴学七子：休宁戴震、郑牧，歙县汪肇漋、程瑶田、方矩、金榜，以及汪泰安之子汪梧凤。清代著名学者汪中在《大清故贡生汪君墓志铭》中写道：

> 国初以来，学士陋有明之习，潜心大业，通于六艺者数家，故于儒学为盛，迨乾隆初纪，老师略尽；而处士江慎修崛起婺源，休宁戴东原继之，经籍之道复明。始此两人自奋于末流，常为乡俗所怪，又孤介少所合，而地僻陋，无以得书。是时歙西溪汪君独礼而致诸其家，饮食供具惟所欲，又斥千金置书，益招好学之士日夜诵习讲贯其中。久者十数年，近者七八年、四五年，业成散去。其后江君殁，大兴朱学士来视学，遂尽取其书上于朝，又使配食于朱子。戴君游京师，当世推为儒宗。后

① [明]李梦阳：《潜虬山人记》，《空同集》卷四八，上海古籍出版社1991年版，第446页。

② [清]黄景仁：《两当轩集》，上海古籍出版社1983年版，第230—231页。

数岁，天子修四库之书，征领局事。是时天下之士益彬彬然向于学矣。①

如此，不疏园培育了一群成就卓著的徽州学问家、文学家，不仅对中国古代文献的整理居功甚伟，还为中国文学研究开创了一个新天地。值得一提的是，不疏园汪氏一族自此文脉代传：梧凤仲子汪灼，字渔村，幼从戴震学《说文》，著有《渔村文集》八卷，《渔村诗集》二十二卷；梧凤曾从孙宗沂"居园中数年，手披口诵，以夜维昼"②，光绪六年（1880）成进士，生平"于九流百家之学，莫不旁推交通，以宣究得失"③，曾主讲安庆敬敷、芜湖中江、徽州紫阳、黟县碧阳等书院，被黄宾虹赞为"国学家巨子"④，著名学者、资深徽州学家汪世清则评其为"博学多能，学兼汉宋，著作等身，堪称一代儒家"⑤；宗沂子律本"以学行世其家"⑥，曾就学南京习科学，后佐李瑞清两江师范多年，有《黄海后游集》《萍蓬庵诗》《壶中词》等传世；宗沂孙采白为"新安画派三雄"之一，曾任教于武昌高等师范学校、北京师范学校，并曾出任中央大学艺术系主任。

其三，作为文学的真诚爱好者，徽商中的很多人不仅仅满足于与文学家的交往，自身也直接进行创作。家乡"重儒"的文化传统、徽商雄厚的经济实力，都使得他们在文学上的表现不可小觑。如：明代中叶的歙县商人郑孔曼，"虽游于贾，然峨冠长剑，褒然儒服，所至挟诗囊，从宾客登临啸咏"⑦；歙县盐商黄长寿，"性喜吟咏，所交皆海内名公，如徐正卿、叶司徒等，相与往来赓和，积诗成帙，题曰《江湖览胜》并《壬辰集》"⑧；清代黟县商

---

① [清]汪中：《大清故贡生汪君墓志铭》，《述学别录》，同治扬州书局重刊本。

② 刘师培：《汪仲伊先生传》，许承尧：《歙事闲谭》，黄山书社2001年版，第468页。

③ 刘师培：《汪仲伊先生传》，许承尧：《歙事闲谭》，黄山书社2001年版，第469页。

④ 黄宾虹：《汪仲伊先生小传》，《艺观》1926年第1期。

⑤ 汪世清：《不疏园与皖派汉学》，《江淮论坛》1997年第2期。

⑥ 刘师培：《汪仲伊先生传》，许承尧：《歙事闲谭》，黄山书社2001年版，第472页。

⑦ 歙县《双桥郑氏墓地图志·明故徕松郑处士墓志铭》，转引自赵华富：《徽州宗族研究》，安徽大学出版社2016年版，第482页。

⑧ 《潭渡黄氏族谱》卷九《望云翁传》，转引自张海鹏、王廷元主编：《明清徽商资料选编》，黄山书社1985年版，第449页。

人胡际瑶，“虽业商，然于诗书皆能明大义，舟车往返，必载书箧自随。每遇山水名胜之区，或吟诗或作画以寄兴，著有《浪谈斋诗稿》一册”[①]；歙县商人郑作，著有《方山子集》李梦阳为之序；歙县商人余存脩，著有诗集《缶音》，李梦阳作序；休宁商人程汝义，有诗集，王世贞为其作序；歙县商人吴德符，有诗集，胡应麟为其作序；祁门盐商马曰琯、马曰璐兄弟，各有诗集、词集流传；乾隆间扬州总商、歙县江春与其弟江防，著有《新安二江先生诗集》；歙县盐商汪汝谦，有《春星堂诗集》《不系园集》《随喜龛集》《绮咏》《绮咏续集》《西湖韵事》《梦草》《听雪轩集》《画舫记》《游草》《闽游诗纪》《松溪集》《梦香楼集》等存世。

第二节　士商融合：徽州文学的别出新声

谈到徽商对于徽州文学创作的大力推进，不能不提及出身于徽商之家的明代文坛大家汪道昆，以及以汪道昆为核心的“新安诗群”。

汪道昆（1525—1593），字伯玉，一字玉卿，号南溟、南明、太函，又署高阳生、天游子、天都外臣等，出生于歙县岩镇一个盐商家庭。祖父汪玄仪“游贾东海”，被推为“盐策祭酒”[②]。父亲汪良彬子承父业，从贾于吴越间，积累了丰厚的家产。富而求贵，汪道昆走上科举之途，嘉靖二十五年（1546）中应天乡试，次年中礼科进士，历任义乌令、南京工部主事、兵部员外郎、襄阳知府、福建按察使、都御史，直至兵部左侍郎。万历三年（1575）他辞官归乡，卒于徽州，有《太函集》《太函副墨》近一百五十卷及杂剧《远山戏》《高唐梦》《五湖游》《洛水悲》（合称《大雅堂乐府》）传世。

汪道昆的诗文创作与“后七子”领袖王世贞齐名，并称“南北两司马”，因此成为徽州诗坛盟主。回乡第二年，他在徽州祼中组建丰干诗社，成员皆为乡党，且多为徽商及其子弟。与会者陈筌（仲鱼）、方策（献成）、方宇

① 《同治黟县三志》卷一五《艺文·人物》，清同治十年刻本。

② ［明］汪道昆：《太函集》卷四三《先大父状》，黄山书社2004年版，第919页。

(羽仲)、方简(君在)、方用彬(元素)、谢陛(少廉)、程本中(子虚),称七君子。汪道昆在《丰干社记》中说:

> 往余家食,窃称诗徙中,二仲雅从余游,独向往当世作者。……遂盟七君子为会丰干。七君子则孝廉陈仲鱼、文学方献成、方羽仲、方君在、方元素、谢少廉、程子虚。……诸君子讲业丰干之上,修故约如初。[①]

屠隆《方建元传》也曾记载:

> (丰干社)尝以端午日集同社泛舟丰水之上,时天雨,溪流暴涨,舟行如驶,击楫鸣榔,吹箫伐鼓。乐甚,发为诗歌,物得如干首,命曰《泛舟诗》,咸春容沉古,洵有晋永和诸贤风流。[②]

有评论认为,丰干社的成员除汪道昆外,创作成就皆不高。但丰干社的成立,开始了徽州诗歌活动的兴盛局面[③]。此言诚为不虚。丰干社之后,汪道昆又发起成立了"颍上社"[④]"徙中社"[⑤]"白榆社",其中白榆社最有代表性。与丰干社全为本地诗文爱好者不同,白榆社呈开放态势,除本地成员汪道贯、汪道会、潘之恒、王寅、谢陛、张一桂等,先后加入者多为东

---

① [明]汪道昆:《太函集》卷七二《丰干社记》,黄山书社 2004 年版,第 1481 页。

② [明]屠隆:《方建元传》,[明]方于鲁:《方氏墨谱》,山东画报出版社 2004 年版,第 22 页。

③ 唐先田、陈友冰:《安徽文学史》第二卷,安徽文艺出版社 2013 年版,第 78 页。

④ 许承尧云:"颍上社,地在岩镇,今诸园林皆不可考。惟丰、颍二水如昔,或可想象其遗址耳。"见《歙事闲谭》,合肥:黄山书社 2001 年版,第 159 页。又[明]汪道昆《颍上社记》:"丰干故有社,社者无虑十余曹,聚散无常,其盟寒矣,其社屋矣。颍上之社宜不其然,其取数也简,其取益也忠,得朋故也。"《太函集》卷七五,黄山书社 2004 年版,第 1546 页。

⑤ 徙中,地名,在今安徽歙县。[明]陈田云:君御(龙膺)官徽州时,入汪司马徙中社。由司马以交王元美。元美赠诗云:"不嫌诗社累,仍傍酒人过。"《明诗纪事·庚签》卷一三,上海古籍出版社 1993 年版,第 2482 页。

南一时名流，如龙膺、佘翔、丁应泰、陈汝璧、李维祯、朱多烓、沈明臣、俞策、屠隆、郭第、徐桂、吴稼竳、胡应麟、戚继光等。自万历八年（1580）至二十一年（1593），白榆社在歙县频频赋诗唱和，极大地推进了当地的诗歌创作与交流，汪道贯、汪道会、潘之恒、方于鲁、程子虚等本地诗人纷纷崭露头角。由于社事规模较大、存在时间较长、社中名士众多，白榆社的影响由歙县扩散到全国，使徽州成为当时最重要的几个诗歌活动中心之一。屠隆《方建元传》对此有具体的描述，如：

> 时司马公执中原牛耳盟，海内修辞之士，蜂涌归命。其二弟仲淹、仲嘉，文采朗射，埙篪协律，而建元诸君，并以雄俊佐之，雅道大畅。议者谓褀中何必减邺下，司马兄弟如曹子桓、东阿，丽藻绝代，而建元诸君如应、刘、陈、徐辈，各把一麾，同登坛坫，盛矣！盛矣！……不佞闻建元名垂十年，顷应汪司马、龙使君白榆社招，一抵新都，即与建元把臂入林，洋洋洒洒，益逾昔闻。①

清初文坛领袖钱谦益亦称："隆、万间，褀中主盟，白榆结社，腥腴肥厚之词，熏灼海内。"②此中虽有贬抑之意，但也道出白榆社在当时影响之大。

由于商人群体进入文坛，徽州诗文创作亦随之发生新变。中国传统社会历来"贱商人""尊农夫"，政府对商人制定了许多歧视性法规，洪武十四年（1381）还"令农衣绸、纱、绢、布，商贾止衣绢、布。农家有一人为商贾者，亦不得衣绸、纱"③。而在明代徽州，这一风气已经发生重大变化，正如汪道昆所说：

---

① ［明］屠隆：《方建元传》，［明］方于鲁：《方氏墨谱》，山东画报出版社2004年版，第22页。

② ［清］钱谦益：《列朝诗集小传》丁集中，上海古籍出版社1959年版，第504页。

③ ［清］张廷玉等：《明史》，中华书局1974年版，第1649页。

大江以南,新都以文物著,其俗不儒则贾,相代若践更。[①]

新都三贾一儒,要之文献国也。夫贾为厚利,儒为名高,夫人毕事儒不效,则弛儒而张贾,既则身飨其利矣,及为子孙计,宁弛贾而张儒。一弛一张,迭相为用,不万钟则千驷,犹之转毂相巡。[②]

徽州人的这种生活形态,彻底打破了传统士商关系,出现了一种士商之间相互渗透、相互融合的趋势。而当徽商及其后代进入文坛以后,“四民平等”的新理念则迅速投射到文学作品中,尤以商人传记为先。朱万曙《徽商与明清文学》、韩结根《明代徽州文学研究》等著作都对此进行了专题研究。韩结根先生说:

关于明代中后期徽州作家为商人树碑立传之多,我们不妨拿有关统计数字来说明。如在汪道昆的《太函集》中,有传记文(包括传、行状、墓志铭、墓碑、神道碑)212篇,其中为商人及其家庭成员所作就有112篇(传主本人是商人的77篇;其余为商人家庭成员,如父母及妻子等),超过了传记文总数的50%。另外,还有为商人或其父母所写的33篇寿序或赠序,其中大部分都有关于商人生平事迹的记载与描述。无论是在汪道昆以前还是与他生活在同一时期的非徽州籍作家,恐怕没有一个人为商人树碑立传有如此之多。[③]

翻阅这些篇章,虽也存在溢美之词,但由于作者对描写对象极为熟悉,且不必处处避讳,许多传记写得文学意蕴丰厚,人物个性鲜明,塑造出一系列儒而好贾、贾而任侠、义利兼得、诚而有信的徽商形象。

---

① [明]汪道昆:《诰赠奉直大夫户部员外郎程公暨赠宜人闵氏合葬墓志铭》,《太函集》卷五五,黄山书社2004年版,第1146页。

② [明]汪道昆:《海阳处士金仲翁配戴氏合葬墓志铭》,《太函集》卷五二,黄山书社2004年版,第1099页。

③ 韩结根:《明代徽州文学研究》,复旦大学出版社2006年版,第217—218页。

如歙县吴良儒的墓志铭：

> 处士生九年而孤，戴子之如适。既从程登仕受室，请授经为儒。戴泣下，而执处士手命曰："自而之先，诸大父鼎立，而父从诸父，固当岳立，不幸崩析，独不得视三公。未亡人从梱内而相形家，得而父兆吉，直将树衡霍而夷泰华，日几几于孺子望之。且而父资斧不收，蚕食者不啻过半，而儒固善，缓急奚赖耶？"处士退而深惟，三越宿而后反命，则曰："儒者直孳孳为名高，名亦利也；藉令承亲之志，无庸显亲扬名，利亦名也。不顺不可以为子，尚安事儒？乃今自母主计而财择之，敢不惟命！"于是收责齐鲁，什一仅存。瞿然而思："去国余三千里，徒以锥刀而沮将，毋，即巨万何为？吾乡贾者首鱼盐，次布帛，贩缯则中贾耳，恶用远游？"乃去之吴淞江，以泉布起，时时奉母起居，捆载相及，月计者月至，岁计者岁输。戴孺人笑曰："幸哉！孺子以贾胜儒，吾策得矣！"

在这里，母亲执手而泣的伤心；吴良儒"退而深惟，三越宿而后反命"的激烈思想斗争；决定之后义无反顾，冷静择业；获得成功之际母亲的心满意足……皆宛若眼前。但这并不是传主的全部。写到吴良儒成为巨富之后，作者笔锋一转，又有：

> 乃处士中年折节，谢侠少游："吾少受命于亲，不自意儒名而贾业，幸而以贾底绩，吾其儒业而贾名。"暇则闭户翻书，摹六书、古帖，其知交率远贵游而亲尔雅，无不当人人心。尝言："母氏夺吾儒，第以吉兆卜吾后，吾业未毕，固当为后图。"乃课诸子受经，以成先志。①

又如《明处士休宁程长公墓表》所描写的休宁商人程锁。程锁与其他

---

① ［明］汪道昆：《明故处士溪阳吴长公墓志铭》，《太函集》卷五四，黄山书社2004年版，第1143—1144页。

徽商一样，家境尚可时也“从乡先达受诗”，然不料父亲经商客死他乡，程锁不得不中断学业。由于“父故资悉贷他人所。故竖窃资亡匿，秋毫无以为资”，很多人劝他先躲避一段时间，“捕亡而后发丧”，但程锁认为“仁者不忘丘首，孤不能以一朝居。如使急亡命而缓亲丧，无宁匍匐往矣”。一路上，他“日徒跣走百里，不避祁寒，胼胝皆龟，衣无枲著。枵腹则约腰带，加急甚则斧冰以代糜”。及至父亡之地，“焚贷者券，无所问”，所剩“仅驴一乘，老枥下，货钱千”。回到家乡，“乃鬻田宅，脱簪珥”，偿还债务。“既终丧，病骨立，屏居一室，三岁不出户庭”，为父守孝之时，尚“挟策读书，不辍业”。为了生活，他最终不得不遵母命从商，但始终遵守商业道德。

> (溧水)其俗春出母钱贷下户，秋倍收子钱。长公居息市中，终岁不过什一，细民称便，争赴长公。癸卯，谷贱伤农，诸贾人持谷价不予，长公独予平价囷积之。明年饥，谷踊贵。长公出谷市诸下户，价如往年平，境内德长公，诵义至今不绝。①

就这样，一个以儒行从商的典型人物程锁，活灵活现地出现在读者面前。而“良贾何负宏儒”②这一突破传统四民思想的新观念随之鲜明凸显，其意义已突破文学范畴，在中国思想史上可占据一席之地。

徽商对于新安文学的促进，还突出地体现在戏剧创作与评论中。明代中后期，随着商品经济的发展，都市中市民文艺发展迅速，观戏听曲成了一种新的时尚。拥有丰厚资财的徽商为了满足文化娱乐的需要，也为了交往官府、结交名流、取悦顾客，扩大自己的社会影响，常常不惜耗费巨资，组织大规模的演出活动。《清稗类钞》曾记载：

---

① [明]汪道昆：《明处士休宁程长公墓表》，《太函集》卷六一，黄山书社 2004 年版，第 1265 页。

② [明]汪道昆：《诰赠奉直大夫户部员外郎程公暨赠宜人闵氏合葬墓志铭》，《太函集》卷五五，黄山书社 2004 年版，第 1146 页。

（清江浦）有徽人汪已山，侨此二百年矣，家富百万，列典肆，俗呼为“汪家大门”。……工书，能作方丈字，得率更笔意。广结名流，筑“观复斋”，四方英彦毕至，投缟赠纻无虚日，与扬州之玲珑山馆、康山草堂、天津之水西庄后先辉映。……吴门午节后名优皆歇夏，汪则以重资迓之来，留至八月始归，此数十日之午后，辄布氍毹于广厦中，疏帘清簟，茶瓜四列，座皆不速之客，歌声绕梁，笙簧迭奏，不啻神仙之境也。①

此外，“徽俗最喜搭台观戏”②，逢年过节，祝寿迎宾，皆有戏曲演出。地方盛会，村镇更要请戏班助兴。嘉庆《绩溪县志·风俗》记载：“各处土坛神庙张灯演剧，或扮童戏，持丈马舞青衣、游烛龙，遍寻衢巷，名之曰闹元宵。”③休宁《橙阳散志》亦载：“正月十三、十五及游烛夜，朝献首事家张灯演剧，以寿社稷之神，例必达旦，亦金吾弛禁意也。虽值风雨，间或移易，否则众口集焉。”④明万历庚子年（1600）间，歙县举行了一次盛大的迎春赛会，设戏台36座，由来自吴越名优及徽商之家班伶人献艺竞技，参加演出者“自楚至者吕五，自吴至者王三，自越至者孙四，皆名倾一时”⑤。潘之恒叹曰：“从来迎春之盛，海内无匹，即新安亦仅见也。”⑥

如此，商业活动、家乡民俗的双重需要，促使不少有实力的徽商开始蓄养家班，并很快形成风气。清孙静庵《栖霞阁野乘》记载，两淮盐商总商江春所豢养“春台、德音两戏班，仅供商人家宴，而岁需三万金”⑦；万历年间著名文人冯梦祯曾“赴吴文倩之席，邀文仲作主，文江陪。吴徽州班演《义

---

① 徐珂：《典商汪已山之侈》，《清稗类钞·豪侈类》，商务印书馆。
② ［明］傅岩：《歙纪》卷八“纪条示”。黄山书社2007年版，第107页。
③ 《绩溪县志·风俗》，嘉庆刻本。
④ 《橙阳散志·风俗·灯事》，乾隆四十年刻本。
⑤ ［明］潘之恒：《潘之恒曲话·舞媚娘传》，中国戏剧出版社1988年版，第147页。
⑥ ［明］潘之恒：《潘之恒曲话·舞媚娘传》，中国戏剧出版社1988年版，第147页。
⑦ ［清］孙静庵：《栖霞阁野乘》，山西古籍出版社1997年版，第69页。

侠记》,且张三者,新自粤中回,绝伎也"①。《清稗类钞·豪侈类》也记载:"汪石公者,两淮八大盐商之一也。石公既歿,内外各事,均其妇主持,故人辄称之曰'汪太太'……家畜优伶,尝演剧自遣。"②扬州的徽商家班还有徐尚志的老徐班,黄元德、汪启源、程谦德的昆班等。因有雄厚的经济实力,这些家班演员有二三百人之多,戏箱价值二三十万两白银,每年开销数万两。李斗《扬州画舫录》记载:

> 老徐班全本《琵琶记》,"请郎花烛",则用红全堂;"风木余恨"则用白全堂,备极其盛。③
>
> 小张班十二月花神衣,价至万金。百福班一出《北饯》,十一条通天犀玉带。小洪班灯戏,点三层牌楼二十四灯,戏箱各极其盛。若今之大洪、春台两班,则聚众美而大备矣。④

由于徽商大多曾受过良好的教育,且不乏金钱支持,因此,徽班很快办得有声有色,对戏曲艺术品位的提高起到了积极作用。出生于徽州世代盐商之家的著名戏曲理论家潘之恒,曾寓居南京、苏州、扬州各地,与袁宏道、汤显祖、沈璟、屠隆均为好友,在戏曲批评方面颇有建树,被称为"对几代昆剧艺人表演经验的总结,不仅是开创性的,而且自成体系"⑤。在介绍徽州汪季玄家班时,潘之恒认为:"社友汪季玄招曲师,教吴儿十几辈,自为按拍协调,举步发音,一钗横,一带扬,无不曲尽其致。"⑥评价吴越石家班所演剧目《牡丹亭》,潘称其排练"先以名士训其义,继以词士合调,复以通士标

---

① [明]冯梦祯:《快雪堂集》卷一三,凤凰出版社 2010 年版,第 183 页。

② 徐珂:《汪太太奢侈》,见《清稗类钞·豪侈类》,商务印书馆 1917 年版。

③ [清]李斗:《扬州画舫录》卷五,中华书局 1960 年版,第 135 页。

④ [清]李斗:《扬州画舫录》卷五,中华书局 1960 年版,第 135—136 页。

⑤ 陈友冰、刘良政:《安徽文学史》第二卷,安徽文艺出版社 2013 年版,第 141 页。

⑥ [明]潘之恒:《鸾啸小品·广陵散二则》,见《潘之恒曲话》,中国戏剧出版社 1988 年版,第 211 页。

其式”[①]，上演之际，演员们“能飘飘忽忽，另番一局于飘渺之余，以凄怆声调之外，一字不遗，无微不极”[②]。潘之恒此处所说“名士”“词士”“通士”相当于现在的编剧、导演、音乐设计，名士讲解剧情、人物，词士设计唱腔，通士指导排演。如此规范、高水平的排练演出，大大提高了徽班的声誉。清代乾隆皇帝六次南巡，都在扬州停留。时为两淮盐商总商的江春，征集四方名旦，为皇帝演出。乾隆五十五年（1790），皇帝八十大寿，三庆、四喜、春台、和春等四大徽班先后进京演出，到京的还有嵩祝、金钰、重庆、四庆、五庆等徽班，促进了中国戏曲的繁荣，为京剧的形成奠定了基础。

徽商对戏曲活动的大力支持，自然带动了徽州戏曲创作与评论的发展。汪道昆、汪廷讷、郑之珍、程巨源、潘之恒、程羽文、张潮、吴震生、程琼、方成培、凌廷堪等，均在中国戏曲史上留下深深的印记。

在这些戏曲创作与评论中，有一个动向特别值得注意，这就是“情”的凸显。徽商虽是“儒商”，多年受理学思想浸染，但时至明末，商品经济的大潮已将他们推进都市，推到明末学人新思潮面前。同样出身于商贾之家的李贽的“童心说”，以及王阳明“人心即道”的思想，显然更符合他们的口味。思想上不拘于“正宗”之见，文学上自然有突破藩篱之举，徽州戏曲作家笔下出现了很多以“情”为上的大胆创作。例如，汪道昆创作的《高唐梦》，依据宋玉的《高唐赋》《神女赋》改编，写楚襄王游云梦，在梦中和巫山神女幽会。此剧的写作被王世懋评为“以婉转胜，妙在含情”[③]，其中“独宿累长夜，梦想见容辉，愿得长巧笑，携手同车归……神女，你飘然而去，却怎生发付我也”的倾诉，以及“梦翩翩化蝶，梦翩翩化蝶，游魂清夜，翻从觉后悲生别。望阳台路赊，望阳台路赊，鸟道度云车，猿声下霜叶。总千斤莫

① ［明］潘之恒：《鸾啸小品·情痴》，见《潘之恒曲话》，中国戏剧出版社1988年版，第72页。

② ［明］潘之恒：《鸾啸小品·情痴》，见《潘之恒曲话》，中国戏剧出版社1988年版，第72页。

③ ［明］王世懋：《高唐梦》眉批，［明］沈泰辑《盛明杂剧》初集卷一，中国书店1980年影印本。

邪,总千斤莫邪,蛟龙可歼,恩情难绝"[①]的唱词,堪称情浓意蜜。

再如汪廷讷的作品。《投桃记》写男女主人公的目成心许、掷帕传情、相思成疾、终成眷属;《彩舟记》写商人之子与官宦之女一见倾心、偷尝禁果,遇难后得龙王救护,生生死死,重续前缘。从中我们可以隐隐约约看到《西厢记》《牡丹亭》的影子。显然,它们与两宋以来在徽州思想界居绝对统治地位的朱熹理学观念越来越远,而人性的觉醒,思想的解放,新芽已绽。

徽州作家对传统伦理的大胆挑战,还表现在程巨源、潘之恒的戏曲批评中。《西厢记》演出后,一方面是大受欢迎,另一方面又被卫道士们抨击不断,称之为"导淫纵欲"。程巨源挺身而出,热情赞颂这出戏是"艳词丽句,先后互出;离情幽思,哀乐相仍。遂擅一代之长,为杂剧绝唱,良不虚也",并大胆地将之与儒家经典《诗经》相比,指出:

> 夫《三百篇》中,不废郑卫,桑间濮上,往往而是。阿谷援琴,东山携尘;流暎史册,以为美谈。恶谓非风教裨哉?曲士之拘拘,只增达生一鼓掌耳!

正因为于史有据,程巨源称颂《西厢记》是"词曲之《关雎》,梨园之虞、夏"[②]。但他又不仅仅满足于"史"的考究,更注重阐述此剧对人性的阐发,认为:

> 盖人生于情,所谓愚夫愚妇可以与知者。今元之词人无虑数百十,而二公为最;二公之填词无虑数十种,而此记为最;奏演既多,世皆快睹,岂非以其情哉!《西厢》之美则爱,爱则传也,有以夫![③]

---

① [明]汪道昆:《高唐梦》,[明]沈泰辑《盛明杂剧》初集卷一,中国书店1980年影印本。

② [明]程巨源:《崔氏春秋序》,《西厢记》卷首,万历八年徐士范刊本。

③ [明]程巨源:《崔氏春秋序》,《西厢记》卷首,万历八年徐士范刊本。

与《西厢记》同为我国戏曲史上极其重要作品的《牡丹亭》，也得到徽州戏曲批评家的高度赞赏、隆重推介。《牡丹亭》刚刚问世，作者汤显祖的至交好友、徽州潘之恒便写作《情痴》一文，谈自己观赏《牡丹亭》的感受，如：

余友汤若士，尝作《牡丹亭还魂记》，是能生死死生，而别通一窦于灵明之境，既感杜、柳情深，复服汤公为良史。

潘之恒还指出，汤显祖通过此剧告诉人们：

《牡丹亭》之有关于性情，可为惊心动魄者矣。……夫情之所之，不知其所始，不知其所终，不知其所离，不知其所合。在若有若无、若远若近、若存若亡之间，其斯为情之所必至，而不知其所以然。不知其所以然，而后情有所不可尽，而死生生死之无足怪也。故能痴者而后能情，能情者而后能写其情。杜之情痴而幻，柳之情痴而荡。一以梦为真，一以生为真。惟其情真，而幻荡将何所不至矣。①

关于明清徽州戏曲批评家取得的不凡成就，华东师范大学赵山林先生在《明清徽州曲论平议》中指出：

明清两代徽州曲家在戏曲理论方面取得了引人注目的成就。他们的戏曲理论涉及戏曲史论、作家作品论、戏曲创作论、戏曲声律论、戏曲表演论等方面，其内容足以构成一个比较完整的体系。徽州曲家已经具有相当清晰的戏曲观念，并对戏曲产生、发展的过程作了大致的描述。他们对戏曲史上许多重要作品作出了评价，其中程巨源对《西厢记》的评论极有光彩，潘之恒对《牡丹亭》的评论带有开创性。

① ［明］潘之恒：《潘之恒曲话・情痴》，中国戏剧出版社 1988 年版，第 72 页。

徽州曲家总结戏曲创作经验，对戏曲题材、情节结构、人物性格、戏曲语言等方面问题进行了探讨。潘之恒、凌廷堪对于戏曲声律多有创见，潘之恒的戏曲表演理论更代表了明代的最高水平。徽州曲家的这些研究产生了全国性的影响，为中国古代戏曲理论的建设作出了贡献。①

如此，徽州山水造就了名动天下的徽商，而徽商又为造就非同一般的徽州文学作出了卓越的贡献。

第三节　皖江奇迹：桐城大地文气氤氲

桐城②文学的兴起有如一部神话。

桐城地处江淮之间。江淮大地是中国南北相交之地，历来为国家分裂时期的战场，南宋以后也是如此。葛剑雄先生曾说：

1127 年金灭北宋后，江淮之间既是金军南侵的必经之地，又靠近宋金对峙的前沿，原有人口或随南迁洪流而走，或在战乱中死亡，留下的人数有限，新迁入的更少。安庆府所属的淮南西路，在整个南宋都是人口最稀少的地区之一，以致在元朝数十年间也没有恢复元气。

元朝末年，江淮和长江中游反元起义风起云涌，此起彼伏。安庆一带战略地位重要，是不同的起义军和元军争夺的焦点，残酷的争夺战持续多年。元至正十一年(1351)八月，彭莹玉、邹普胜、徐寿辉等在湖北蕲州、黄州一带起义，次年徐寿辉就率部沿江而下，围安庆城，攻下周围各县，并继续东下。十一月，徐寿辉大举攻安庆城，无功而返。至正十五年，徐寿辉势力复振，攻占湖北沿江府县，安庆府又受战

① 赵山林：《明清徽州曲论平议》，《徽学》2000 年卷，第 249 页。

② 1949 年以前，桐城行政区划包括今桐城市与枞阳县。

> 祸波及。次年,余阙被元朝任命为江淮行省参政,驻守安庆,徐寿辉部将赵普胜攻安庆失利。至正十七年,朱元璋部四出扩展,击败赵普胜和元军,占有江南的池州(今贵池地区),逼近安庆。陈友谅与赵普胜率军包围安庆。至正十八年,陈、赵军攻克安庆,余阙自杀。四月,赵普胜夺取朱元璋占据的池州府。至正十九年,朱元璋军西进,与陈友谅军激战,四月收复池州,九月破潜山,十月攻安庆不克。二十年,陈友谅杀徐寿辉后称汉帝,率水军东下攻朱元璋的基地建康(今南京),大败而归,朱元璋军乘势攻下安庆。二十一年七月,陈友谅将张定边攻陷安庆。八月,朱元璋亲率徐达、常遇春西征,收复安庆。但江西、湖北大多还是陈友谅属地,安庆以北也非朱元璋所有,安庆一带并未脱离战祸,直到至正二十四年(1364)朱元璋彻底消灭陈友谅余部后才恢复安宁。十九年间,安庆多次易帜,在旧政权维持无望,新政权统一尚未来临之时,争夺的各方都不会顾及百姓的生命财产和地方的长远利益,残酷的报复和仇杀、毁灭性的破坏和掠夺在所难免,安庆及府属各县遭受的浩劫可想而知。到朱元璋刀枪入库、马放南山时,安庆府留下的人口已少得可怜,大片土地只能任其荒芜。①

这就是明初桐城所在的安庆府整体状况。百年之后,桐城却文气氤氲,文都大成,创造出"文章甲天下,冠盖满京华"的神话,以至于人们不得不连连发问"天下文章,其出于桐城乎?"②"何意高文归一县,遂令天下号宗师"③。

许多探究这一现象成因的学者,不约而同地首先将目光投向元末明初

① 葛剑雄:《瓦屑坝——安庆移民始发地》,汪军主编:《皖江文化与近世中国 京剧、近代工业和新文化的源头》,合肥工业大学出版社2004年版,第31页。

② [清]姚鼐:《刘海峰先生八十寿序》,刘季高选辑:《惜抱轩诗文集》,上海古籍出版社2010年版,第114页。

③ 马厚文:《桐城文派论述绝句十二首》,《桐城派研究论文选》,黄山书社1986年版,第282页。

的江淮大移民。正是由于明代初年安庆一带人烟稀少,才有了大量移民的迁入。清初宿松人朱书因此叹息:"吾安庆……元以后至今,皖人非古皖人也……土著亡虑,才十一二耳。"①汪孔丰先生在《元末明初移民与明清桐城文化的兴盛》②一文中,详细列举了桐城诸多家族的迁徙情况,如:

方以智家族"其先自休宁迁池口,宋末有德益公者徙桐城"③;钱澄之家族先祖在南宋末年,"由浙江淳安之蜀阜迁于桐城之滦槽"④(《吴越钱氏支谱序》);陈洲刘氏之迁桐始祖伯二在南宋末"自青阳迁居桐城东偏犄牌洲"⑤;麻溪姚鼐家族"上世为余姚人,元至元间有仕安庆者,逸其名,悦桐城山水,居焉"⑥,不过,大批、成规模地移民桐城还是在元末明初,如:

何如宠家族:"上世居新安,元季徙居桐城青山之麓。"⑦

江氏家族:"明洪武初年洪偕三子才一、才二、才三自婺源渡江,徙居桐城东乡炭埠柳峰之阳。"⑧

项氏家族:"始迁祖英发,明洪武间自歙县桂溪迁居桐城。"⑨

南阳叶氏家族:"始祖林秀,唐末五代人,世居婺源。传至二十一世贵,因商于金陵,明初移居桐城西山余家冲。"⑩

---

① [清]朱书:《告同郡征纂皖江文献书》,《杜溪文稿》卷三,清乾隆元年梨云阁刻本。

② 汪孔丰:《元末明初移民与明清桐城文化的兴盛》,《北方论丛》2012 年第 2 期。以下 19 条文献出处亦来自该文,为方便阅读,特将原注释标出并加 * 注明。

③ * 马其昶:《桐城耆旧传》,黄山书社 1990 年版,第 9 页。

④ * [清]钱澄之:《田间文集》,黄山书社 1998 年版。

⑤ * 刘楷模等:《桐城陈洲刘氏暄公支谱》,1918 年木活字本。

⑥ * 姚国祯、姚联奎纂修:《麻溪姚氏宗谱》,1921 年木活字本。

⑦ * 马其昶:《桐城耆旧传》,黄山书社 1990 年版,第 63 页。

⑧ * [清]江梅春:《江氏宗谱》,清同治八年木活字本。

⑨ * [清]项寅等:《桐城项氏重修宗谱》,清道光二十八年木活字本。

⑩ * [清]叶鸿业等:《南阳叶氏宗谱》,清光绪十七年木活字本。

鲁祺方东树家族:“上世明洪武间,由婺源迁桐城鲁祺,代有潜德。”①

戴名世(桐城派奠基人)家族:“先世洪武初自徽之婺源徙居桐。”②(《先君序略》)

戴完家族:“其先元至正年间有讳智富者,由新安来迁。”③

徐宗亮(桐城派作家)家族:“元末自徽州迁桐城。”④(《徐苿岑先生墓志铭》)

高甸吴氏家族:“明初始祖泰自婺源来迁。”⑤

高岭汪氏始迁祖觉富:“元末自江西弋阳迁桐城高岭。”⑥

桂氏始迁祖桂昌龄:“原籍豫章都阳,元季因兵乱卜居安徽桐城之西乡三安坂。”⑦

义门陈氏家族:“始迁祖友德,元代自九江德化县来居桐城县。”⑧

横山张氏家族:“其迁横山始祖长乙公由元明鼎革时自饶州都阳瓦屑壤来桐。”⑨(汪德钺《横山张氏谱序》)

木山潘江家族:“自元末荣二公偕其昆弟由鄱阳来迁于桐。”⑩(《族祖怀德翁九十寿序》

张淳家族:“其先洪永间自鄱阳来迁。”⑪

以上资料显示,元明时代桐城移民主要来自并不遥远的江西饶州与安

---

① * [清]郑福照:《方仪卫先生年谱》,《北京图书馆藏珍本年谱丛刊》本。
② * [清]戴名世:《戴名世集》,中华书局 1986 年版。
③ *马其昶:《桐城耆旧传》,黄山书社 1990 年版,第 77 页。
④ *姚永概:《慎宜轩文》,民国刻印本。
⑤ *马其昶:《桐城耆旧传》黄山书社 1990 年版,第 88 页。
⑥ * [清]汪钝侯:《皖桐高岭汪氏四修宗谱》,清光绪三十一年木活字本。
⑦ * [清]桂枝润:《桐城桂氏族谱》,清光绪三十三年木活字本。
⑧ * [清]陈法堂:《桐城义门陈氏宗谱》,清光绪三十四年木活字本。
⑨ * [清]张轩:《横峰张氏重修宗谱》,清道光十八年木活字本。
⑩ * [清]潘江:《木厓文集》,梦华仙馆 1912 年铅印本。
⑪ *马其昶:《桐城耆旧传》,黄山书社 1990 年版,第 96 页。

徽徽州，这两个地区恰恰是元代文化高度发达的地域。据统计，元代江西书院数量居全国首位，计95所，占全国总数227所的41.85%，其中饶州路占14所[①]。元代安徽全境也至少有书院60所，其中徽州地区41所[②]。因此，元末明初来自发达地区的大移民对桐城文化发展的意义非同一般。

至于饶州与徽州居民大量迁入的原因，除元末明初的战争之外，最重要的当属桐城的地理特性。桐城西依大别山，东南濒临长江。西北多山，重峦叠嶂，挺秀争奇；中部丘陵呈扇面展布，倾降平缓；东南为长江中下游平原的一部分，阡陌纵横，沃土平川。境内河道交织，湖泊数处，大小河流百余条，其中大沙河、挂车河、龙眠河、孔城河汇入菜子湖，注入长江。如此地形地貌，对饶、徽移民具有三大吸引力：第一，地势平缓的丘陵地带与沿江平原拥有肥沃的土地，丰沛的河、塘、湖水，加之北方高山阻挡寒冷气流，南临江湖，降水丰沛，极适合农耕；第二，便利的陆路与水上交通远非山水阻隔的饶州、徽州可比；第三，桐城西北重峦叠嶂，风景秀美，战时可为百姓避难之地，太平时期又是休闲好去处。

于是，扎根在这片土地上的饶徽移民，经过百余年休养生息，生活日趋优裕，文化迅速发展。

首先，有了良好的农耕基础，桐城子弟不必外出谋求生计，更可安心读书治学，走科举晋身之路。再加上饶、徽移民良好的文化底蕴，桐城教育得以快速振兴。据《重修安徽通志》和《明清进士题名碑录索引》统计，明代安徽共有1354名进士，除歙县、婺源之外，桐城以84名进士的成绩位居第三，清代桐城进士总数达到153名，已升至全省第一。

其次，“七省通衢”的地理位置，使得桐城人可以经由北大道（又称京道）直往京师，南大道通往安庆；东向可循长江直达南京，或转入大运河抵达扬州、北京。便捷的交通不仅沟通了桐城与都市的联系，开阔了桐城人的视野，也更便于读书人的学术交流，提升他们的学术水平。清末民国初

---

① 曹松叶：《元代书院概况》，《中山大学语言历史研究所周刊》第10集，第112期。
② 陈瑞：《元代安徽地区的书院》，《合肥师范学院学报》2009年第1期。

桐城学者李则纲介绍：

桐城东乡滨湖通江，为潜、怀、舒、六漕米集运之地，商业兴旺，经济发展，也促进了文化的交流和繁荣……明中后期，朝政腐败，有识之士相聚讲学论政，冀挽时艰，桐城文会并起，讲馆林立，文学声势日益壮大，崇文重教蔚然成风。①

多年后，桐城文派的最后一位传人吴孟复说：

桐城虽是山水奥区，但其东乡(即枞阳)却濒临大江，与南京一水相通，舟楫来往，数日可达。尤其是从明末起，桐城与南京之关系便很密切。像方苞家庭就早迁居南京或其附近之六合，其兄弟姊妹婚嫁与父母葬地皆在江苏。戴名世、姚鼐亦久居南京。尤其是：从左光斗被推为东林党领袖以后，方以智、方文、钱澄之等又都是复社首领人物，当时亦以南京为中心，开展活动，联系十分广泛。这就是说：桐城虽僻处群山之中，但桐城文人并不是处于封闭状态；相反，他们接触较广，视野较宽，特别是方苞一方面身受明末遗老杜濬、钱澄之熏陶，一方面又接受了“颜李学派”中王源、李塨等人物的影响。刘大櫆也决不只是“荒江老屋之间”的人。②

再次，“擅江北名山之秀”③的龙眠山，有被《宣和画谱》称为“绘事尤绝，为世所宝”④的“龙眠居士”李公麟晚年归隐之山庄，其画作《龙眠山庄图》，极尽龙眠山水的无边风月，曾得到苏轼撰跋，黄庭坚题诗及苏辙所写《龙眠山二十咏为李伯时赋》，不仅对外地文人具有很大的吸引力，也是本

① 李则纲：《安徽历史述要》，安徽省地方志编纂委员会1982年，第10页。
② 吴孟复：《桐城文派述论》，安徽教育出版社2001年版，第18页。
③ [明]李逊：《安庆府志·山川》，明嘉靖刻本。
④ 岳仁译注：《宣和画谱》，湖南美术出版社1999年版，第155—156页。

地读书人钟爱之地。戴名世曾说：

> 江北之山，蜿蜒磅礴，连亘数州，其奇伟秀丽绝特之区，皆在吾县。县治枕山而起，其外林壑幽深，多有园林池沼之胜。出郭循山之麓，而西北之间，群山逶迤，溪水潆洄。[①]

多年来，桐城士人酷爱在龙眠山中潜心读书、修身养性，遇到危难、退隐政坛时尤其如此。明代大学士何如宠曾在此修建“泻园”，都御史左光斗建有“三渡庵”和“寒知阁”；大司马孙晋于明清鼎革之际“筑室龙眠山，率子弟读书其中”[②]；浙江兰溪令姚孙棐，在清兵南下之时“乃归隐龙眠山中，筑颂嘉草堂”[③]；著名学者戴震建“太古山房”；清康熙年间文华殿大学士张英致仕归乡，亦筑双溪草堂于龙眠山中，“优游于此间”[④]；时至晚清，桐城派代表人物姚莹之子姚濬昌亦隐居挂车山，自号挂车山农，培育出清末民国初著名学者永朴、永概、倚云兄妹，“朝夕承训迪于层岩飞泉间，诗意满前，吟兴益滋”[⑤]。

除去以上三点原因，桐城文化兴盛数百年而不衰，还与桐城望族聚居县城有很大关系。桐城县城西北负山，东南瞰河，是避风向阳的风水宝地。建于万历四年（1576）的城墙将它造就成中国唯一一座正圆形城池[⑥]。全城三个水门，将大别山水引入其中，城墙高 3 丈 6 尺，周长 6 华里，雉堞 1673 垛，城门 6 座，均有门楼，费银 21200 两有奇，多次抵挡了外敌入侵。最著名的为明崇祯八年（1635）张献忠的攻城战，张献忠集八部兵力攻城 14 昼夜，终被守军依靠坚固的城墙打退，而桐城亦因城墙特别坚固，获得

---

① ［清］戴名世：《河墪记》，《戴名世集》，中华书局 1986 年版，第 280 页。

② 马其昶：《桐城耆旧传》，黄山书社 1990 年版，第 182 页。

③ 马其昶：《桐城耆旧传》，黄山书社 1990 年版，第 206 页。

④ ［清］徐璈：《桐旧集》，民国十六年影印本。

⑤ ［清］徐昂：《范姚太夫人家传》，《范伯子诗文集》附录四，上海古籍出版社 2003 年版，第 621 页。

⑥ 张驭寰：《中国城池史》，中国友谊出版公司 2015 年版，第 183—184 页。

“铜城”美名。为平安与便利计，自明代开始，桐城望族即聚居于此，诸如桂林方氏、麻溪姚氏、啖椒堂左氏、笃素堂张氏、抱润轩马氏、操江巷盛氏、东门胡氏、鲁谼方氏等等。如此众多的人才荟萃之家聚居一处，自然构造出“世族列居”的独特风景，氤氲出浓浓的书香之气。对此，马其昶描述为：

长老言，吾乡俗乾嘉前至纯美矣：凡世族多列居县城中，荐绅告归皆徒行，无乘舆者；通衢曲巷，夜半诵书声不绝。士人出行于市皆冠服，客至亦然；遭长者于途必侧立，待长者过乃行；子弟群出必究其所往，不问其姓名谁何也；或非义，辄面呵之，即异姓子皆奉教惟谨。[①]

道光《续修桐城县志》卷三也称：

城中皆世族列居，惟东南两街有市廛……子弟无贫富皆教之读，通衢曲巷书声夜半不绝。

身处如此人文环境之中，桐城子弟竞相比较，读书求学蔚然成风，学者之间交流便捷，有力地推进了桐城文化的发展。与此同时，各家族子女自幼相处，相互通婚，一方面以高素质的母教保证了子孙自幼年起即可受到良好教育，另一方面极有利于家族之间的文化交流，保证了文化的发展和学术的传承。因此，张英才会感慨道：

间尝窃叹宇内士大夫家，或一再传而止，吾里多阀阅，先后相望，或十数世，或数百年，蝉联不替。[②]

① 马其昶：《桐城耆旧传》，黄山书社1990年版，第400页。

② ［清］张英：《龙眠古文初集序》，《张英全书》上册，安徽大学出版社2013年版，第298页。

例如,桂林方氏与麻溪姚氏的通婚自明代一直持续到清代,晚明时期达到高潮:

以十世姚之兰祖孙三代婚姻为例。姚之兰娶方学闵女,其长子姚孙棨娶大理寺卿方大镇女方维仪,次子姚孙桀生一女适方善庆,三子姚孙棐一女适庠生方于宣,另一女姚凤翙适州同知方云旅。孙棐长子姚文烈娶崇祯元年(1628)进士少詹事方拱乾女。方、姚两家频繁联姻,进一步巩固和加深了他们之间的关系。到了清代,麻溪姚氏与方氏之间的联姻依然存在,如十三世,姚士坚娶顺治四年(1647)进士御史方亨咸女,姚士陛娶顺治六年(1649)进士侍读学士方孝标女。十四世,姚孔钠娶吴县训导方嘉会女,姚孔镐继娶贡生方正瑞女,姚孔钪娶监生方承祖女。十五世,姚孔铎长子姚兴泗娶监生方曾宪女,次子姚兴浩娶监生方世翰女,四子姚兴澄娶贡生方世经女;姚孔锦子姚兴泷娶康熙四十八年(1709)内阁中书方式济女。十六世,姚棻娶雍正八年(1730)进士江西吉南赣道按察司副使方浩女。十七世,姚宪继娶庠生方世仪女。十八世,姚莹娶监生方裕昆女……二十世,姚永楷娶方哲君女。二十一世,姚永朴次女适光绪二十六年(1900)举人京师大学预科举业举人内阁中书方彦忱。可谓世代交好,通家之谊长在。①

又如张英家族与姚氏的通婚:

麻溪姚氏十二世就与张氏有多次联姻,如姚孙棐之五子姚文燕先娶山东布政使张秉文女,继娶兵部尚书张秉贞女;姚孙棐二兄姚孙桀之女适赠光禄大夫张茂稷(张秉贞子);姚孙森之第六女姚含章嫁文华殿大学士张英。这些姻亲关系的存在,为清代张、姚两家大规模地

① 汪孔丰:《清代桐城文化家族的姻娅网络及其文化特征——以麻溪姚氏为中心》,《河北科技学院学报》2017年第4期。

结亲打下了坚实的基础。清代,随着张、姚两族因科举仕宦而成为天下望族,他们联姻的次数多有百余次。[①]

此外,麻溪姚氏还与马氏、左氏等名门大族结为姻亲,如此就出现以下情形:

> 桐城方氏、张氏、马氏、左氏四大名门望族聚结到一起,形成网状态势的姻亲网络,而桐城吴氏、戴氏、徐氏、光氏、胡氏、江氏、潘氏、陈氏等家族也因与姚氏联姻被勾连起来。
>
> ……这些家族内部各自荟萃了一批文学家、艺术家,他们不仅在家族内部之间常常举办雅集酬唱之活动,还与其他家族有着频繁的文化交流活动。尤其是当家族之间互通婚姻之后,交游雅集、诗酒唱和等活动的次数会更加频繁,渠道会更加通畅。
>
> ……相应地,双方子女在通家之谊的基础上也会接受他们的文学指导,承继双方的文学经验,经常性地进行文艺交流与切磋。[②]

就这样,桐城凭借地理区位及山、水、田、路的优势,造就了一派独特的人文景观:多种文化的激荡融合,使得北方人的豪放慷慨与南方人的细腻机敏在桐城人身上兼而有之;封闭与开放同在的自然生态,使得这一方土地既能视野开阔、吸收众美,又能保有淳朴的社会风气;缘山而生的敦厚、因水而生的灵性,促成了桐城学子既专心致志于古人道德文章,又不懈探求先进文明的精神。

---

① 汪孔丰:《清代桐城文化家族的姻娅网络及其文化特征——以麻溪姚氏为中心》,《河北科技学院学报》2017年第4期。

② 汪孔丰:《清代桐城文化家族的姻娅网络及其文化特征——以麻溪姚氏为中心》,《河北科技学院学报》2017年第4期。

第四节　山水护佑：桐城文学的朴厚守礼

明清时期，桐城文、桐城诗，在江淮之间建构了一个令人称奇的文学天地。它们犹如一部大书的上下两篇，又如一块宝石的凹凸两面，书写着桐城文学的不同意蕴，折射出桐城地域文化的不同风采。

清代初期，由李芥须、何存斋编辑的《龙眠古文》即载文335篇，作者93人，而钱澄之等人尚未列入。清代中期，桐城文章已名满天下，以戴名世、方苞、刘大櫆、姚鼐、方东树、刘开、姚莹为代表的桐城籍文学家群体，薪火相递，代代承传，形成清代最著名的散文流派——“桐城古文派”，又称“桐城派”。它以文统的源远流长、文论的博大精深、著述的丰厚清正，风靡全国，享誉海外，主盟清代文坛200余年，成为中华民族传统文化中的一座丰碑。方东树曾在《刘梯堂诗集序》中不无骄傲地指出：

> 桐城人文最盛，故常列为列郡冠。是故自明及我朝之兴，至今日五百年间，成学治古文者综千百计，而未有止极。为之者众，则讲之益精，造之愈深，则传之愈远，于尤之中又等其尤者，于是则有望溪方氏、海峰刘氏、惜抱姚氏三先生出，日久论定，海内翕然宗之。①

薛福成也在《寄龛文存序》中说：

> 自淮以南，上溯长江，西至洞庭、沅澧之交，东尽会稽，南逾服岭，言古文者，必宗桐城，号桐城派。②

当代著名学者郭绍虞先生在其《中国文学批评史》中也指出：

---

① ［清］方东树：《刘悌堂诗集序》，《仪卫轩文集》，同治七年刻本。

② ［清］薛福成：《寄龛文存序》，《庸盦外编》卷二，清光绪二十八年刻本。

清代文论以古文家为中坚，而古文家之文论又以“桐城派”为中坚。有清一代的古文，前前后后殆无不与桐城派发生关系。在桐城派未立以前的古文家，大都可视为“桐城派”的前驱；在“桐城派”方立或既立的时候，一般不入宗派或别立宗派的古文家，又都是桐城派之羽翼与支流。由清代的文学史言，由清代的文学批评言，都不能不以桐城派为中心。①

多年来，有关桐城古文的研究已经数不胜数，本书不再一一论及。在此唯一强调的是，以“义法”为纲领，以“清真雅正”为特征的桐城古文，亦与桐城地理存在联系。

如前所述，桐城优越的农耕条件为耕读之家的发展提供了坚实的基础。明清时期，来自饶州、徽州等地自强不息的移民，经过一段时间的调适、努力，与当地土著一起，将桐城开垦成鱼米之乡。来自耕地贫瘠地区的高素质移民，本多中原世族后裔，值温饱可以满足之际，自然而然地将读书治学、科举晋身作为后代生活道路的首选。因此，从明代开始，桐城科举成绩一路直线上升，至清代进士总数已跃居全省第一。然而，能够进入官场的士子毕竟只是少数，更多桐城学子因种种原因未能如愿，不得不另谋生计。面对经商、入幕等职业选择，以世代业儒为理想的桐城人首选课徒。究其原因主要有四：第一，较少风险；第二，收入稳定；第三，可以继续读书治学；第四，可以在较大程度上保持人格之独立、清誉之无害。

例如，明代正德十六年（1521）桐城进士何唐，曾官至浙江按察使司提学副使，后因事忤中贵，告病归，即以讲学为业。

既归，僦屋以居，买田数亩，仅以供祭。布衣蔬食，一老仆，裰仅蔽膝；而论学日精，徒众甚盛，遂为乡里大师。②

① 郭绍虞：《中国文学批评史》，百花文艺出版社2008年版，第484页。

② 马其昶：《桐城耆旧传》卷二，黄山书社1990年版，第53页。

又如晚明“桂林方”代表人物方学渐，一生从教，被称为“以布衣振风教，食其泽者代有传人”[①]。《龙眠风雅》称：

万历间明经，不仕。……同时如高景逸、顾泾阳诸先生倡学东南，皆推公为职志，四方学者多归之，盖桐邑讲学之盛，未有右于先生者也。……子大镇、大铉，孙孔炤，曾孙以智辈，一门忠孝，文章焜耀联绵，知先生之遗泽远也。[②]

桐城派先导人物戴名世自父辈起即以课徒为生，他曾在《砚庄记》中说：

余家世耕田读书，故称饶裕……明崇祯中遭贼乱家破。久之，先王父募人垦荒田数百亩，聊足自给。先人兄弟三人，而先人所分受田宅仅十之二，食指甚多，不能给，于是始授徒他方，以糊其口。[③]

在《上刘木斋先生书》中，他又说到自己的职业选择。

名世家贫，无担石之储，佣书客游，乞食自活，家累二十口，嗷嗷待哺。[④]

教师职业不仅可以保证读书意愿得到满足，也可积累一定收入。《砚庄记》有载：

---

① [清]张英：《方母潘夫人七十寿序》，《张英全书》上册，安徽大学出版社 2013 年版，第 346 页。

② [清]潘江辑：《龙眠风雅》卷七，《龙眠风雅全编》(1)，黄山书社 2013 年版，第 223 页。

③ [清]戴名世：《砚庄记》，《戴名世集》，中华书局 1986 年版，第 282 页。

④ [清]戴名世：《上刘木斋先生书》，《戴名世集》，中华书局 1986 年版，第 15 页。

计自岁丁卯至壬午，凡十五六年，存与友人赵良治所者凡千金。是时吾县田直甚贵，而良治为余买南山冈田五十亩，并宅一区。田在腴瘠之间，岁收稻若干。屋多新筑，颇宏敞，屋前后长松不可胜计。①

有关桐城派成员职业选择与创作的关系，桐城派传人吴孟复先生曾有详尽论述。他认为，首先，职业会影响人的生活、精神面貌，也会塑造人的性格。

从“桐城派”作者来说，最突出的一点，还是他们几乎无一不是以教书为职业。方苞二十几岁就开始教书；出狱为官后仍然兼事教书（其在官也以编书为主要工作）。姚范、刘大櫆、姚鼐也都终身以教书为业。清末，吴汝纶、马其昶、姚永朴、姚永概也都长期教书。吴汝纶任冀州知州，于时张裕钊离开莲池书院，吴即主动向李鸿章要求弃官去莲池任教（这是我亲闻于姚永朴师的）。就桐城人说，由科举——仕宦而并不教书的大有人在，如张英、张廷玉、张廷璐、姚文然、姚元之、汪志伊……但他们都不是“桐城派”作者……教书者虽不能不依附于达官贵人、富商大贾，但毕竟与达官贵人、富商大贾有殊。他们处于社会的中间阶层，熟悉中间阶层特别是知识分子的生活习惯与思想感情，其中一些人对下层也能有所了解与同情；另一些人与上层联系较多，但能飞黄腾达者毕竟寥寥无几。这类人阅历较广，每以民生利病萦心，不同于山林隐士。而且，既为教师，就要束身检行，为人师表；自不能跅弛放浪，沉湎于酒色歌舞之中。

……正如姚莹说的：桐城“自明以来，士大夫多朴厚”，“号为守礼。逮夫通才鸿学，先后间出，莫不尚气节，敦廉耻”（《吴春麓诗序》）。朴厚、守礼，其中包含着谨守封建礼法的意思，“桐城”作者（除刘大櫆外）前逊于黄（宗羲）、唐（甄），后殊于龚（自珍）、魏（源），未尝

① ［清］戴名世：《砚庄记》，《戴名世集》，中华书局 1986 年版，第 283 页。

不由于此。但气节廉耻，又有守正不阿的品格。明初方法以方孝孺门人受十族株连而死。后来，左光斗、马孟祯、何如宠等人，为东林领袖，反对阉党，名震天下，在故乡当然也会有激懦廉顽的影响。“桐城派”作者强调“义法”，其中“不妄（随便）加毁誉（偏正复词，主要是不随便恭维）于人”，即是文人气骨的表现。

其次，职业会深刻影响写作者的选题、选材与写作方法。

他们所写文章，虽不敢越出封建礼法范围，但也不是“庙堂文学”“山林文学”。他们写的多为当时的“普通人”，从家人师友到其他知识分子（间有中下级官吏）以及孤儿、寡妇、婢女的言行；也有写著名人物的，但只取其一行之长，一言之善，如《左忠毅公逸事》《黄石斋逸事》之类。而写得最多最出色的还是前者。这些文章大多出于真情实感，且多用白描手法，于细节中传神。如方苞《白云先生传》，刘大櫆《樵髯传》，姚鼐《袁随君墓志铭》，梅曾亮的《黄蛟门传》，吴敏树的《业师两先生传》……其赠言，序跋之类，亦多插写生活细节，或绾以交游离合。虽论学之文，亦多化实为虚，以形象生动见长，如姚鼐的《送钱献之序》《礼笺序》，梅曾亮的《彭躬庵文集序》，马其昶的《书张廉卿先生手札后》《范肯堂诗集序》……要皆气清词洁，韵味特胜；且不像公安、竟陵作者，有那些庸俗的描写……

还有值得一说的，就是这些人既以教师为业，那就不但自己写文章，还要给人讲文章，教人做文章。因此，他们就不像官僚及清客们那样可以出奇吊诡，随意挥洒，怪怪奇奇，軥辀格磔。他们必须探索语言使用的常规，讲明开合、伏应、穿插、顿宕的技巧，指出应该怎样写与不应该怎样写，即文章的宜忌所在。姚鼐批评汉学家文章“缭绕不清”；我们多读吴派学者著作，便知姚说并非无的放矢；而桐城学者以至皖派学者（如戴震、王念孙、段玉裁）却无此病。我曾设想：戴震一派文章通达，可能即由姚鼐提醒之故；戴震说他愿与姚鼐“交相师”（《与姚姬传书》)。这也许就是“交相师”的结果。以之为文,从而写出一些平易通达、曲尽事理的文,就是黎锦熙讲的“普通古文”,兼有艺术性与实用性,朱光潜对桐城文所肯定的也就在此。[①]

再者,由于桐城古文派学者确有一些是邃于经学和精于古文义法的,因此当他们出而为人师表时便自然地会给桐城派的发展带来如下两个方面的结果:一个方面的结果是使桐城派的弟子按照等比级数急剧地增长……另一方面的结果是使桐城派的影响迅速扩大并及于海外[②]。

如此,由地理因素导致本地域士人职业选择倾向,再由士人职业特征造就的文章写作特色,成为桐城派古文形成的重要原因之一。

与桐城派古文同时存在的,还有兴盛数代之久的桐城诗歌。早在明末清初,戴名世就曾说过:“江淮之间,士之好为诗者莫多于桐。”[③]时至清中期,姚莹为《桐旧集》作序时亦称:

自齐蓉川廉访以诗著有明中叶,钱田间振于晚季,自是作者如林。是以康熙中潘木厓先生以有龙眠诗之选,犹未极其盛也。海峰出而大振,惜翁起而继之,然后诗道大昌。盖汉、魏、六朝、三唐、两宋以及元、明诸大家之美无一不备矣。海内诸贤谓古文之道在桐城,岂知诗亦有然哉![④]

另一位清中期桐城著名学者方东树也不无骄傲地说:

---

① 吴孟复:《桐城文派述论》,安徽教育出版社2001年版,第18—21页。

② 徐寿凯:《桐城文派绵延久远原因蠡测》,《桐城派研究论文选》,黄山书社1986年版,第92页。

③ [清]戴名世:《郭生诗序》,《戴名世集》,中华书局1986年版,第32页。

④ [清]姚莹:《桐旧集序》,[清]徐璈辑录:《桐旧集》(1),安徽大学出版社2016年版。

始吾读木厓潘氏《龙眠风雅》,固已叹桐城人文之盛矣。后又见王氏悔生《枞阳诗选》,暨吾门人文生汉光、戴生钧衡等《桐乡诗选》……以为桐城山川灵淑之气,所孕于一方者,瑰异日新,殚所未见若是,其无尽藏焉!天下名都大邑蔚然以能诗著望者有矣,求其以一乡一邑,其人至数百千之多、其诗至数百千篇之富,如兹数君子之所选者,亦可以观止耳矣!①

而晚清徽州著名学者程秉钊则在《国朝名人集题词》中感叹:"论诗转贵桐城派,比似文章孰重轻。"②

确实,明清时期,桐城诗风兴盛,诗家众多,诗作浩繁,影响深远。

从诗歌文献来看,明末清初潘江以《龙眠风雅》《龙眠风雅续集》选录乡邦诗作,前者凡六十三卷,收录桐城自明洪武初年至清康熙中期400余年间391人诗作,后者二十七卷末一卷,收录自姚文然、潘江等155人诗作;清代徐璈选编《桐旧集》,辑录明初至清道光庚子年(1840)桐城籍诗人之作,凡四十二卷,录作者1200余人,诗作7700余首,诗人有专集者600余家;吴希庸、方林昌选编《桐山名媛诗钞》,录女诗人亦近百家。此外,桐城尚存汇集家族诗作的《桐城方氏诗辑》《桐城马氏诗钞》《桐城姚氏诗钞》等多种。

就其影响而论,早在明末清初,就有三秦诗派重要成员韩圣秋指出:

以予所闻,海内崇尚诗学有三派,曰宣城,曰华亭,曰桐城。③

---

① [清]方东树:《孙苏门诗序》,《考槃集文录》卷四,《续修四库全书》第1497册,上海古籍出版社2022年版,第318页。

② [清]程秉钊:《国朝名人集题词》,转引自郭绍虞,钱仲联等编:《万首论诗绝句》,北人民文学出版社1991年版,第1574页。

③ [清]韩诗:《水西近咏序》,《四库未收书辑刊》第七辑23册,北京出版社2000年版,第311页。

钱基博《中国文学史》附录《清代文学纲要》,论述了姚鼐诗作对晚清诗歌的影响,认为:

> 道光而后,何绍基、祁寯藻、魏源、曾国藩之徒出,益盛倡宋诗;而国藩地望最显,其诗自昌黎、山谷入杜,实衍桐城姚鼐一脉……及其自为诗,则以清刚出古澹,以遒宕为雄,由韩学杜,已开晚清同光体之先河,与文之萧然高寄者异趣;而特为文所掩抑不甚著。①

1940年,钱钟书先生在《谈艺录》中列出"明清人师法宋诗·桐城诗派"条目,提出:

> 桐城亦有诗派,其端自姚南菁范发之,后曾涤生定惜抱七律为有清第一家。曾氏之称惜抱诗,非出偶然,曾诗亦本桐城,正如其古文耳。②

与桐城古文相比,桐城诗歌作者更多。历来研究桐城诗歌者多提出桐城山水对诗人的影响,但这并非"诗道大昌"的根本原因。桐城诗固然与地理环境有关,然最关键处未必皆在佳山秀水,而是进可出、退可守的山水奥区对桐城人的精神护佑。祖上多受中原移民影响的桐城人身处山水奥区之中,任凭外界风云变幻,内有不逾之矩,这就是对儒家诗书传统的代代坚守。

> 人尚实学,不竞浮名。尚实学,则含英咀华,先求根柢,风、骚、乐府户习家传,虽闺阁童孺之言必无粗俚寒俭之态。不竞浮名,则适性缘情,各摅才致,外诱莫夺,世趋莫移。故有明三百年来诗体三变,龙

① 钱基博著,曹毓英校订:《中国文学史》(下),华中师范大学出版社2011年版,第770页。

② 钱钟书:《谈艺录》,中华书局1984年版,第145页。

眠之名卿硕士，与四方分坛立坤者未尝不声光相接，而坚守朴学，一以正始为归者，固自如也。[1]

清初进士、文华殿大学士、礼部尚书桐城张英也说：

> 吾闻先正训子弟读书法，以六经为根源，以诸史为津梁，以先秦两汉之文为堂奥，以八家为门户……不汲汲于奔竞近取之途，不汶汶于声华靡丽之物，且幼而知所学习，故其为文皆有根据，不等于朝花而夕落也。[2]

正因为"风骚乐府，户习家传""外诱莫夺，世趋莫移"，桐城诗歌才能在"有明三百年来诗体三变"中不为所动，"不汲汲于奔竞近取之途，不汶汶于声华靡丽之物"，从而肩起熔铸唐宋大任，雄长清代坛坫。回顾桐城诗作，20世纪桐城派研究者、被称为"桐城派最后一位大师"[3]的吴孟复先生认为，其首要特点是：

> 一是"感慨讽谕，婉而多风，真得古三百篇之旨，而于性命之理，当时之故，往往托以自见"（姚文燮《钱饮光集序》）。
>
> 二是"悲感流离，发波幽愤"（李雯《方密之〈流寓草〉序》），"慷慨呜咽"（徐芳《愚者大师传》），"笔阵纵横"（文震孟《博依集序》）。[4]

桐城诗家之"感慨讽谕，婉而多风"，显然来自《诗经》之传。他们创作的新乐府式讽喻诗，集中体现了这一特色。譬如，钱澄之非常推崇杜诗对国计民生的关注，认为：

---

① ［清］陈焯：《龙眠风雅序》，《龙眠风雅全编》(1)，黄山书社2013年版。

② ［清］张英：《张英全书》(上)，安徽大学出版社2013年版，第298—299页。

③ 王达敏：《吴孟复：桐城派最后一位大师》，《吴孟复先生纪念文集》，黄山书社2020年版，第23页。

④ 吴孟复：《桐城文派述论》，安徽教育出版社2001年版，第29—30页。

至杜子美出，而复见《三百篇》之遗。其诗慷慨悲壮，指陈当世之得失，眷怀宗国之安危，一篇之中，三致意云。①

反观其所作《乞儿行》《绿林豪》《催粮行》《捕匠行》《水夫谣》《获稻词》等，皆从多种角度揭露官吏贪横，反映民生疾苦。又如方以智有《估客苦》《董逃行》《拟古诗》《变拟古诗》《感赋》《哀哉行》，方授有《赈饥谣》《牵儿衣》，方拱乾有《驱雀词》《逻卒叹》，方中发有《田家苦》《催科行》，姚文燮有《公馆谣》……都是上承《三百篇》之旨，中继唐代新乐府精神的写实之作，“其影响于清诗者尤大”②。

至于桐城诗家创作之“悲感流离，发波幽愤”“慷慨呜咽”“笔阵纵横”，集中体现在明清鼎革之际。当是时，桐城不少家族卷入政治风云，投入抗清活动。抗清失败后，众多士子不与清廷合作，成为悲愤满怀的遗民，此种情怀的代表当属经历多年颠沛流离、数次生死考验的方以智，他于此提出“以生死之说说诗”的观点，认为：

欲其以生死之说说诗也。一切法法而无一法，诗何尝不如是，则请以诗知生死。知生死无他，死其心则知之矣。尼山以兴，天下属诗而极于怨，怨极而兴，犹春生之，必冬杀之，以郁发其气也。行吟怨叹，椎心刻骨，至于万不获已。有道之士相视而歌，声出金石，亦有大不获已者存。存此者，天地之心也，天地无风霆，则天地喑矣。嘻噫！诗不从死心得者，其诗必不能伤人之心、下人之泣者也。③

细察方以智此时诗作，正是如此。吴孟复先生赞曰：

---

① ［清］钱澄之：《叶井叔诗序》，《田间文集》卷一四，黄山书社 1998 年版，第 259 页。

② 吴孟复：《桐城文派述论》，安徽教育出版社 2001 年版，第 29 页。

③ ［明］方以智：《范汝受集引》，《浮山文集后编》卷一，《续修四库全书》第 1398 册，上海古籍出版社，第 372 页。

> 其《狂歌》"满堂烈烈悲风沙",《告哀诗》"明甘一死平生毕,恨让诸公昨日高"。飞沙走石,沉郁苍凉。言为心声,而才力又足副之。若《钓台作》"钓台何嶙峋,当时必有百尺钓竿千尺纶,乃可垂钓桐江滨",想象神奇,古所未道。而"先生无行事,先生不著书,但能不肯为人臣。今人不能弃富贵,乃以藏拙讥古人"。着眼现实,议论纵横,精义微言,出以真气,尤为人所难道。①

与方以智同处家国之难中的钱澄之,写下《悲愤诗》《哀江南十九首》《虔州行》《虔州死节歌》《悲南昌》《二忠诗》《少年行》等等,亦皆为"椎心刻骨""声出金石"之作,虽非温柔敦厚,却亦本之《诗经》,如:

> 近之说诗者,谓诗以温厚和平为教,激烈者非也,本诸太史公所云:"《小雅》怨诽而不乱。"吾尝取《小雅》诵之,亦何尝不激乎?讥尹氏者旁连姻娅,刺皇甫者上及艳妻,暴公直方之鬼蜮,巷伯欲畀诸豺虎,"正月繁霜"之篇,"辛卯日食"之行:可谓极意诟厉,而犹曰其旨"和平",其词"怨而不怒",吾不信也。②

此外,明清两代桐城诗歌作者众、诗作佳的又一原因,亦与县城人文地理环境有关。由于大量士族聚居县城,望族子女幼小相识,长大之后多有交往、婚配。以此为基础,家族邻里之间交游唱和,志同道合者结为地域性诗社,作品大量结集出版,有力地促进了桐城诗歌创作的繁盛。例如,方氏家族方拱乾与姚氏家族姚孙森等五人交游唱和,人称"六骏";晚明方孔炤倡建泽园社,有方以智、钱澄之、方文、孙临、吴道凝、周岐等桐城青年有为

---

① 吴孟复:《桐城文派述论》,安徽教育出版社 2001 年版,第 30 页。

② [清]钱澄之:《叶井叔诗序》,《田间文集》卷一四,黄山书社 1998 年版,第 259 页。

者参加；孙继陛与方大任、姚孙棨、何如宠、戴君采结金兰社，觞咏往复[①]；潘映娄、方启曾等成立中江社，成员主要有阮大铖、钱澄之、钱秉镫、范世鉴、赵相如、齐维藩、吴道凝、洪慧中、汪应洛、刘汉、方文、盛应春等人[②]。方以智也曾在《孙武公集序》中记载了泽园友人之间的诗酒交往。

余往与农父、克咸处泽园，好悲歌，盖数年所，无不得歌至夜半也。农父长余，克咸少余，皆同少年。所志同，言之又同，往往酒酣，夜入深山，或歌市中，傍若无人，人人以我等狂生，我等亦谓天下狂生也。[③]

并赋诗称：

南郊有小园，修广二十亩。开径荫松竹，临水垂杨柳。西北望列嶂，芙蓉青户牖。筑室曰退居，闭关此中久。晨起一卷书，向晚一尊酒。偶然游吴越，天下浪奔走。《大雅》殊寂寥，黄钟让瓦缶。云间许同调，归来告亲友。结社诗永言，弦歌同杵臼。河梁如嚆矢，风骚为敝帚。聊以写我心，何暇计不朽。[④]

此外，桐城望族之中女子诗歌交流也成为一道亮丽的风景。方以智《清芬阁集跋》记载了方氏家族女性诗人的酬唱，如：

① 马其昶："（孙继陛）崇祯初叙前功，以员外郎征，坚卧不起。乡里休戚，勇于任负。与方赤城（方大任）、姚心甫（姚孙棨）、何芝岳（何如宠）、戴允孚（戴君采）诸公结金兰社，觞咏往复。"《桐城耆旧传》卷四八，黄山书社1990年版，第175页。

② ［清］钱澄之：《文学刘臣向墓表》："崇祯壬癸间，吾乡文社聿兴，凡六皖知名士翕然景附，号中江社。"《田间文集》卷二四，黄山书社1998年版，第469页。

③ ［清］方以智：《孙武公集序》，《浮山文集前编·稽古堂二集》卷二上，载《续修四库全书》第1398册，上海古籍出版社，第194页。

④ ［清］方以智：《泽园永社十体·泽园永兴社》，方于谷：《桐城方氏诗辑》卷二三，清道光刻本。

姑(方维仪)少好诗书……与余母朝夕织纴以下俱共事。殷勤之余,时或倡咏,伯姑间归而和之,闺门之中,雍雍也。①

相比之下,方以智之女方御记载的家族女子吟咏酬唱更为详尽,如:

先是,大弟已娶司马孙公女,逮余母携三弟素北归,娶司马张公女,余亦归里门,此番故乡团圆,破涕为笑,十倍金陵矣。定省之余,得与诸弟妇暨马妹吟咏唱和,用是娱亲。当是时,姚祖姑居清芬阁中,余辈每就订正,争妍竞胜,不异举子态,悬甲乙于试官也,而一门雍睦,实为桐邑冠。②

在如此家族氛围中,桐城许多女性都著有诗集,据《明清安徽妇女文学著述辑考》统计,明清两代,桐城女性诗集有120部之多,仅明末清初方氏家族就有方孟式(方大镇女,张秉文妻)《纫兰阁诗集》,方维仪(方大镇女,姚孙启妻)《清芬阁集》,方维则(方大铉女,吴绍忠妻)《茂松阁集》,吴令仪(吴应宾女,方孔炤妻)《黻佩居遗集》,方子耀(方孔炤女,孙临妻)《寒香阁训子说》,潘翟(潘映娄女,方以智妻)《宜阁集》,方御(方以智女,李极臣妻)《旦鸣阁稿》,陈舜英(方中通妻)《文阁诗集》,张莹(张秉贞女,方中履妻)《友兰阁遗稿》,孙咏阁(孙临孙女,方正珠妻)《断易日记》《咏阁诗集》,方宁(方中通孙女,孙荩臣妻)《又清阁遗稿》,姚凤翙(姚孙棐女,方云旅妻)《赓噫集》,姚凤仪(姚孙棐女,方于宣妻)《蕙绸阁诗集》……

当然,桐城女性诗歌创作的意义并非仅仅在于展现自身才华,更重要的是,高素质的母教才是推进桐城文化发展、文学发展的强劲动力。例如,方以智的成长离不开姑母方维仪,方以智在《清芬阁集跋》中写道:“智十

① [清]方以智:《清芬阁集跋》,《浮山文集前编·稽古堂二集》卷二上,《续修四库全书》第1398册,上海古籍出版社,第185页。

② [清]方御:《文阁诗选序》,[清]陈舜英:《文阁诗选》,刊附[清]方中通《续陪》,康熙继声堂刻本。

二丧母，为姑所托，《礼记》《离骚》，皆姑授也。”又如明末进士姚文然之女、马方思之妻、《凝晖斋集》与《陆舟日记》作者姚陆舟，丧夫之后“缟衣蔬食，督课二子。师必名宿，友必端士，塾中日课，夕必复之”，二子“未弱冠，已能文章，声誉藉甚”①。由于看到母教实实在在的作用，桐城望族女性受教育程度普遍较高，清潘江《龙眠风雅续集》记载：

> 夫人（姚凤翙）幼从其伯母方太夫人受业，即世所称为清芬阁者。教之以《内则》《女训》琚瑀珩璜之节，以暨经史、诗赋、书画之学……②

韩菼《凝晖斋集序》记姚陆舟时说：

> 自纺织以至醯酱蔬菜，造作之细，具见于《陆舟日记》，而经、史、传记、诗文，旁及九章算法，六壬数术，亦间见云。③

光铁夫《安徽名媛诗词征略》记方维甸女方若蘅时说：

> 幼读书过目成诵。勤襄精天文，若蘅能绍其传，辨星野不爽。经史必探讨得其要。兼善音律，若元人百种等曲，悉能按拍合声。④

翻阅《龙眠风雅》《桐旧集》，此类记述比比皆是。

如此，依山傍水的地理位置，恰到好处的历史机缘，造就了桐城崇文重教的地域文化；农耕社会的稳中求成，户习家传的风、骚、乐府，塑造了桐城

---

① ［清］韩菼：《凝晖斋集序》，［清］姚陆舟《凝晖斋诗存》，《桐城马氏诗钞》道光十六年可久虚斋刻本。

② ［清］潘江：《龙眠风雅续集》卷二〇，《龙眠风雅全编》（9），黄山书社 2013 年版，第 4099 页。

③ ［清］韩菼：《凝晖斋集序》，［清］姚陆舟《凝晖斋诗存》，《桐城马氏诗钞》道光十六年可久虚斋刻本。

④ 光铁夫：《安徽名媛诗词征略 · 补遗》，黄山书社 1986 年版，第 410—411 页。

文学的独特形质；风云激荡的时局，于血火中锤炼着它的文学品格；出类拔萃的母教，护佑它延续数百年而不中断。自晚明至清代晚期，桐城文学终成安徽古代文学史、乃至中华民族古代文学史的一个奇迹，一抹绚丽无比的晚霞。

第五节　生于忧患：庐州文学的坚忍悲凉

时至晚清，桐城文学已度过全盛期。此时，与桐城毗邻的庐州却得天时地利，迎来了文学发展的难得机遇。

庐州于隋开皇初改合州置，治合肥县（今安徽省合肥市）。辖境相当于今安徽省合肥、六安及霍山、庐江、巢湖等市县地。明太祖洪武元年（1368）设中书省直隶庐州府，府治合肥。清代庐州府下辖四县一州，即合肥县（首县）、舒城县、庐江县、巢县、无为州。隋代之前，大运河尚未开通，邗沟经常淤塞，地处长江、淮河两大水系运输节点的庐州合肥县，成为《史记·货殖列传》中记载的全国十八个商业都会之一[①]，为南北皮革、咸鱼、木材的转运站。

但随着大运河的开通，庐州这一独特的地理优势不复存在，自然灾害与战争侵扰成为阻碍庐州经济发展的两大难题。

首先，身处南北过渡的地理环境中，庐州受季风气候影响，降雨不均，旱涝频仍。早在南北朝时期，郦道元就曾提及，合肥由于“受南北潮”，“夏水暴长（涨），施合于肥”[②]。再加上梅雨、台风及“低槽冷锋”的影响，以南淝河和巢湖为代表的低洼河谷及滨湖地区，“干旱一大片，水涝一条线”。据1999年版《合肥市志》统计，从唐代乾封三年（668）到1949年的1300多年中，此地出现过66个大旱年，60个大涝年[③]。另据1981年《安徽省水旱

① 司马迁：《史记·货殖列传》有载：“合肥受南北潮，皮革、鲍、木输会也。”

② ［北朝］郦道元注，［清］戴震分篇：《分篇水经注·施水下》，黄山书社2015年版，第657页。

③ 《合肥市志》，安徽人民出版社1999年版，第106页。

灾害史料整理分析》统计，自明代景泰元年(1450)至1949年近五百年间，庐州府发生特大水灾6次、大水灾7次、偏大水灾9次、一般水灾103次，总计125次。其中，清代乾隆五至十年(1740—1745)连续五年出现水灾[①]。明末清初，合肥龚鼎孳两次上疏，恳请政府减免庐州赋税，描述了灾荒之年庐州百姓的生活状况，如：

壬午以前三四年间，庐民以疫死、饿死、被兵死、相杀死者无算。闾无人色，骨与丘平；而血刃环摧，孑遗为埽，寡妻孤子魂断荒原，删户口之全，补灾荒之半，则至寇祸频仍，一年数十犯而极。……臣郡于今日，无有室家也，磷火而已；无有流亡也，沟壑而已；无有招徕抚循也，起死人肉白骨而已。[②]

即以臣郡庐州论，连岁旱魃为虐，赤地千里，飞蝗蔽于野，湖泽涸而生尘。自去年二月至今年六月，雨雪全无，禾苗尽槁，牛乏可饮之水，贱鬻以供庖厨，人当垂绝之时，吞声而啖糠秕，甚至贷呼无路，合门自经！创见骇闻，伤心惨目。[③]

其次，"封略阔而土地瘠"[④]的庐州大地，长期以来还饱受战乱之苦。由于四面皆为丘陵、平原，无山川大河之险要，庐州自古就是四战之地。东汉末年，袁术之军将合肥城毁为废墟。三国时期，仅208年至253年，魏吴双方就曾在此爆发过多次严重的军事冲突，包括两次影响极大的"合肥之战"。南北朝年间，这里是兵家必争之地，南梁、北魏于此大战，东魏、南陈、

① 安徽省水利勘测设计院：《安徽省水旱灾害史料整理分析》，1981年。

② [清]龚鼎孳：《请沛蠲租明诏疏》，[清]左辅纂修；合肥市地方志办公室整理：《嘉庆合肥县志》卷三五，黄山书社2006年版，第645页。

③ [清]龚鼎孳：《请蠲赈疏 顺治十年七月上》，[清]左辅纂修；合肥市地方志办公室整理：《嘉庆合肥县志》卷三五，黄山书社2006年版，第648页。

④ [唐]杨凭：《唐庐州刺史本州团练使罗珦德政碑》有载："淮海之郡，庐为大，封略阔而土田瘠，人产寒薄，井赋尤重。"周绍良主编：《全唐文新编》第3部第1册卷四七八，吉林文史出版社2000年版，第5588页。

北周军队先后占领合肥。唐末,黄巢军队路经庐州,再次给城池造成严重破坏。南宋,庐州为抗金前线,三次被金人占领。元代末年,此地初为红巾军主要活动领域,自1356年始,朱元璋与张士诚、左君弼在庐州地区展开了长达八年的拉锯战,明大将徐达、常遇春攻克庐州时,庐州已十室九空,人口损失殆尽。正因为如此,明代初年,政府组织大量江西移民迁入庐州,仅以清代庐州望族为例,来自江西的就有龚鼎孳家族、李鸿章家族、刘铭传家族、张树声家族、周盛波家族、刘秉璋家族等。这些远来移民为立足庐州,“多聚族而居,故宗法极重”,强宗大族建有祠堂,拥有族产,有专门的宗族祭祀活动,有宗族管理组织,有严格的族规家法,对族人和族内事务具有强大的控制力和约束力,“颇具自治之雏形”①,对外则“盗不能欺,利不能诱,兵不能怵”②。

由于祖上来自文化发达地区,所居又毗邻文化重镇桐城,两地百姓往来密切,有清一代,随着桐城文化的日益发达,桐城文风也越来越深入地影响着庐州。因此,清代庐州民众多注重教育,以耕读为业,希望凭借科举晋身。有论者称,此地“民风淳朴,事耕桑,崇俭重名务学,贤才汇兴”③,“其俗勤于稼穑,不喜商旅,犹有往昔简古风”④,“衣冠文物之懿,视昔有加……弦诵之声,接于四境”⑤。可叹的是,晚清庐州再次面临血光之灾。咸丰五年(1855),开封以东黄河决口,鲁南、皖北、苏北大批灾民流离失所,纷纷入捻,以至于淮河南北,遍地皆捻,他们“什五相聚,各持刀械,踞水

---

① 胡朴安:《中国风俗上编·合肥风俗记》,北京:九州出版社2007年版,第198页。

② [元]余阙:《合肥修城记》有载:“(合肥之民)惟其质直而无二心,故盗不能欺;勤生而无外慕之好,故利不能诱;强悍而无孱弱可乘之气,故兵不能怵。”[清]左辅纂修;合肥市地方志办公室整理:《嘉庆合肥县志》卷三四,黄山书社2006年版,第597页。

③ 出自《图经》,转引自胡朴安:《中国风俗下编·庐州》,九州出版社2007年版,第50页。

④ [明]马廷用语。见[清]左辅纂修;合肥市地方志办公室整理:嘉庆《合肥县志》卷八,黄山书社2006年版,第113页。

⑤ 朱镛语,转引自胡朴安:《中国风俗下编·庐州》,九州出版社2007年版,第51页。

陆要隘，借拿私盐稍贩为名，恣意讹索，滋生事端，商旅为害”[①]，并迅速南下庐州，以至于新任安徽巡抚李嘉端甫抵任所，便不由得惊呼：“遍地皆贼，遍地皆抢，蹂躏至于通省，蔓延祸及天下。”[②]

为应对日益加深的社会危机，庐州以宗族为核心的民间自卫武装纷纷出现，并在保卫家乡的战斗中逐渐积累了作战经验，正所谓“百里之内，互为声援；贼来则战，去则耕；贼近则守，远则出击”[③]。兴盛于晚清的淮军正是在如此人文地理形势下崛起，咸、同之际，这支以团练为基础的军队不仅以平定苏南、平复捻军的战绩驰骋大江南北，而且经历了中法战争、甲午战争，抵抗八国联军入侵，甚至出兵朝鲜平叛，布防区域从东北的旅顺、大连起，经山海关到整个直隶、山东、江苏、浙江、台湾、福建、广东、广西，覆盖了整个中国的海疆，成为晚清政府重要的国防力量。

随着淮军的迅速崛起，尤其是众多庐州籍淮军将领的位高权重、雄姿英发，庐州地域文化意识日趋强化。清人黄云称：“淮军继起，遂成中兴之功……（庐州）人士文经武纬，震耀一时。”[④]与此同时，国人对庐州文学的关注也达到顶点，许多庐州本地文人得以被世人所知。谭献在《合肥三家诗钞叙》中称：

> 咸丰初，欃枪明于上，萑苻应于下，异军苍头特起。蜀山、肥水数百里间，骧跃于行陈者相望，文武材用，有奇必显。于是乎貂蝉兜鍪，盛于一方，尊于薄海矣。……蓄志隐轸，而制行高清……徐君懿甫、戴君子瑞、王君谦斋，其斯之谓与？士之表见于世者，出则展其用，处则

---

① ［清］左辅：《念宛斋集》，聂崇岐：《捻军资料别集》，上海人民出版社 1958 年版，第 24 页。

② ［清］李嘉端：《皖抚疏稿》，《太平天国北伐资料选编》，齐鲁书社 1984 年版，第 167 页。

③ ［清］方濬颐：《周家口张勇烈公祠碑》，《二知轩文存》卷三三，载《明清未刊稿汇编 方忍斋所著书》，台北联经出版事业公司 1976 年版，第 1989—1990 页。

④ ［清］王世溥：《合肥王氏家集》，《清代家集丛刊》，国家图书馆出版社 2015 年版，第 188 页。

章其文。……江淮之间固多异人哉![1]

自晚清至民初,庐州文学从创作主体上来看,大致可以分为如下三种类型:其一,淮军将领本人之作;其二,庐州本土文士之作;其三,淮军将领后代之作。在这三种类型之中,淮军将领本人创作的文学作品数量未必称众,质量上乘者亦为数不多,却起到了重要的引领作用,对咸、同之际庐州文学的兴起,意义重大。

欲深入阐释这一问题,我们不能不首先对庐州淮军将领群体的文化修养有所介绍。尽管近年来有学界专家指出,就整体状况而言,淮军将领的科举水平远不及曾国藩领导的湘军[2],但不可否认的是,庐州淮军将领亦多出自耕读之家,并有良好的传统文化素质。

例如:李鸿章之父李文安(1802—1855),科举入仕前长期在家乡合肥课馆为业,道光甲午科江南乡试第十六名举人,道光戊戌科第一百一十二名进士,官至刑部督捕司郎中、记名御史、记名知府。李家以"文章经国,家道永昌"为辈分,激励后人尚文重教。咸丰三年(1853)太平军攻陷庐州城,李文安回到合肥,组织团练武装,曾带领合肥的团练武装在巢湖等地与陈玉成领导的太平军作战,遗著《愚荃敝帚二种》于同治年间付梓。其子李鸿章,五岁能诗,六岁入家馆棣华书屋学习,攻读经史,打下了扎实的学

① [清]谭献:《复堂文续》,《清代诗文集汇编》(721),上海古籍出版社2010年版,第189页。

② 王尔敏先生通过大量人员数据分析指出:"淮军中大军旅之统将二十六人中有科名者五人、捐职一人,与湘军领袖多数均有科名不同。"王尔敏:《淮军志》,桂林:广西师范大学出版社2008年版,第165—166页。又王继平:《湘军淮军异同论》:"湘军的将领多为有功名的儒生士子,尤其是高级将领,多为学有专长的人物。据统计,在179名有出身身份可考的湘军将领中,书生出身的为104人,占58%;武途出身的75人,占42%。统帅3人(江忠源、胡林翼、左宗棠)全是书生出身;统领13人,书生占8人;分统43人,书生占28人;帮办10人,书生占9人;营官98人,书生占41人。所以曾国藩称他的将领可以"朝出鏖兵,暮归讲道"。而淮军将领的出身,却与湘军大不相同……在淮军的11个高级将领中,有科名者仅5人,余均为平民、行伍、防军、世职、武科及降将等等。"《求索》1997年第5期。

问功底。道光二十三年(1843)李鸿章入选优贡,翌年一举中式;二十七年考中丁未科二甲第十三名进士,朝考改翰林院庶吉士。

庐江刘秉璋(1826—1905),父亲曾入太学读书,秉璋兄弟从小就受到良好的词章训练。咸丰十年(1860)秉璋得中进士,选为庶吉士,授编修。同治元年(1862)李鸿章创建淮军,奏调刘秉璋随军。

庐江吴廷香,与桐城戴钧衡、马三俊友,以文章风节相砥砺,由优贡就选教职。太平军来犯,吴廷香组织团练与太平军对抗,咸丰四年(1854)战死。子吴长庆(1829—1884)袭职,成为淮军干将。

庐江潘鼎新(1828—1888),父潘璞,县廪膳生、塾师。潘鼎新少年从父就读,与刘秉璋同学,两人曾结伴自安徽步行至北京求学。清道光二十九年(1849)潘鼎新中举,次年春闱会试,至国史馆承修臣传。咸丰十一年(1861)潘璞与太平军战于庐江,兵败被杀。鼎新为报父仇,加入淮军,成为淮军重要将领。

此外,淮军重要将领中还有合肥张树声,廪生出身,父亲张荫谷"三举不第,遂弃诗书,督家政"(《安徽省志·人物志》);合肥张士珩,祖父张纯,举人出身;合肥刘铭传,族人刘显谟中康熙庚辰科进士,本人亦曾就读私塾……

正因为如此,对许多庐州淮军将领来说,书香门第、文学著述一直是心底无法割舍的梦与所爱。譬如,淮军领袖李鸿章虽然传世诗词不多,仅143首,却写出了一代雄杰的人生起伏,同时也折射出时代的变迁,淮军的心路。以李鸿章写于道光二十三年(1843)的《入都》(其一)为例,此诗流传极广,生动地刻画出青年时期李鸿章宏伟的志向、远大的抱负、雄健的气势,一直被看作其早年代表作,其诗曰:

丈夫只手把吴钩,意气高于百尺楼。一万年来谁著史,八千里外觅封侯。定将捷足随途骥,那有闲情逐水鸥。笑指泸沟桥畔月,几人从此到瀛洲。[1]

咸丰三年(1853),太平天国兴兵北上,安徽硝烟四起。李鸿章离开京师,投身于平乱战争中,开始了人生新阶段。从军之年的李鸿章,许多诗作都以凄寒之笔,描写了战乱中的国家、人民,令人感知淮军兴起的保家卫国的动因。如《晚江即事》有句:

山气蒙蒙带雨昏,江潮滚滚挟雷奔。估樯簇笋滩头聚,野市编茅劫后存。

《登小姑山感怀》(其二)写道:

东南归路莽萧条,皖口千峰若为招。半局残棋存战舰,八年恨事付寒潮。灵风下水征帆疾,落日中原汗马骄。孤客不堪回首望,苍茫一片劫灰烧。

由于既无兵权又缺乏军事经验,书生出身的李鸿章最初境遇尴尬,四处碰壁,诗作中亦多寂寥落寞,却也恰合彼时清王朝的无奈与期盼。咸丰六年(1856)夏,李鸿章有感于军兴以来的连连挫败,赋诗遣怀:

四年牛马走风尘,浩劫茫茫剩此身。杯酒借浇胸磊块,枕戈试放胆轮囷。愁弹短铗成何事?力挽狂澜定有人。绿鬓渐凋旄节落,关河徒倚独伤神。(《丙辰夏明光镇旅店题壁》)

咸丰七年(1857),太平军连克安徽桐城、舒城等地,次年再克庐州。

---

① 本节李鸿章诗作均见于李国杰:《李文忠公遗集》卷六,载《近代中国史料丛刊》第7辑《合肥李氏三世遗集》,台北文海出版社1973年版。本节李鸿章诗文均出于此书,不再一一详注。

李鸿章奉母北逃,祖宅被“焚毁一空”,困窘之中的李鸿章写下了《再叠前韵赠仲仙》,其中“浮生萍梗泛江湖,望断乡园天一隅”“河山破碎新军纪,书剑飘零旧酒徒”等句,生动地刻画了国破家亡之际诗人的满怀愤激与无奈。

在多年战争的锻打中,李鸿章逐渐走向成熟、稳健。《夜听四弟吹笛》一诗写于周氏夫人去世之后,思乡之情、手足之情无不哀婉,但到得李鸿章笔下,既有柔情,更见坚毅和豁达,其诗曰:

> 江山如此一登楼,万象无声铁笛幽。往日家园皆梦里,中年哀乐到心头。不堪离思天边月,更触豪情塞上秋。与汝归耕定何处?牧童牛背互吟讴。

总览李鸿章诗作,虽未必佳作迭出,但大多数作品都充溢着一种阳刚雄阔之气。它自然来自诗人非凡的人生经历与气度,然亦与庐州山水不无关联。在《日本某居士集序》中李鸿章说:

> 古之以文章传者,得山川之助而益奇。太史公周览天下名山大川,其文豪宕有逸气。杜子美崎岖秦蜀,举可喜可愕之境悉寓之于诗。盖山川之灵,不能终闭,而士蕲有以自见,或抒情、纪事镵刻万汇,不获山川之助,亦无以扩其趣而孕其奇也。

自幼生长在开阔无阻的兵家必争之地,面对连年灾荒与兵乱的考验,庐州子弟血脉中自有一种贲张血气与江北男儿的豪健,行诸笔墨,浩然之气必喷薄而出。李鸿章《抚州晚霞楼燕集,涤生师即席命作,效何太守〈将进酒〉体六章》(其三)可称代表,全诗字里行间尽显诗人的平生豪气和远大抱负,其诗曰:

> 二十学书剑,北登黄金台。三十负弓弩,弃繻归去来。蚍蜉妄拟

撼大树，奋张直挟蛟螭怒。濡坞沙堤云列屯，巢湖战舰月横渡。矛头盾鼻作生涯，一椎不中再椎误。流光瞥眼倏惊电，青春不回绿鬓变。送尽茫茫几辈人，中夜起舞泪如霰。灞陵猎马短后衣，昨梦封侯今已非。南浮富春下彭蠡，山川辽绝音问稀。任人呼牛或呼马，长醉不醒胡为者？

与李鸿章相比，另一位淮军将领刘铭传的诗作同样大气磅礴，却又别具特色。刘铭传平生未曾取得任何功名，甚至没有系统求学的经历，但这并不等于他缺少文化素养。一个有力的证据是在淮军攻克常州后，看到被士兵当马槽使用的"虢季子白盘"底部有古文字，读之不能尽晓，刘铭传立刻意识到此非寻常物，秘运回家，妥为珍藏，且编印《盘亭小录》一书昭示世人，足以显其较高的文化素养和文物鉴赏能力。同治五年(1866)，在镇压捻军的戎马生涯中，刘铭传出人意料地编辑完成诗集《大潜山房诗钞》[①]。此集两年后刻板印行，成为淮军诸将第一本诗文集，曾国藩亲为作序，刘铭传也因此获得"儒将"之誉，连帝师翁同龢也说他是"淮军中的名士"[②]。清末民初桐城学者陈澹然在《刘壮肃公奏议叙》中说：

公才兼文武，所著《大潜山房吟稿》，曾文正叹为骠姚劲悍，类其用兵。在官奏牍，下笔辄数千言，沛乎若不可御。其大要尤在成败得失，靡不毕达其真诚，绝无一言相诳饰。其所自属草，犹觉英风浩气，磅礴楮墨之间。[③]

---

① ［清］刘铭传：《大潜山房诗钞》，《刘铭传文集》，黄山书社 2014 年版。本节刘铭传诗作除《乙未冬绝笔》外，均出于《大潜山房诗钞》，《刘铭传文集》，黄山书社 2014 年版，不再一一详注。

② 程必定：《刘铭传与台湾建省》，《海峡两岸纪念刘铭传首任台湾巡抚一百二十周年学术研讨会论文集》，黄山书社 2007 年版，第 279 页。

③ 陈澹然：《刘壮肃公奏议叙》，《刘铭传文集》，黄山书社 2014 年版，第 483 页。

翻阅《大潜山房诗钞》，源自江淮农耕之家的质朴、豪爽之气扑面而来。这是一种源自田野的本真，是农家子对于田园永久的依恋，是国破家亡之际不得不出战，既出战就需英气十足、奋勇杀敌的壮士之选。

其《应募入皖辞家晓行》一诗写道：

拜别亲朋去故关，举家送别泪潸潸。从戎气壮晨驱马，破晓云开鸟出山。人值少年当自立，身逢乱世敢偷闲。中兴将帅堪平寇，我待成功定早还。

在此，作者出语不假雕饰，诗作全无典故，但朴实的语言与发自内心的情感自有感人的魅力。再如《上海军次中丞接篆日》，满满的都是人生使命感，如：

半壁皆烽火，江南不见春。离家三四月，航海八千人。才系苍生望，身承宠命新。英雄有抱负，举止自天真。

与这种使命感并存的，还有作者流动在诸多诗篇里的江淮侠客的傲岸、豪爽之情，如：

自从家破苦奔波，懒向人前唤奈何。名士无妨茅屋小，英雄总是布衣多。为嫌仕宦无肝胆，不惯逢迎受折磨。饥有糗粮寒有帛，草庐安卧且高歌。（《遣怀》）

无端烽火漫天来，骨肉流离不相见。飘零无处寄此身，生成傲骨不依人。（《文章歌》）

师次彭城偶息肩，欣逢豪士共流连。论交痛饮樽中酒，忧世长谈海外天……旌旗欲上南征路，挥手孳孳泪满前。（《留别李嵋生观察》其一）

这里更有作者获得胜利之后毫不掩饰的骄傲，如：

东南半壁寇乱生，多少官军战不平。李侯捧檄渡江去，八千子弟赋从征。我亦仗剑随长往，三年血战大功成。驿使往来传捷报，大江南北俱澄清。天子行诏赏优隆，父老欢声颂厥功。军中歌铙洗兵甲，武人衣锦不衣戎。江南景象重兴起，山水明丽鸟声喜……（《别江南》）

与此同时，刘铭传还在诗歌中描写了官军对百姓的摧残，表达了一位有风骨、有良知，为国而战、为民而战的将军情怀，其诗曰：

郊行二三里，四望皆村庄。秋收禾黍尽，露冷林叶黄。马前一老叟，独在田间忙。举头见行骑，走避殊仓皇。我行少仆从，我佩无刀枪。何以农夫避，呼前问其详。农夫荷锄语，战栗立道旁。今夏贼去后，大兵过此乡。贼至俱先备，兵来未及防。村内掳衣物，村外牵牛羊。人多不敢阻，势凶如虎狼。老妻受惊死，一子复所伤。骨断不能起，至今犹在床。暮年寡生计，空室无斗粮。所幸此身健，勉力事田桑。近凡见兵马，畏怯故走藏。我闻殊太息，揽辔思彷徨。问彼统兵者，曾否有肝肠。灭贼自为贼，何颜答上苍。（《郊行》）

正是因为始终保有农家本色、侠客情怀，刘铭传虽然而立之年即身居高位，却看透了功名利禄对生命的羁绊，一而再、再而三地于诗作中表达了强烈的归田愿望。他频频写下“关内曾更秦法律，眼前不见汉山河”（《道经沛县》）、“君归我亦返，不愿觅封侯”（《淮上送李少轩观察归里》）、“此身欲闲散，故与宦情违”（《偶作》）、“行止不如愿，功名困此身”（《寄刁畹兰》）等句，并在《陈州防次》一诗中，淋漓尽致地写出了作者心中所鄙、所念、所愿，其诗曰：

盗贼东西流，士卒奔驰久。陈州中原地，息兵且防守。军中消闲事，只有诗棋酒。一日不相离，三者是吾友。客兵远道来，邻封交不厚。官场贱武夫，公事多掣肘。我生性不羁，欺侮亦甘受。济世重经纶，自惭无抱负。日诫甲胄士，努力灭群丑。一朝洗甲兵，还乡为田叟。但愿世长清，敢求名不朽。高官足荣贵，身后何所有。李广若封侯，至今犹在否。

1896 年 1 月 12 日，刘铭传于家乡病逝，临终诗《乙未冬绝笔》满怀凄凉，其诗曰：

历尽艰危报主知，功成翻悔入山迟。平生一觉封侯梦，已到黄粱饭熟时。[①]

也许，这就是中国近代史上威名赫赫的淮军命运。历史赋予庐州子弟以保家卫国之重任，赋予他们以荣光，但同时也赋予他们悲凉与失落。

除却李鸿章与刘铭传的作品，我们还可以听到另一位淮军将领潘鼎新一次次的喟然长叹，如：

骅骝伏枥角弓藏，白草黄沙送夕阳。百战中原谁识我，一军横海为勤王。东山归去三年雨，北道重来两鬓霜。七十二沽秋夜月，征人何处望江乡。（《天津军营作》）

二十年前此旧游，茫茫淮水正东流。万家楼阁怜焦土，一夜波涛撼小舟。客路送君须尽醉，沙场愧我不封侯。临岐莫上长堤望，杨柳依依古渡头。（《皖氛正炽临淮客次送李少轩观察还南》）

休向边关唱《黍离》，英雄出处系安危。有人早献和戎策，无计能留大将旗。兄弟一军归故里，河山百战送蛮夷。孤臣尚有还乡乐，南望遗黍实可悲。[②]（《粤西班师》）

---

① ［清］刘铭传：《乙未冬绝笔》，肥西县地方志编纂委员会：《肥西县志·附录》，黄山书社 1994 年版，第 779 页。

② 陈诗：《皖雅初集》卷三二，黄山书社 2017 年版，第 1201 页、1202 页。

就连老成持重的刘秉璋，也在诗句中叹息："剧怜人共春蚕死，几许胸中未吐丝。"①无尽的人生杂味，难以笔墨描述。

与淮军将领的诗歌创作同步，晚清庐州文士著述也进入一个高峰。咸、同之前，庐州并非没有诗人，但留名者甚少。这一现象与清代初、中期庐州声名不显颇有关系。时至晚清，淮军的存在令身处江淮之间的庐州吸引了朝野上下众多关注目光，再加上两淮大地战火弥漫，太平军、捻军驰骋往来，文人亦难置身事外。目睹大江南北的满目疮痍，民众的生离死别，庐州诗人一方面积极投身于保家卫国的战斗中，另一方面慷慨悲歌，描绘出家乡的苦难、战乱的血腥、心中的期望，其中"合肥三家"（徐子苓、王尚辰、戴家麟）极有代表性。清末民初著名藏书家、李鸿章之子李国松称赞此三人："狎主坛坫，声誉流闻。"②

合肥三家中徐子苓（1812—1876），字西叔，号毅甫，又作懿甫，官和州学正，著《敦艮吉斋诗存》《敦艮吉斋文钞》《闲闲园古文钞》；王尚辰（1826—1902），字北垣，号谦斋，晚号遗园老人、五峰居士等，官翰林院典籍，著有《谦斋诗集》《遗园诗余》。戴家麟（生卒年不祥），字子瑞，官宿州学正，后改国子监学正，著有《劫余轩诗存》《听鹂馆文集》。战乱期间，徐子苓先后入江忠源、曾国藩幕，曾缒城而出为江忠源寻找救兵，又为曾国藩献计献策。王尚辰随其父王世溥建办庐州团练，咸丰十一年（1861）入蒙城说降苗沛霖。戴家麟虽未入戎幕，但"兵燹后，人多废学，麟尽心诱掖，多所成就"③，参与战后重建。清末民初狄葆贤《平等阁诗话》记载，徐子苓、王尚辰等"并以学术文章著称，同居英果敏公（翰）幕府，克襄大猷，躬靖时

---

① ［清］刘秉璋：《辛酉仲春车过泗上许宾山茂才以其亡友韩君涛雪轩诗索题》，见陈诗：《皖雅初集》卷三二，黄山书社2017年版，第1205页。

② 李国松：《敦艮吉斋诗存·目录记》，《清代诗文集汇编》（649），上海古籍出版社2010年版，第680页。

③ 光绪《续修庐州府志·文苑传》，清光绪十一年刻本。

难。事定,英公欲述勋官之。三人咸固辞,幅巾归隐,矫然特异”①。

由于“中更兵乱,自在戎马间奔走皮骨,悲歌慷慨,遂与老杜时地相副”②,徐子苓、王尚辰之作均有老杜意蕴,“郁郁莽莽,刻意杜陵。骨力意气,遒厚多而韵逸少”③,清代著名廉吏、庐州知府唐景皋也称王尚辰诗“沉郁近杜,豪肆近苏”。阅读此三家诗人之作,犹如阅读晚清庐州历史,清晰可见灾荒、动乱、战争如何构建了此期庐州的血泪岁月。

在合肥三家笔下,晚清庐州的一切痛苦都离不开这里的自然地理条件。三家多篇诗作描写了庐州年复一年的灾荒:徐子苓有《屋漏行》《苦雨三首》《后苦雨五首》《饥妇词》,王尚辰有《大风》《城上乌》《悲饥年》,彭家麟有《寇至苦雨》等,均以沉痛之笔,写下了庐州连年不断的灾难及灾难中的庐州民生④。

譬如,王尚辰在《城上乌》中写到庐州的三年大旱:“城上乌,朝朝暮暮声自呼。三冬无雪土膏竭,觅食空田无宿麦。”《大风》写到风灾的肆无忌惮:“狂飙怒号天地动,星河破碎鬼神哄。”徐子苓笔下庐州的旱灾形象生动:“君不见春间大麦焦欲枯,豆屑芋羹惨尽无。市头老农卖黄犊,地火烧秧秧又秃。”(《屋漏行》)他还一而再、再而三地描写庐州的洪水:“侧闻临墙崩,千声心魄怖。揽衣愁漏湿,倾耳殷雷误。”(《苦雨三首》其一)“圩荒坝全塌,河溢淮更浊。山泽匪异民,咫尺事反复。”(《苦雨三首》其二)“积水漫瓜畴,穷巷可罾鱼。十室八九倾,四望犹吾庐。”(《苦雨三首》其三)“东风雨不止,北风雨不止。信是南风恶,将晴雨又驶。”(《后苦雨两首》其二)“朝出威武门,戚戚念邱墓。遥惊东岗涛,已没西陇树。蚬断未消暑。迭云湿犹絮,孤村动将没。”(《后苦雨两首》其二)

① 狄平子:《平等阁诗话》卷一,西北大学出版社 2019 年版,第 39 页。

② [清]谭献:《谭献日记》,中华书局 2013 年版,第 259 页。

③ [清]谭献:《谭献日记》,中华书局 2013 年版,第 128 页。

④ 本节徐子苓、王尚辰、彭家麟诗作除特别标注外,均见于[清]谭献:《合肥三家诗录》,载《丛书集成续编》(148),上海书店出版社 1994 年版,第 353—376 页,不再一一详注。

如此境况中，庐州百姓生计全无。徐子苓《饥妇词》写一位女人水灾过后被卖，非如此则不能为丈夫、儿子换取生存的食粮。临行时慈母对怀中幼儿的嘱咐，字字泣血，其诗曰：

秸鞠嬉春风，雌雄相对飞。啄虫不自食，哺子桑树枝。桑枝春婀娜，黄口日以肥。同在尧舜世，我独非烝黎。舆夫夜在门，月瘦灯光低。娇儿故憨跳，索乳怀中啼。无知就乖张，且复相抱持。抱持声暗吞，去去天一涯。淫水屡降害，谁道皇天慈？母在儿共死，母去爷不饥。床头败絮袍，架有青臂衣。眠食顺爷意，冷暖毋娇嬉。地下即黄泉，见汝当有期。毋为苦相忆，掩泣从此辞。

而在另一幅画面中，则是母亲以亲子换取食粮："向晨一妇哭，哀音答流水。云有七岁儿，愿易数炊米。"(《后苦雨两首 》其二)

当然，更令人难以容忍的是晚清雪上加霜的苛政。三家诗人之吟咏，直令人联想到唐乐府的直白、痛切。王尚辰《催租行》有云：

眼前麦熟休浪喜，腰镰才释催科起。……欲乞稍宽当速备，一鸡半豚先媚吏。行当鬻妇头上簪，累公受杖心自愧。三日为期公莫恚，若免鞭笞即公赐。

《淮雨怨》拟淮上雨的口吻写出丰收之年民众的忡忡忧心，其诗曰：

夏来两月旱，望岁无富贫。一雨随秋至，皇灵悯烝民。大浩声呼汹，淮水侵城闉。流恶沟洫尽，气象时一新。前年惨兵火，村落生荆榛。今年幸有秋，禾黍遍郊畛。问民胡不乐？口噤盖有因。处人股掌间，危苦难具陈。将恐田中稻，去为鼎下薪。朝廷出韦澳，父老思寇恂。昔人一何幸，涕泗沾衣巾。

《大风》中,风灾固然可怕,更可怕的却是租税的逼迫,诗曰:

老农无言扶杖立,呼儿索绹忙缮葺。噫吁!伤屋尚可毋伤麦,租税今年催更迫。

《悲饥年》描画出一幅流民画卷,诗曰:

穷居逢岁俭,衣食知艰辛。开门见流亡,千百纷成群。纵使土如粟,立尽太仓陈。一朝大雪降,道路愁行人。嗷嗷思待哺,谁怜饿殍身。老叟前致辞,欲哭已吞声。马齿七十年,未有如今贫。持女易百钱,敢望君子仁。为婢真大幸,免充鸡与豚。我闻益惆怅,俯首泪沾巾。麦熟亦易待,努力掘草根。上有尧舜君,下有稷契臣。[①]

同样,徐子苓《乞丐行》的描写亦令人心痛,诗曰:

病妪发秃肩戴首,少妇踵穿衣露肘,团团竹筐何所有?麦穗青青杂老韭……

生活在一块多灾多难的土地上,又恰逢一个民不聊生的年代,“合肥三家”的诗作多歌哭,多伤悲。但他们的歌吟又不仅仅于此,诗人们更以沉郁之笔,书写了动乱与战争的历史进程,为自己的诗作平添了史韵。

太平军初起之际,徐子苓《冬晚同子固饮酒》极目祖国大江南北,已然痛彻心扉。

岁晏人事艰,百货日翔贵。今宵一斗舂,君向谁家贳。城中十日雪,流民冻俱毙。即此觞豆微,了却数口费。粤南早疮痍,江东又烽

① 王尚辰:《悲饥年》,转引自马祖毅:《皖诗玉屑》,黄山书社1985年版,第237页。

燧。假君席前箸，请君画大计。勿谓食肉鄙，建竖本不易。油镫冻虚壁，朔风吼平地。已矣复何言，浩歌径成醉。

咸丰三年（1853）太平军围攻庐州，十二月，庐州陷落。家国动荡的焦虑直接映射到庐州诗人笔下，如：

北望酸心雁到稀，冷枫空见暮鸦飞。王师南下无消息，愁对残山泪满衣。（彭家麟《北望》）

遗黎盼苏息，天意竟如何。狂寇披猖久，吾庐风雨多。远山吞宿雾，骤水没高禾。淮右军书急，征夫尚枕戈。（彭家麟《寇至苦雨》）

他们渴盼着当局能够尽快重整山河，也希望自己能够为国效力。王尚辰在《癸丑人日卷石山房题壁》中写道：

皖公半壁倚长城，号召新标保卫名。未按舆图谁聚米，坐挥麈尾浪谈兵。上游已失樊篱固，下策徒劳铁索横。整顿乾坤须巨手，道旁筑室总无成。（其五）

吴魏雄争古战场，巍巍巨镇首庐阳。星分牛斗光芒聚，势控江淮襟带长。畴昔民风原质直，于今邻境更强梁。救时自有新条教，保甲焉能泥古方。（其八）

一局纷更等弈棋，河山举目不胜悲。浮生久已梦胡蝶，世事何如食蛤蜊。十笏清闲摩诘地，一编涕泪少陵诗。愁中似厌春光早，新柳垂垂绿几丝。（其十）

另一首《三月朔奉檄监淮北团练赴肥助剿途中感赋》，则抒发了慷慨报国的心志，诗曰：

烟尘惨天地，弭兵竟何时。丈夫志四方，心与忠义期。安居谁非愿,所恐终蒿藜。岂云朝野殊,兵农理亦齐。江河日趋下,丛脞民风移。姑息致悍戾,迫胁成乖离。此邦多健儿,剽忽四境知。操纵权在手,良足供驱驰。揽辔望故乡,颠危用扶持。孰无国士遇,慷慨为涕洟。骏马习危阪,良禽耻恶枝。幕府盛人材,令名以为基。(王尚辰《三月朔奉檄监淮北团练赴肥助剿途中感赋》)

亲眼目睹淮上子弟的集结出征,他们十分兴奋,但那充满草莽气的集结场面也使他们忧虑不安,如:

淮河北望屯长烽,正阳关上排艨艟。拍岸惊涛人语哄,烛龙夜半喷天红。诘朝官吏忙趋集,桓桓大将碉楼立。伐鼓拟金听指挥,新招队伍仓皇入。顷刻游民身带刀,街前结党夸雄豪。白日旌旗自摇动,分钱坐地沽香醪。吁嗟乎!司农财匮民膏竭,羽檄频繁虚报捷。淮北经年作战场,惜无猛士清妖孽。安得猛士清妖孽,更盼贤良佐君侧。(王尚辰《正阳行》)

身为庐州百姓中的一员,“合肥三家”时时能感受到战乱期间民众的痛苦,如:

江淮屡构兵,家室无完全。阡陌生荆棘,墟里断人烟。饥乌号恶木,潜鳞枯重渊。老弱甘饿死,造物岂有偏……(王尚辰《农夫叹》)

麦饭家家已荐新,荒丘咫尺隔烟尘。梨花柳絮无颜色,不信今年尚有春。(王尚辰《清明》)

他们最终等到了内乱平定的日子。但是,就在“庐阳夜捷烈炬红,露布连奏甘泉宫”(徐子苓《庐阳夜捷行赠江使君达川》)的捷报声中,庐州家园处处皆是战争的创伤,如:

君不见，荒城荡荡迹如扫，纵横瓦砾居民少，髑髅满地生青草……（徐子苓《庐阳夜捷行赠江使君达川》）

更何况死于他乡的战士终难返回故里，如：

燕台饥魄惨风烟，直下黄河浪拍天。归榇无家依古佛，寡妻抱子设斋筵。贵游并已无颜竣，故里凭谁葬董传。同是中郎门下士，新诗和泪寄重泉。（徐子苓《白衣庵哭问渠》）

戴家麟一首《中元对月》更写出了乱离之后无尽的感伤，诗曰：

中元月，明镜悬，光景依稀似去年。去年中元兵火处，十生九死辞家去。今年中元始得归，唯有秋月还相随。月华岁岁看常在，人隔一年颜已改。……难得乱离后，对月在家园。家园景物都非旧，万木凋零孤月瘦。但闻几家野哭声，使我仰天泪沾袖。今年中元在故乡，明年看月知何方。世事茫茫且举觞，幸莫辜负秋月光。

在以李鸿章为代表的淮军将领和以“合肥三家”为代表的庐州文士身后，庐州文学于光、宣乃至民国期间依然持续发展。尽管此时中国已进入历史新时期，新文学崛起，旧文学衰落，但庐州文学传人依然坚守着传统文学阵地，哪怕面对的是风霜雨雪，哪怕自身命运满目悲凉。

据统计，清代至民国安徽全省郡邑类诗歌选集有凤阳府《小山嗣音》，安庆府《龙眠风雅续编》《枞阳诗选》《古桐乡诗选》《桐旧集》《宿松文征正续编》，庐州府《庐州诗苑》《庐江诗隽》《居巢诗征》《濡须诗选》《合肥词钞》，和州《历阳诗囿》《龙亢诗集合选》，宁国府《宛雅三编》《泾川诗钞》，太平府《南州诗略》，徽州府《大鄣风雅》等 17 部，其中安庆府、庐州府各有 5 部。进一步分析，安庆府所属桐城县作为一代文都，地方诗歌的繁盛自非他处可比，且地方诗集选编自明末清初已经开始，而庐州 5 本地方诗集均出自1921年至1930年年间，充分显示了庐州文学传人弘扬地方文学的不懈努力。这5本诗集包括陈诗辑《庐江诗隽》二卷，民国十年(1921)刊行，录清代庐江县诗人10人117首诗作；刘原道辑《居巢诗征》十卷，民国十年(1921)刊印，录巢县少量元明诗人及清代150位诗人3000余首诗作；陈诗辑《庐州诗苑》，民国十五年(1926)刊行，录清代庐州府诗人221人922首诗作；方澍辑《濡须诗选》四卷，民国十四年(1925)木活字本，录清代庐州府无为州诗人30人168首诗作；李国模辑《合肥词钞》四卷，录清代合肥51位词人之作，民国十九年(1930)刊行。除此之外，尚有李家孚著《合肥诗话》三卷，专收合肥地区诗人诗事，肇自清初，下及民国初，计207人事迹、诗作，有民国十八年(1929)铅印本。

在庐州地域文学的传承、发展之中，最引人瞩目的力量是淮军将领的后代。

例如，在李鸿章家族后代中，我们可以看到绵延数代人的诗词创作。李鸿章长孙国杰著有《蠖楼吟草》，并编辑《合肥李氏三世遗集》。李蕴章(李鸿章四弟)长子经世之子国模辑《合肥词钞》四卷，著《瘦蝶词》一卷附一卷(1933年版)，其妻彭淑士著《碧梧轩诗存》《绣冰词》；国楷著有《餐霞仙馆诗存》三卷，《餐霞仙馆诗增刊》一卷，其妻陈秉淑著有《翠枫阁诗词》。蕴章次子经邦著有《冰谷诗草》，其次子靖国著有《宜春馆诗选》二卷。蕴章三子经钰著有《友古堂诗集》二卷，其子国枢著有《问淞诗存》一卷；在"家"字辈中，经钰之孙、国环之子家孚著有《合肥诗话》《一粟楼诗文遗稿》，国环之女家恒著有《闺秀诗话》……其中《合肥词钞》《合肥诗话》都表现了浓郁的地方文学意识，对庐州文学的一脉传承具有重要意义。

再如另一位淮军重臣刘秉璋的后代。他们显然更多地继承了刘秉璋的文史研究爱好，并在此方面取得不凡成就。其二子刘体仁著有《异辞录》四卷，记载晚清京师掌故，涉及清军与太平军、捻军战争，并中法镇海之役及中日战争。因所记往往道破内幕，故曰《异辞》。该书不仅具有文学性，也是不可多得的历史文献。刘秉璋三子刘声木、四子刘体智，致力于中国传统文化的承继。刘秉璋生前即有"淮军藏书家"之誉，声木、体智继承父志，不仅藏书丰富，且建树不凡。刘声木专意收集清人撰述，所得以各省志书及清人文集、书目、笔记、诗话词话居多，共藏书七千六百九十余种，计十万三千五百余卷，编为《苌楚斋书目》二十二卷。他又遍阅清人诗文别集和野史、碑传笔记，撰有《清藏书记事诗补遗》十七卷（稿本），收录有清一代藏书家1158人；著有《苌楚斋随笔》五十卷，《桐城文学渊源考》十三卷，《桐城文学撰述考》四卷，《续补汇刻书目》三十卷、《再续补》十六卷、《三续补》十五卷，《寰宇访碑录校勘记》十一卷，以及《续补寰宇访碑录》《再续寰宇访碑录校勘记》《国朝鉴藏书画记》等，汇为《直介堂丛刻》行世。在此特别需要说明的是，《桐城文学渊源考》《桐城文学撰述考》于1929年出版，其时“桐城派”早在新文学发起时已被斥为“谬种”，打翻在地，但刘声木还是逆潮流而动，坚持对其进行深入研究，不遗余力地为桐城派正名。吴孟复先生曾经评说：

> 桐城文派绵历二百余年，流衍南北诸省，作者众多，著作繁富，而正反两方面论述之作尤多。不特青年学者苦于无从问津，即老师宿学也往往不能尽知其人，也就不能尽见其书。故欲求研究之深细，必先有工具之提供，而提示资料所在之工具，就尤为重要。盖传记之作、文章之选、言论之辑，篇幅所限，势有难周；而考其师承，录其名氏，括其生平，详其著作，提示传记、评论之所在，兼具“学案”“目录”“索引”之作用。则吾邑前辈刘述之先生所编《桐城文学渊源考》《桐城文学撰述考》实为研究桐城文派最佳之工具。
>
> 书中收录之人，上自明代归（有光）、唐（顺之），下逮近世马（其昶）、姚（永朴、永概）、贺（涛）、王（树枏）诸老，以至当代章士钊、于省吾，凡六百四十余人。其中既有桐城派，亦有阳湖、湘乡两派；而三派之外（如张之洞《书目答问》中所说之“不立宗派”古文家），若清初之侯、魏、汪；近代之魏、龚与后来之严几道（复），亦有收录，采集之博，实为明中叶后散文研究之重要资辑；就桐城派研究言，可以探索，可以比较。
>
> 一、《渊源考》溯源于归有光，其明末清初诸大家亦多列入。自

方、戴、刘、姚以下，则以一师为一卷，而以其门人、私淑附之，明传授之流别，示师承之所自。每一作者列其姓名、里贯、简历，且摘引评论。这些评论，皆取原书原文，且注明有关各书之书名。合"学案"与"索引"为一书，便于读者之检索。

二、《撰述考》列作者二百三十八人，收书二千三百七十余种，有中国的，亦有日本的；有常见的，亦有稀见的；有些稀见之本，还著明曾藏某处。此无异于桐城文学（也可说是明清古文）专题书目，助人即类求书，因书究学。且《考》中所收为作者之各种著作（并非限于古文），经、子、诗、词，皆在其中，故又为研究桐城学派、桐城诗派的重要工具。

刘先生之撰此书，历时三十余年，所用参考书七百四十余种，成书之后，汇刊于《直介堂丛刻》中。其后又以十年时间，再检书八百二十余种，成为《补遗》。其中有未详之名、字、科举年份等，则缺字，则存疑，亦至慎也，徐天祥同志先取《补遗》纳入原书；复就可以补之者，检阅他书以补之；其尚未能补者，仍付缺遗之列，其勤其谨，良足称赞。其有助于桐城三派之研究，有助于明清文学之研究，有助于思想史、学术史、文学史及语言学之研究，是可以肯定的。[①]

至于吴长庆之子吴保初的作品，则向世人清晰地展示了这一家族热血沸腾的报国激情与真情挥洒的诗文特色。光绪二十三年（1897）甲午战败，吴保初发表《陈时事疏》，直"以亡国之说，告之于皇上"，希望执政者由"怵危亡"而"谋富强"[②]。戊戌变法前后，他著文痛论阻挠新法之害。变法失败后，谭嗣同等就义，已南归的吴保初写下《读东林传》（又名《哭六君子》），诗曰：

圣朝不杀士，尼父吊三仁。西市诸君子，东林旧党人。涓涓流碧

---

① 吴孟复：《桐城文派述论》，安徽教育出版社2001年版，第231页。

② 吴保初：《陈时事疏》，《北山楼集》，黄山书社1990年版，第93页。

血，扰扰窜黄巾。未必逢天怒，阴霾黯紫宸。[①]

光绪三十一年（1905）吴保初东渡日本，舟过玄海滩时，有句曰："万顷云涛玄海滩，天风浩荡白鸥闲。舟人那识伤心地，遥指前程是马关。"[②]感慨忧伤，尽在其中。在《自题批麟草后》一诗中，吴保初悲叹："正则怀沙终为楚，子胥抉目欲存吴。何堪更作哀时赋，萧瑟江关泪已枯。"[③]悲凉之音，痛彻心扉。正因为如此，他为女儿们指出了新的生活道路："女勿学尔父，而父徒空言。西方有美女，贞德与罗兰。"[④]

民国二年二月二十一日，吴保初逝于上海，时年45岁。此时，清王朝业已寿终正寝，新世纪的阳光已经照射到中国大地上。几年后，同盟会在日本成立，吴保初之女吴弱男成为同盟会最早的女会员之一。早在1904年，她就以"爱革命者吴弱男"为名，选编了《二十世纪自由钟》，并接连在《中国白话报》《女报》等刊物上发表文章，畅言女界革命，谋求中国独立道路。1918年，吴弱男所译易卜生的戏剧《小爱友夫》发表于《新青年·易卜生专号》，标志着淮军后代已经走入新文学天地。

除却淮军后代，庐州本土作家也代有其人，庐江陈诗就是一位成就杰出者。陈诗（1864—1943），字子言，号鹤柴，又号南史邑人，为晚清民国著名旧体诗人。虽然他比吴保初年长，却拜吴保初为师，并深受王尚辰影响[⑤]。光绪二十五年（1899）陈诗旅居南京、上海，受文廷式、郑孝胥等名家指点，先后结识了陈三立、范肯堂、沈增植、狄平子等知名诗人。他诗作愈益长进，被民国初年的《诗坛点将录》列为108名诗人之一，著有《藿隐诗

① 吴保初：《读东林传》，《北山楼集》，黄山书社1990年版，第36页。

② 吴保初：《玄海滩》，《北山楼集》，黄山书社1990年版，第69页。

③ 吴保初：《自题批麟草后》，《北山楼集》，黄山书社1990年版，第33页。

④ 吴保初：《元旦试笔示二女弱男亚男》，见《北山楼集》，黄山书社1990年版，第62页。

⑤ 陈诗在《尊瓠室诗话》中载："余于己亥夏赴郡试，携诗稿晋谒。时方学渔洋，先生诲之曰：'作诗勿专主一家，他日堕人窠臼，难自拔也。'余服膺其言。庚子游沪，多识名宿，乃格律一变。"

草》《据梧集》《鹤柴诗存》《凤台山馆诗抄》《尊瓠室诗话》《静照轩笔记》。除此之外，他还投入大量精力致力于乡土文学的整理，先后为安徽老乡整理出版作品集，诸如庐江吴保初的《北山楼集》、合肥史台懋的《桴槎山馆集》、泗县袁履方的《砚亭诗抄》等，而且选编《庐江诗隽》《庐州诗苑》《皖雅初集》，编纂《冶父山志》《安徽通志艺文稿·集部》。其中《皖雅初集》共四十卷，选辑者立足庐州府，扫视全省，"起顺治，讫宣统，得一千二百余家"[①]，录清代安徽省1462名诗人诗作3700多首，诗前各有诗人小传，间有评论，完成了一部涵盖整个清代安徽的诗歌总集，为庐州文学增添了最后一抹绚烂色彩。

① 陈诗：《皖雅初集·自序》，《皖雅初集》上，黄山书社2017年版。

结　语

清代末年,中国社会发生重大变化。鸦片战争之后,根据《南京条约》和《五口通商章程》的规定,上海于道光二十三年(1843)正式开埠。从此中外贸易中心逐渐从广州移到上海,欧美国家经济势力快速挺进中国,外国商品和外资纷纷通进长江门户,上海开始从一个不起眼的海边县城朝着远东第一大都市前进。紧随其后的是近代交通运输业的快速发展,现代航运与铁路的登场。所有这些历史变革,极大地改变了安徽人文地理环境,也催生了新时代的安徽文学。

安徽与上海历史渊源极深。早在上海开埠前,已有许多徽州人经新安江来到上海经商从业。万历年间,徽商在盐业中的优势地位逐渐确立。而上海距盐业重镇扬州较近便,其所属的川沙、南汇、奉贤、金山等滨海诸县又均生产海盐,因此成为徽州盐商重要的活动场所。同治九年所立《上海徽宁思恭堂缘起碑》即称:"沪邑濒海,五方贸易所趋,宣歙人尤多。"[①]据乾隆《镇洋县志》记载:"邑多土著,无服贾。行盐、质库,皆徽人。"[②]康熙年间海禁废弛,沿海贸易及江南的商品经济获得了长足发展,上海以其得天独厚的地理优势,逐步成为当时中国南北之间、沿海与腹地之间商品流通和交换的枢纽。南洋北洋货物交易于此,群贾辏集,以经营典当、茶叶、纸墨、棉布等见长的各类徽商日益增多,乾隆年间即有徽宁会馆建成,较之1797

① 上海博物馆图书资料室编:《上海碑刻资料选辑》,上海人民出版社1980年版,第232页。

② 乾隆《镇洋县志·风俗》,张海鹏、王廷元:《明清徽商资料选编》,黄山书社1985年版,第160页。

年宁波商人组建的四明公所要早43年之久，堪为各地商业会馆之首。

1843年上海开埠，并迅速发展成为“中外通商第一口岸”。二十年后，历史再次为皖人提供了新的机遇，这就是长江现代航运的开通。据江天凤主编《长江航运史 近代部分》记载，19世纪60年代，英、美两国侵华航业以上海为据点，首先置轮入江，沿干流向上渗透，初营沪汉线航运①。清同治十二年（1873）轮船招商局问世，同年7月，招商局附局轮船“永宁”号从上海开往镇江、九江、汉口。光绪二年（1876），招商局开始进驻安徽芜湖。同年，中英《烟台条约》签订，将芜湖正式辟为对外通商口岸。光绪三年（1877），芜湖正式对外开埠。同在中英《烟台条约》中出现、被定为外国轮船停泊和上下客商货物码头的安徽沿江城市，还有安庆。如此，借助长江水运之利，芜湖、安庆很快成为安徽通往外部世界的重要通道。

从此，皖人进入上海的通道大为近便，除却经新安江抵达杭州转赴上海的传统徽商之路，来自大江南北的更多安徽人经长江现代航运走进上海，成为这个东方大都市的一名成员，汇入正在蓬勃生长的上海都市文化中。以宣统元年（1909）在上海成立的南社为例，其中皖籍成员54名，12人来自徽州府，8人散布于大运河、淮河沿线，其余29人皆来自居长江南北的太平府（2人）、宁国府（14人）、安庆府（6人）、庐州府（7人）。

便利的交通带动经济的快速发展，同时推进芜湖成为安徽文化中心。处于长江与青弋江交叉口的芜湖，襟江带河，有“千年江城”之称，早在明清时代，已是安徽地区重要的商业、手工业城市，商业繁荣，交通方便。它南经青弋江、鲁港河直通南陵、宁国、太平，西北经裕溪河可达巢县、无为、庐州，东出长江可至南京、镇江、上海，溯江西上可直通九江、汉口。开埠以后，随着对外贸易的开展，到19世纪末，芜湖的商业更呈现繁盛的景象。据王鹤鸣先生《安徽近代经济探讨 1840—1949》一书介绍：

> 芜湖的布业在未开埠前仅数家，每年营业额不过数十万元，芜湖

① 江天凤：《长江航运史 近代部分》，人民交通出版社1992年版，第2页。

开埠后，洋货丝绸均由本埠入口，“由是布业日形发展，全埠营业额有五百余万元”。芜湖的丝业在通商后，也有很大发展，一八九四年后，“本埠丝店为极盛时代，共计十余家，每年营业额达百万元”。芜湖的茶业在“光绪初渐次发展，至三十年(1904)左右，计有店铺十二家，每年营业二十万上下”。芜湖的烟业也“以光绪间为最盛”。其他如京广杂货业、纸业、药业、染坊业在芜湖开埠后也都有不同程度发展。由于芜湖各业的兴盛，也促进了钱业的发展。道光年间，芜湖钱业有十余家，每年出入百余万。到一八九四年后增至二十三家，进出汇划有一千三百余万元，为道光年间的十三倍。到二十世纪初，芜湖经商者计三千户，约五万人，芜湖已成为长江流域重要的商业城市。①

显然，新式航运业的发展导致了城市人口流动和商品流通的扩大，增强了城市的辐射力和吸引力，芜湖因此逐步发展成为具有新型功能的近代化城市，同时也成为新思想、新观念在安徽的集散地。

清光绪二十八年(1902)，陈独秀自日本回到安徽。两年后，安徽旅湘公学采纳陈独秀的意见，迁至芜湖，改名“安徽公学”。据知情者、安徽早期民主志士高语罕介绍，该校之所以选址芜湖，原因如下：

芜湖地处中江枢纽，为安徽省区沿江两大城镇之一，交通发达，各路人等，来去方便，易于聚散。从经济来说，芜湖的商业兴旺，百货交汇，市面的繁华，为全省之冠，这也是革命党人活动的好条件。再从政治来分析，芜湖不比省城安庆，那儿是清省级政权的中心，监查革命党人较严。在芜湖还可不受安徽抚督的直接控制，在芜湖开展革命活动，可以“瞒天过海”，不易被当局察觉，革命党人可以在学校里大胆

① 王鹤鸣：《安徽近代经济探讨 1840—1949》，中国展望出版社 1987 年版，第 73—74 页。

宣传革命宗旨，并开展其他活动。[①]

迁入芜湖的安徽公学借助便利的长江交通，先后聘请来自日本、上海、南京、安庆各学堂毕业生[②]，多名革命志士和专家学者任教，包括陈独秀、刘师培、谢无量、苏曼殊、柏文蔚、江彤侯、陶成章、房秩五等等。“既借讲堂为鼓吹革命的场所，又和安庆尚志、桐城崇实、寿县蒙养和芍西、怀远养正和萃华等校联络活动。并与东京同盟会本部及南京、上海，安庆，合肥等地的革命组织互通声气”[③]，大江南北的有志青年纷纷慕名而来，这所学校也因此成为安徽响应辛亥革命的策源地。

另一方面，芜湖与安庆的新闻传播事业也得到快速发展。据统计，1911 年以前，安徽近代报刊集中在安庆、芜湖两地。如 1898 年在芜湖创办的《皖报》，1899 年桐城人汪熔在芜湖创办的《白话报》，1902 年在安庆出版的《阁钞汇编》，1904 年陈独秀在安庆创办的《安徽俗话报》，1905 年在安庆创刊的安徽官方报纸《安徽官报》，同年在芜湖由无为人王鹤天创办的《鸠江日报》、浙江人吴少斋创办的《商务日报》，1906 年在芜湖出版的《风月谭》，1908 年同盟会会员韩衍等在安庆创办的《安徽通俗公报》，1909 年在安庆创刊的《安徽实业报》，1910 年同盟会会员陈子范在芜湖创办的《皖江日报》等等[④]。其中陈独秀创办的《安徽俗话报》最有代表性。该报稿件由陈独秀寄往上海，交章士钊主办的东大陆书局印刷，形成一条“活”在长江上的独特运行方式：安庆编辑，上海印刷，芜湖、安庆发行销售，长江

---

① 张湘炳：《史海抔浪集 陈独秀并辛亥革命问题研究》，天津社会科学院出版社 1993 年版，第 186 页。

② 张湘炳：《史海抔浪集 陈独秀并辛亥革命问题研究》，天津社会科学院出版社 1993 年版，第 188—189 页。

③ 张湘炳：《史海抔浪集 陈独秀并辛亥革命问题研究》，天津社会科学院出版社 1993 年版，第 187 页。

④ 安徽省政协文史资料委员会：《安徽近现代史辞典》，中国文史出版社 1990 年版，第 284—285 页。

沿江各主要城市如南京、上海、镇江、武昌等均设有代办所[①]。这份以“开通民智，救国图存”为宗旨的报纸，开始每期只印刷1000份，主要在安庆、芜湖两地销售，后来在全国影响逐渐扩大，最高增至每期3000份，“销路之广，为海内各白话（报）之冠”[②]。除本省外，上海、南京、武昌、长沙、南昌等大中城市，也有销售。从而在安徽近代新闻史、近代革命史、近代文学史，包括中国新文化运动史上，揭开了鲜活而灿烂的一页。

此外，上海、芜湖的先后开埠与长江航运的发展，还促成了安徽文士与上海报刊媒体的结缘。

乐正先生在《近代上海人社会心态（1860—1910）》一书中统计，晚清时期的上海，近代报刊从无到有发展迅速，在众多媒介中出尽风头。1894年以前，全国76种近代报刊中，上海一地便有32种。1896—1911年，上海的报刊又增加了78种，两者加在一起，达110种，数量之多，在当时的中国几乎没有一个城市可以与之匹敌。在晚清时期，另外三个报刊也比较发达的城市广州、香港、北京的报刊数，分别只有99种、30种和不到20种[③]。更何况出版、发行于上海租界的报刊杂志，在言论上更具自由度，这对于具有深厚的传统文化底蕴、又受到西方文化思潮思想影响，怀抱经国济世之志的安徽读书人而言，魅力无限。于是，大量安徽学子进入上海报刊界，依靠新安文派、桐城派铸就的文化功力，很快就脱颖而出。

例如，歙县王钟麒于1907年进入上海报界，先后为上海《神州日报》《民呼报》《天铎报》主笔，又曾参与筹建《民吁日报》《民立报》《独立周报》；合肥范光启协助于右任先后创办《民呼日报》《民吁日报》《民立报》，并出任《民立报》总理、主笔；泾县胡朴安曾出任《国粹学报》编辑，为《民立

---

① 沈寂：《汪孟邹与陈独秀》，《陈独秀研究》第1辑，东方出版社1999年版，第372页。

② 《安徽俗话报》十二期《本社广告》，1904年8月1日出版，转引自沈寂：《汪孟邹与陈独秀》，载《陈独秀研究》第1辑，东方出版社1999年版，第372页。

③ 乐正：《近代上海人社会心态（1860—1910）》，上海人民出版社1991年版，第160页。

报》主要撰稿人，受聘《太平洋报》专撰社论，同时为《中华民报》撰写社论并兼评议员，后至《民国新闻》《民权报》主持笔政，担任上海《正论社》社长；寿县李警众、无为李辛白等主编《国民白话日报》《安徽白话报》（创办、发行于上海）；歙县程善之曾任《中华民报》的编辑；歙县黄宾虹曾协助邓实、黄节、柳亚子等编辑《政艺通报》《国粹学报》，主持《神州日报》笔政，出任《国是报》副刊主编，主编《美术周刊》；怀宁陈独秀曾在上海协助章士钊主编《国民日日报》，创办《青年杂志》（翌年改名为《新青年》）；泾县胡怀琛曾与柳亚子一起编撰《警报》，并先后出任《神州日报》《太平洋报》《中华民报》编辑；桐城刘豁公为《新声月刊》主要撰稿人，且主编综合性文艺刊物《心声》半月刊、《戏剧月刊》；1908 年，17 岁的绩溪胡适主编《竞业旬报》……

凭借新式传媒之力，这些皖籍学人在文坛上建树多多。例如，曾经得到孙中山表彰、蒋介石追认、毛泽东肯定的辛亥革命元老范光启。这位一生革命、一生战斗的志士，笔下多为报章杂文，字字带血，句句为枪。有评论说：

> 他的杂文短评，针砭时弊，抨击清政府，声讨列强侵略，揭露袁世凯阴谋祸心，笔锋犀利，文采博雅。每天报纸一出，供不应求，以至出现一块银元买不到一份报纸的盛况。孙中山称赞道：“范君一支神笔，胜十万雄兵。”①

中国现代著名古文字学家、训诂学家胡朴安，清末民初任职于《民立报》期间，其工作主要如下：

> 即搜集明遗民之事迹与其言论含有种族思想者，编为笔记类，次第刊之报端。……编有《发史》一种，凡清初不肯薙发而被杀或祝发

① 钱宪中：《陈英士全传》，浙江人民出版社 2010 年版，第 214 页。

而为僧者，悉为编入。又编《汉人不服满人表》一种，自江上之师至黄花冈止，凡汉人反满之史实作一简明之表。……又曾作小说一种，题名《混沌国》，描写清朝政府腐败之状况，所谓以文字鼓吹革命也。①

面对甲午战争之后的国家危难，这些居沪皖籍报刊编辑中多人鼓吹文学救国，并付诸实践。其中最具代表性的当属王钟麒，他曾明确提出对小说、戏剧的新见解，认为：

今日诚欲救国，不可不自小说始，不可不自改良小说始。……夫欲救亡图存，非仅恃一二才士所能为也；必使爱国思想，普及于最大多数之国民而后可。求其能普及而收速效者，莫小说若。②

欲革政治，当以易风俗为起点；欲易风俗，当以正人心为起点；欲正人心，当以改良戏曲为起点。③

怀抱着"树民族之伟义，为光复之先河"④的愿望，王钟麒写下多种文学著述。据初步统计，他借助《申报》《神州日报》《月月小说》《安徽白话报》等平台，共刊载小说创作 36 种，小说译作 6 种，戏剧创作 11 种⑤，时人谓之"为当今文学界巨子"⑥，又称"在小说界上，天僇生三字，尤占一重要位置"⑦。

从源远流长的新安朴学、桐城学派中心地带走来，皖籍旅沪作家敏锐

① 郑逸梅：《朴学大师胡拾安》，《郑逸梅选集第四卷》，黑龙江人民出版社 2001 年版，第 874 页。

② 天僇生：《论小说与改良社会之关系》，《月月小说》1907 年第 1 卷第 9 期。

③ 天僇生：《论戏曲改良与群治之关系》，1906 年 9 月 22 日《申报》。

④ 王钟麒：《报马君武书》，胡朴安辑《南社文选》，广陵古籍刻印社 1996 年版，第 141 页。

⑤ 邓百意：《王钟麒年谱·前言》，河南文艺出版社 2013 年版。

⑥ 高旭：《愿无尽庐诗话》，《高旭集》，社会科学文献出版社 2003 年版，第 551 页。

⑦ 姚民哀：《说林濡染谭》，《红玫瑰》1926 年第 2 卷第 40 期。

地感受到中国传统文学面临的重重危机，新文学必将登场的大趋势，期盼着新旧文学的完美交融。王钟麒曾于《申报》连载长篇学术论文《中国四千年文学变迁大势论》，以中国四千年文学变迁大势为证，阐明文学与学术、群治之间的关系，既指出文学改良的必要性在于“今日而欲发明学术，演进群治，舍改良文学，其道未由”，又同时指出，这种改良应当是古今文学的完美融合。

吾之所谓改良文学者，非如近日新学小生，操觚为文章，三史埋尘，六籍覆瓿，沿袭东洋文体，而嚣嚣然自命为文学革命家也。吾之所谓改良者，则欲用最古之体裁，而运以最新之思想。①

在《论今日改良文学之必要》一文中，王钟麒疾呼：

今日非文学衰亡之时代，正输进新文学、调和旧文学，而另开新世界之时代也。吾同胞诚能遵此三者而休息之，何风气之不开、何事业之不兴？性情可以变易，风俗可以转移。作运会之前驱，为国民之先导，吾惟望吾国之卢梭、史可忒其人速出世，以拯我祖国。念相需之太急，思来日之大难，安得不上求黄炎、下视屈宋，三薰三沐，求其速降宁馨儿，以亢我宗也！②

同样是在清末的上海，胡怀琛也开始了对于新文学的探讨，推出中国第一部专论译诗之《海天诗话》。他以极大的热情拥抱外来诗作：“孰谓西诗无益于我乎？大抵多读西诗以扩我之思想。”“西人诗大半激发人之志气，或陈述社会疾苦，字句不嫌浅易，而以能感人为归。”推崇“善摹写小民

① 天僇生：《中国四千年文学变迁大势论》，1907 年 4 月 21 日《申报》。
② 王钟麒：《论今日改良文学之必要》，1907 年 4 月 12 日《申报》。

疾苦,能使读者陨涕”[1]的作品。南社社员、香港《华字日报》《实报》主笔、中国近代著名诗人潘飞声因此称赞这部作品是:“君为广大教化主,重译佉卢作正声。看掣鲸鲵东海上,五洲大地拓诗城。”[2]

1913 年,曾经在开埠后的芜湖创立科学图书社、销售上海出版的新书新刊、支持陈独秀出版《安徽俗话报》的绩溪汪孟邹来到上海,独资创立亚东图书馆。1915 年,在汪孟邹的帮助下,陈独秀主编的《青年杂志》(翌年改名为《新青年》)在上海创刊。

就这样,从皖江到上海,一个崭新的文学时代开始了。

它属于安徽,更属于全中国。

---

① 胡怀琛:《海天诗话》,张寅彭主编:《民国诗话丛编》(5),上海书店出版社 2002 年版,第 309 页、306 页、305 页。

② 潘飞声:《寄尘社兄寄示海天诗话一卷,重译欧西,取材东土,诗说之创格,前人所未睹也。率题二十八字志佩》,胡朴安:《南社诗选》上,上海中国文化服务社版,第 150 页。